EN EL CORAZÓN DE JANE

HELENA TUR

EN EL CORAZÓN DE JANE

PLAZA JANÉS

Papel certificado por el Forest Stewardship Council®

MIXTO
Papel procedente de
fuentes responsables
FSC
www.fsc.org   FSC® C117695

Penguin
Random House
Grupo Editorial

Primera edición: abril de 2023

© 2023, Helena Tur Planells
© 2023, Penguin Random House Grupo Editorial, S. A. U.
Travessera de Gràcia, 47-49. 08021 Barcelona

Printed in Spain – Impreso en España

ISBN: 978-84-01-02953-0
Depósito legal: B-2795-2023

Compuesto en Mirakel Studio, S. L.

Impreso en Black Print CPI Ibérica
Sant Andreu de la Barca (Barcelona)

L029530

A la vida

Y a todos los gatos,
también a los que ya no están

La sabiduría es mejor que el ingenio.

JANE AUSTEN, carta a Fanny Knight fechada
en noviembre de 1814

Prólogo

Los ojos de Ann St. Quentin estaban cada vez más abiertos y, sin embargo, sentía que era incapaz de comprender lo que leía. A medida que su mirada avanzaba por el libro de contabilidad, empezó a notar un temblor en las manos. También temblaban las hojas que iba pasando entre sus dedos. No estaba preparada para asumir lo que reflejaban aquellas páginas y, al principio, trató de negarlo. Pensó que era un error y que a lo mejor había cogido uno de los libros antiguos. No podía ser que su marido hubiera actuado de forma tan irresponsable. Se cercioró de la fecha y un escalofrío le atravesó la espalda. Se dejó caer sobre la silla antigua y, cuando parecía que iba a rendirse, volvió a observar el libro de cuentas, pero esta vez de otra manera. Procuró calcular cómo salir de ese embrollo de deuda y salvar su negocio. Su carácter le impedía hundirse sin luchar y su mente se puso en marcha, aunque aún iba perdida con idas y venidas ante posibles soluciones.

Fue más de una hora después cuando llamó a madame Latournelle, la hermana de la antigua directora del internado de señoritas ubicado en los dos edificios que habían sobrevivido a la desintegración de los monasterios que formaban la abadía de Reading. Sarah Hackett, el verdadero nombre de madame Latournelle, había llegado allí como maestra. Pero siempre mostró más destreza en las labores de ama de llaves que en las relacionadas con la enseñanza. Para disimular su mal francés de cara a las familias que tuvieran interés en llevar a sus hijas al internado, adoptó un nuevo apellido antecedido por la marca de mujer casada, aunque en realidad siempre había permanecido soltera. Madame Latournelle venía del mundo del teatro, lo amaba, y hasta aquel momento había sido siempre la encargada de las representaciones que las alumnas llevaban a cabo y que tanto gustaban a los padres, que observaban orgullosos los avances de sus hijas.

—Voy a despedir a esa criada tan impertinente... —le dijo la señora St. Quentin en cuanto la mujer entrada en carnes y de pasos rotos llegó hasta ella—. Y también a la pecosa.

—¡Oh! Lo de la pecosa el otro día fue una torpeza, pero no volverá a suceder... —comentó alarmada por la determinación en la voz de la señora St. Quentin—. ¿Y por qué quiere despedirlas? ¿Qué han hecho las pobres muchachas?

—Debemos ahorrar. Nos arreglaremos con las otras dos y es posible que usted y yo tengamos que arremangarnos en algún momento, espero que no le importe.

Madame Latournelle intuyó que la única que tendría que arremangarse sería ella y observó a la esposa del director a la espera de una explicación que no parecía estar dispuesta a dar.

—¿Y debo comunicárselo yo a las muchachas? —preguntó al fin, ante el silencio que le devolvía la señora St. Quentin.

—No es necesario. Le diré a mi marido que escriba unas cartas de recomendación, aunque me temo que tendrán que marcharse sin propina. Como le he dicho, las cuentas no nos son favorables. Tal vez también me decida por despedir al profesor de dibujo... Sí, debería hacerlo. Desde que cierto marqués compra sus cuadros se cree con derecho a una subida de sueldo y, además, bien lo creo capaz de dejarnos en la estacada si consigue vender a otros nobles. ¿Se imagina que se marchara a mitad de curso? ¿Qué haríamos entonces?

—¿Y quién dará las clases de dibujo? —preguntó alarmada la falsa francesa, temiendo que esa tarea le fuera atribuida a ella. Nunca se le había dado bien dibujar y no tenía ni idea de pintura.

—Acabo de leer en el periódico el anuncio de una tal Louise Gibbons. Es una joven de buena familia venida a menos. Se ofrece como institutriz, pero he decidido escribirle para ofrecerle el puesto a cambio de comida y alojamiento.

—¿Sin un sueldo?

—Esperemos que esté desesperada —respondió la señora St. Quentin al tiempo que cruzaba los dedos—. No nos podemos permitir pagar ningún tipo de sueldo.

—Pues igual debería ofrecérselo para que, además de enseñar la asignatura, ayude también a las criadas. Sigo pensando que ellas solas no podrán con tanto trabajo.

—Usted las ayudará, no nos queda otra. —Por fin lo dijo. Ya no eran ambas las que se tenían que arremangar, a madame Latournelle le quedó claro que dejaba toda la tarea para ella—. Tendrá que renunciar a las funciones teatrales y dedicar esas horas a trabajos menos gratificantes.

—¡La Abadía no puede renunciar al teatro, es nuestra carta de presentación! —protestó.

—No he dicho que vayamos a renunciar.

Esa afirmación le dolió aún más. ¿Acaso quería ahorrar en criadas y pagar a alguien para que la sustituyera? ¿Acaso pensaba sustituirla ella, que no sabía nada de teatro?

—¿Y quién las dirigirá?

—He estado pensando en ello y creo que sería buena idea que lo hicieran antiguas alumnas. De aquí han salido muchachas brillantes que, además de hacernos el favor de dirigir las obras, son un gran ejemplo de los logros del internado. Eso, sin duda, ha de ser un reclamo para las familias.

—¿Niñas? —preguntó desconcertada el ama de llaves—. ¿Está pensando en niñas para dirigir las obras?

—Más bien en jóvenes que ya no son niñas. Seguro que algunas aún permanecen solteras. Voy a repasar los expedientes y a hacer un listado de aquellas que demostraron afición por la lectura —pensó en voz alta—. Ahora mismo, sólo se me ocurre la señorita Turner, pero tiene que haber muchas más.

—Creo recordar que la señorita Turner se casó. Puedo estar equivocada, pero aseguraría que así fue. Y lo más probable es que se hayan casado muchas más de las que no tenemos noticia. No me parece buena idea que utilice a niñas para una tarea tan delicada —objetó.

—Tiene razón, tal vez deba pensar en alumnas que aún sean menores de dieciocho años, hay más posibilidades de que acepten pasar un mes en la Abadía. Yo misma escribiré las invitaciones, soy consciente de que, en casos así, en el que no hay mayor atractivo que su vanidad, conviene adularlas. ¿Cómo se llamaba aquella niña que llegó aquí con su hermana hará unos seis años? ¿Aquella que apenas hablaba y se pasaba todo el día en la biblioteca?

—¿Cuál de ellas? Ha habido muchas que han amado la lectura…

—Vinieron también con una prima que se apellidaba Cooper. ¡Ah, sí! Austen, se apellidaba Austen, la pequeña Jane Austen.

1

No hay invitada que asista a una boda y no la protagonice a la vez. Al menos, en su imaginación.

Y la imaginación, puesta en marcha, no encuentra obstáculos para seguir creciendo si, además, la invitada está soltera. Eso era lo que había sucedido en la rectoría de Steventon. Los dos enlaces recientes en la familia Austen generaron ciertos aleteos en los corazones de las muchachas que habitaban allí. El diciembre pasado, Edward Knight, el tercero de los hermanos Austen, se había casado con Elizabeth Bridges y, hacía una semana, el primogénito, James, había sellado su unión con Anne Mathew. Por tanto, no era de extrañar que las jóvenes se encontraran en ese punto en el que es fácil dejarse llevar por la fantasía. Las dos hermanas Austen, Cassandra y Jane, tenían diecinueve y dieciséis años respectivamente, y su prima, Jane Cooper, a la que todos llamaban Jenny, ya había cumplido los veintiuno. A raíz de estas bodas, Cassandra y Jenny no hacían otra cosa que fantasear con las suyas, y el hecho de que ninguna tuviera pretendientes ni tampoco la obviedad de que no estuvieran enamoradas les parecían importantes. Quizá por la edad, aunque el carácter también tenía algo que decir, sentían mayor urgencia que la joven Jane y, si alguna vez se olvidaban de lo que exigía la tradición y de aquello a lo que habían destinado su educación, algunas vecinas se encargaban de recordárselo. Jane, en cambio, se burlaba de los suspiros de su hermana y de su prima, y no cesaba de admirarse ante la facilidad con la que pasaban de la imaginación a una planificación real de los acontecimientos.

—Ríete, aún eres joven —le decía Jenny—, pero ya caerás tú también en las redes del amor.

Jane no hacía caso del aviso y continuaba con su verbo tan mordaz como agudo.

—¿Amor? ¿Las listas en las que apuntáis mi hermana y tú las ventajas y las desventajas de los solteros conocidos es lo que llamas amor? —Ya antes les había llamado la atención por malgastar cuartillas en esa actividad—. Porque, de ser así, ¡qué tema tan nimio ha escogido la mayor parte de la literatura! ¡Y yo pensando que se trataba de una pasión arrebatadora que no permite que nada la condicione! Doy por bien dado, pues, el no conocerlo. Si el amor no ha de volverme loca, prefiero la cordura sin compañía —bromeó.

—No hagas caso a mi hermana, Jenny —la previno Cassandra—. Ya has leído sus relatos: el amor es el hilo conductor en todos ellos, pero sólo para despertar la risa del lector. Y tiene tal deformación que ya habla con la misma hilaridad con la que escribe.

—¡Ojalá el señor Chute organice un baile en The Vyne y nos invite! —deseó Jenny.

—¿Acaso te interesa el señor Chute? Pero si mueve el trasero como si fuera un pavo...

—Con las chaquetas largas apenas se le nota.

—¡Oh! Seguro que eso no lo habéis apuntado en vuestra lista y, si lo hicierais, tal vez vuestra parcialidad os llevaría a colocarlo en la columna de ventajas. Lo cierto es que para mí lo sería. ¡Reírme de los movimientos de cadera de mi primo o hermano, qué delicia! ¡Oh, el señor Chute! —exclamó Jane de forma exagerada, acompañando sus palabras de un suspiro. Fue un suspiro sonoro, en el que retuvo y exhaló el aire con gran vehemencia. Luego estiró los brazos del mismo modo en que los abriría sobre su cabeza una bailarina de ballet y, como si le fallaran las piernas, su cuerpo se desplomó sobre la cama. Ninguna de las presentes se alarmó ante tal suceso y Jane tardó tres segundos en volver a abrir los ojos. Cuando lo hizo, se mostró enérgica, se incorporó y de inmediato reprendió tanto a su prima como a su hermana—. ¡Oh, vamos! ¿Mencionáis al señor Chute y os limitáis a un suspiro apenas audible? ¿Dónde han quedado aquellas damiselas que se desmayaban ante un partido como él? Deberíais haber alertado ya a los alumnos de padre.

El señor Austen no sólo ampliaba sus ingresos impartiendo clases a unos muchachos, sino que además éstos compartían casa con ellos. Se les servía el desayuno y la cena en un comedor aparte y la familia procuraba tener sus espacios de intimidad, pero, a pesar de los muchos dormitorios, los hermanos Austen se habían visto obligados a compartir los suyos, y ése era el caso de Cassandra y Jane, a las que se les había sumado Jenny desde hacía unos meses. Mientras hablaban, decidieron bajar al despacho en busca de su padre para averiguar si habría en breve algún acontecimiento social, pero el señor Austen se hallaba ausente en aquellos momentos.

—Daría una guinea por verte enamorada, Jane —comentó Jenny en cuanto entraron en el despacho.

—Nunca he huido de enamorarme —respondió la joven sonriente—, pero no creo que hacer listas conduzca a ello.

Se acercó a uno de los registros parroquiales que su padre ya no usaba, lo abrió y escribió: «Amonestaciones de matrimonio entre Henry Frederick Howard Fitzwilliam de Londres y Jane Austen de Steventon». Y, abajo, añadió: «Un matrimonio con Edmund Arthur William Mortimer Esquire de Liverpool». Luego les mostró a las otras muchachas lo que había apuntado y dijo:

—Aquí tenéis mi lista. El caballero con el que me case ha de tener uno de estos dos nombres y proceder de una de estas dos ciudades. No podría aceptar a alguien que sólo se llamara Sam o que fuera natural de Andover.

—Con un nombre así, cuando hayas acabado de llamarlo ya se te habrá olvidado lo que querías decirle —apuntó Cassandra entre risas.

Los parpeos y graznidos se abrían paso a través de la ventana, al igual que los cantos de algunos pájaros que celebraban la primavera. Al día siguiente, Jane mantenía las mismas ganas de bromear, aunque ahora se hallara sola y estuviera centrada en otra labor muy distinta frente a unas cuartillas. Sonreía al escribir la carta que firmaría Charlotte Lutterell. Se trataba de la respuesta a otra misiva que había recibido su personaje, en la cual se exponían unos graves conflictos familiares de la remitente, Margaret Lesley. Charlotte Lutterell, poco conmovida ante ellos, prefería lamentarse de su propio infortunio. Le había sucedido que, tras pasarse días cocinando para el festín de una boda, el novio cometió la desconsideración de accidentarse mientras montaba a caballo. Si se hubiera tratado de una caída en la que se hubiese dislocado un hombro o roto una pierna, podría haberlo perdonado, pero el caballero en cuestión agonizaba en su lecho de muerte y el enlace para el que ella tanto se había esforzado en las cocinas jamás se produciría, del mismo modo que tan irrespetuoso varón no volvería a hacer nada más que gemir y expirar. Jane disfrutaba poniéndose en la cabeza de Charlotte Lutterell, un personaje que, sin lugar a dudas, haría reír a toda su familia. Sobre todo a Henry, y aquello le hizo pensar que sería buena idea dedicárselo a su hermano favorito.

Las palabras que le llegaron de Cassandra y Jenny, que hablaban sobre las diferencias entre la muselina europea y la india, hicieron que dejara la pluma y, una vez ordenadas sus cuartillas y el tintero, saliera de su pequeño refugio para saludarlas.

—¿Tenéis interés en el comercio de telas o estáis pensando en vestidos para algún baile que nunca se celebrará?

—Las Bigg van a ir de compras a Basingstoke y la tía Cassy nos ha dado permiso para acompañarlas —le comentó Jenny—. Yo quiero mirar telas y creo, Jane, que a ti te convendría un sombrero nuevo y... diferente.

—¿Qué tienen de malo mis sombreros?

También Eliza, su otra prima, que era ejemplo de estilo y elegancia, le aconsejaba siempre que no llevara el tipo de gorro al que era aficionada, pero ella se negaba a cambiarlo.

Jane no quiso acompañarlas. No tenía intención de comprar nada y, por mucho que le gustara pasear y disfrutar de la compañía de las Bigg, en aquellos momentos se sentía más tentada a continuar con su escritura, pues se la tomaba como una actividad la mar de divertida. Su padre le había leído un párrafo de la Biblia que no olvidaría jamás: «Un corazón alegre es como una buena medicina, pero un espíritu deprimido seca los huesos». El hombre era el único animal capaz de reír, lo que demostraba que la risa sólo podía provenir de Dios. Sus últimos textos habían hecho desternillarse a su familia. Tanto «Evelyn» como «Las tres hermanas» gustaron mucho, pero ninguno de ellos podía competir con su peculiar «Historia de Inglaterra», de la que tanto se vanagloriaba. Ella misma había confesado en la introducción que estaba escrita «por una historiadora parcial, prejuiciosa e ignorante» y, aunque aprobaba los dos primeros puntos, el tercero respondía a una falsa modestia. Con la intención de mejorarse a sí misma, durante los siguientes días intentó terminar la hilarante correspondencia entre Charlotte Lutterell y Margaret Lesley para poder mostrársela a Henry cuando regresara.

Antes de que pudiera ponerle punto y final, llegaron tres cartas a la rectoría de Steventon que cambiarían el destino de cada una de las muchachas. La primera la recibió Jenny, y la enviaba su hermano Edward. En ella hablaba de una invitación a la isla de Wight durante el mes de junio, para el que faltaban apenas unas semanas.

—¿No es estupendo hacer un poco de vida social? Al final podré estrenar el nuevo vestido —dijo la joven Cooper cuando se lo comentó a la familia Austen.

Jane se alegró tanto como su prima, y dedujo de la noticia que su primo no las visitaría en Steventon. Jane no simpatizaba con Edward, lo consideraba arrogante, de afabilidad fingida y conversación cargante, todo lo contrario de lo que era su hermana, de carácter sencillo y natural.

A esta carta siguió otra, que llegó un día después. Entusiasmó a Jane, pues la escribía Martha Lloyd y, aparte de contarles que todas estaban bien y alguna que otra anécdota de su nueva localidad, les recordaba que ella y su hermana estaban invitadas a Ibthorpe y les preguntaba cuándo tenían previsto visitarlas. Como en verano se esperaba el regreso de Henry a Steventon y también la llegada de Eliza, decidieron que el mejor mes para concretar esa invitación era el de octubre, lo que suavizó el goce de Jane al ver que aún tendría que esperar unos meses para que se produjera el reencuentro que tanto deseaba.

Pero la gran sorpresa llegó con la tercera misiva. Si bien las otras dos eran previsibles, nunca habría adivinado que recibiría alguna vez esta última. La firmaba la señora St. Quentin, a la que Jane conocía aún como señorita Pitts, ya que hacía cinco años que no sabía nada de ella. Ann Pitts era profesora en la Abadía, el internado de señoritas de Reading que, pese a que no era tan prestigioso como el de Eton en Londres, al menos no había dejado mal sabor de boca en los señores Austen.

—¿La señorita Pitts? —preguntó Cassandra, después de que Jane hubiera empezado a leer.

—Sí y, adivina, ¡ahora es la directora! Exactamente, directora consorte, puesto que se casó con el señor St. Quentin, que se convirtió en el nuevo director. Según cuenta, al señor St. Quentin lo contrató el doctor Valpy, así que es posible que las clases de francés hayan mejorado —bromeó. El doctor Valpy dirigía el internado de muchachos que se encontraba a poca distancia del de señoritas, y del cual también era socio—. ¿Te acuerdas de la pronunciación de madame Latournelle?

Al decirlo, imitó alguna de sus frases más memorables y ambas rieron, al igual que lo hacían cuando se las oían decir a ella. Jane recordaba a madame Latournelle enfundada en muselina blanca y con muchos detalles confeccionados con esa misma tela, como delantales, puños, volantes y bufandas... Sobre la toca y el pecho, siempre lucía grandes lazos aplanados. Solía sentarse en una sala con paredes revestidas de madera, de espaldas a unos dibujos de tumbas y sauces llorones y una fila de miniaturas. Pero si algo destacaba en ella era su leve cojera, dado que una de sus piernas era de corcho, o tal vez sólo el pie, no estaban seguras, ya que las niñas nunca llegaron a verla sin faldas por mucho que lo intentaron. Aunque lo más probable era que la mutilación se debiera a un accidente o a una cangrena, entre las internas corría el rumor de que le habían guillotinado la pierna.

—¿Y cuál es el motivo de que te escriba la señorita Pitts?

—El motivo es de lo más sorprendente, Cassy. Me invita a pasar un mes en el internado para que coordine una obra de teatro.

2

—¿Y cuándo has de ir? —preguntó Cassandra.

—En principio, ella propone junio, pero también me ofrece la posibilidad de ir en octubre si ahora lo considero precipitado.

—Pues qué mes más aburrido será para mí junio si no estáis ni Jenny ni tú aquí...

—No, no iré en junio. Ni tampoco en octubre —resolvió—, recuerda que las Lloyd nos han invitado a Ibthorpe, por nada del mundo cambiaría ver a Martha por volver a la Abadía.

A pesar de la negativa, Jane sonreía, orgullosa de que hubieran pensado en ella. Guardaba un grato recuerdo del internado por distintos motivos. Fue en la Abadía donde se inició en el baile, aunque era cierto que si en aquellos momentos podía bailar cualquier pieza, incluido un minueto, se debía más a lo que había aprendido gracias a las hermanas Lloyd que a las clases recibidas en Reading. Allí sólo bailaban cuadrillas y excepcionalmente alguna contradanza. Del mismo modo que si Cassandra y ella hablaban un perfecto francés, era más por las lecciones de su prima Eliza que por los conocimientos que les habían transmitido en el internado. También tenían clases de costura, lectura, algo de italiano y música, lo justo para convertirse en un adorno poco molesto de cara a un futuro marido. Nada había encontrado allí que desarrollara su intelecto ni su formación moral, y si Jane sabía algo de historia y política, era por su padre, del mismo modo que sus dotes como administradora se las debía a su madre. La educación que se destinaba a las mujeres distaba de aquélla a la que tenían acceso los varones, a quienes sí se les ofrecía una cualificación para ascender socialmente. Jane, por mucho que detestara esta diferencia de oportunidades, sonreía al recordar aquellos tiempos. Les guardaba cariño no sólo por el teatro y el baile, sino, sobre todo, por la gran biblioteca de la que pudo disfrutar gracias a que les permitían mucho tiempo libre. Además, cerca del mercado de la ciudad, que estaba a unas calles del internado, se ubicaba la biblioteca itinerante de Carnan y Smart, los editores del *Reading Mercury*, que siempre tenían las novedades que faltaban en la biblioteca escolar. Sí, sobre todas las cosas, recordaba feliz la estancia en el internado porque la había introducido en el apasionante mundo de la lectura.

—¿Recordáis cuando hubo obras?

La pregunta la formuló Jenny a modo retórico, aquello era algo que nunca olvidarían. La escuela ocupaba la vieja casa del guarda de la histórica abadía de Reading, que contaba con un anexo de dos pisos, y el jardín privado se hallaba rodeado de ruinas y torrecillas que habían pertenecido al solemne edificio medieval. Se decía que el cuerpo de Enrique I se hallaba enterrado allí, y se sabía que le habían quitado los ojos ya cadáver. Eso, junto con los recovecos, pasadizos, rincones y otros detalles arquitectónicos del internado, propiciaba que las internas más jóvenes temieran que el fantasma del monarca vagara por los muros de aquel edificio, y madame Latournelle usaba esa historia para evitar que algunas se adentraran en lugares no convenientes. Justo cuando las Austen y su prima estuvieron allí, se produjeron unas reparaciones y, motivado por esas obras, apareció intacta, aunque muy oscurecida, la mano izquierda del apóstol Santiago, una de las reliquias que se guardaban en el monasterio. La emperatriz Matilde la había robado durante el siglo XII de la capilla imperial alemana y la donó a Reading, de la cual era benefactora. Ese descubrimiento provocó una gran agitación, no sólo en el internado, sino también en todo el condado e incluso en el país. Vinieron visitantes y curiosos de otros lugares, pues la colección de reliquias de la abadía era tan exagerada que en sus mejores momentos había incluido un zapato de Jesucristo, sangre de su costado, pan procedente de la última comida de los Cinco Mil y de la Última Cena, el velo y la mortaja de la Verónica, los cabellos, la cama y el cinturón de nuestra Señora, el cráneo de san Felipe —que era un trozo de hueso incrustado en un cráneo de oro—, y así hasta sobrepasar con creces las doscientas reliquias. Y, pese a que no encontraron nada más, la mano del apóstol Santiago sirvió para que las muchachas que ya soñaban con el fantasma de Enrique I fueran estranguladas durante sus pesadillas por un ser invisible y vengativo. Madame Latournelle tuvo que esforzarse para que la normalidad regresara al internado, puesto que algunos padres, alarmados por las cartas de sus hijas, fueron hasta allí para asegurarse de que las niñas se encontraban bien. A partir de ese momento, madame Latournelle decidió que no saldría ni entraría correspondencia en la Abadía sin que ella la supervisara previamente.

La carta de la señora St. Quentin sirvió para que las tres jóvenes rememoraran parte de su infancia, para que se preguntaran qué habría sido de las muchachas, ya que no mantenían correspondencia con ninguna de sus antiguas compañeras, y para que contaran anécdotas que permanecían enterradas en su memoria. También mencionaron a algunos de los muchachos del internado del señor Valpy, pues desde las ventanas podían verlos pasear por el Forbury, un parque que se hallaba enfrente y, durante alguna función o recital, se les permitía estar juntos a jóvenes y muchachas, al igual que dos o tres veces al año podían participar en común de los bailes. Si bien a aquellas edades ni a Jane ni a Cassandra les llamaba la atención el otro sexo, y mucho menos teniendo tantos hermanos y niños en casa, Jenny, por el contrario, recordaba a uno en especial, pero por mucho que lo intentó no consiguió que su nombre apareciera en su memoria. Lo cierto es que, con estas conversaciones, la nostalgia se apoderó de ellas y, desde su juventud, cinco años se veían tan lejanos que podían permitirse el lujo de idealizar y embellecer momentos que tal vez no habían resultado tan maravillosos.

El matrimonio Austen sopesaba la conveniencia de permitir a su hija aceptar la invitación cuando Jane entró en el salón y los sorprendió en plena conversación.

—¿Hablan de mí? —les preguntó la joven, que entendió enseguida de qué charlaban—. Pues no es necesario que lo hagan porque pienso declinar la invitación. Ejercer de profesora es de las cosas que menos puede tentarme, así que mañana mismo escribiré a la señorita… a la señora St. Quentin y le agradeceré que haya pensado en mí, pero le diré que no me es posible aceptar.

Aprovechó los últimos días antes de que Jenny iniciara su viaje para pasar más tiempo con ella y, cuando su prima se fue, volvió a dedicarse al escrito que aún no había terminado. Más tarde decidió incorporar a la señora Marlowe en la correspondencia entre Charlotte Lutterell y Margaret Lesley, y acabó, más que cerró, su historia dejando al señor Lesley y a la que fuera su primera esposa felices y amigos en Nápoles, aunque cada uno hubiera contraído nuevas nupcias. Jane puso punto final a su relato epistolar y quedó convencida de que Henry la felicitaría. Esperaba que Eliza, siempre más crítica, también diera su aprobación. Dobló las cuartillas y, cuando salió de su refugio dispuesta a guardarlas, se encontró con su hermana, que se hallaba leyendo una carta.

—¿Es de Jenny? —le preguntó—. ¡Qué rápido ha escrito, sólo hace seis días que se marchó!

Cassandra asintió y enseguida se la pasó para que la leyera.

—¿Crees que debemos preocuparnos por Thomas Williams? —preguntó Jane, que a medida que la leía había notado que su prima mencionaba mucho ese nombre.

—¿Preocuparnos? ¿No te parece apropiado alguien con futuro en la Marina para Jenny? —se extrañó Cassandra.

—No hay muchas probabilidades de que un marino resida en Steventon, a no ser que llueva todo el año como el noviembre pasado —objetó Jane—. Espero que no se enamore de él o acabaremos perdiéndola.

—Eso es muy egoísta por tu parte, Jane, como lo fue desear que algo impidiera la boda entre James y Anne para que Martha Lloyd no tuviera que abandonar Deane —le recordó, puesto que así había sido. La rectoría de Deane, que hasta aquel momento ostentaba el señor Lloyd, fue ocupada por el mayor de los Austen tras su matrimonio y eso obligó a que la familia Lloyd tuviera que trasladarse más lejos en busca de una nueva parroquia—. Además, ¿no sería peor que se enamorara de un británico de la India o incluso de un francés, como Eliza, en estos tiempos turbulentos?

—Sí, admito que sería peor, pero esperemos que tampoco el señor Williams le resulte tentador. Acaba de conocerlo y dedica casi media carta a contar que, antes de cumplir los veinte años, ya había participado en las batallas de la isla de Sullivan, en la de Santa Lucía, en la de Granada y en no sé cuántas más, y que incluso capturó un convoy español procedente de Caracas. ¿No crees que son datos que no nos despiertan ningún interés?

—Jenny siempre es generosa en su escritura, es posible que no tenga nada más que decir.

A la hora de la cena, Jane ya se había olvidado de los peligros que corría su prima y, contenta porque por fin había acabado su relato, lo leyó a la familia, procurando dar el tono adecuado a cada voz.

—Extraordinario, Jane —dijo su padre cuando terminó—. No tiene ni pies ni cabeza, pero es extraordinario.

—Bueno, ha heredado la vena sarcástica de los Leigh, así que no tiene nada de extraordinario —comentó su madre, más orgullosa de sí misma que de su hija—. Admito que me ha divertido, pero siempre recomiendo a Jane que debería ser más breve. El papel no es barato y el aforismo es más resultón. Ahora os leeré mi último poema, que sólo tiene ocho versos.

La señora Austen, que nunca había sido guapa y mucho menos desde que le faltaban dos dientes, siempre elogiaba la belleza de Cassandra y su feminidad, en cambio a la segunda de sus hijas únicamente le decía que no se sacaba partido. Jane, a quien eso no le importaba porque no tenía ninguna intención de destacar como beldad, habría deseado que tuviera mayor aprecio por su ingenio, pero ella nunca lo consideraba lo suficiente bueno para alabarlo. Jane nunca recibía halagos entusiastas por parte de su madre, lo que le hacía pensar que, de algún modo, la veía como a una rival. Ella no sentía la misma competitividad y alabó los dobles sentidos del poema de su madre sin ninguna contrariedad, pues consideró que merecían su aplauso. Por suerte, excepto James, el resto de su familia sí la valoraba como la mejor escritora de la casa, e incluso Henry bromeaba con la idea de que en el futuro sería una autora reconocida, comentario que hacía reír a su madre y que ella tampoco se tomaba en serio.

Al cabo de unos días volvieron a recibir carta de Jenny y lo que en principio había sido una sospecha se convirtió en una realidad. Jenny se había comprometido con Tom Williams y, por el tono de sus palabras, no podía ser más feliz.

A pesar de que Jane había bromeado con la idea de perder a su prima, se alegraba por ella. Jenny era lo que la sociedad esperaba de una mujer: bella, educada, de buen carácter y con ese punto de ingenuidad que poseen las personas extremadamente bondadosas. Thomas Williams habría sido un tonto muy tonto si no se hubiera percatado de todas esas virtudes. Sin duda, Jenny resultaría una esposa excelente. Si la vieran la señora St. Quentin y madame Latournelle, del internado de la Abadía, se sentirían orgullosas de ella, dado que eso era todo a lo que encaminaban a las internas.

Por fin llegó el día en que la joven Cooper regresó de su viaje y, desde que bajó del carruaje, no hizo otra cosa que hablar de su felicidad y halagar a su futuro marido. Si en las cartas era guapo, ahora era guapísimo, y si había demostrado una gran valentía en su trayectoria en la Marina, ahora era el más valiente de los hombres.

—Nos casaremos aquí el próximo diciembre. Quiero que mi tío sea quien bendiga nuestra unión —comentó mirando al señor Austen.

—Y para mí será un placer hacerlo —respondió el aludido, orgulloso de la preferencia de su sobrina.

—Haremos una buena fiesta —comentó la señora Austen—. Al fin y al cabo no importará que gastemos en buenos manjares, puesto que luego ya no te habremos de mantener.

3

Aún era la futura boda el tema principal en la rectoría cuando llegó Henry, el amadísimo hermano de Jane, que felicitó a su prima en cuanto supo la noticia de su compromiso. Con Henry, aumentaron el sentido del humor, las bromas, las propuestas divertidas y el optimismo ante cualquier contrariedad. El joven, que en esos momentos tenía veinte años, estudiaba en Oxford, al igual que había hecho James, y, como su hermano mayor, la familia esperaba que al terminar los estudios se dedicara a la carrera eclesiástica.

—El ejército se está preparando, o eso es lo que hace pensar el hecho de que cada vez estén buscando más hombres que quieran alistarse —admitió Henry cuando su padre le preguntó por los rumores que habían llegado hasta Steventon—. No creo que entremos en guerra del modo en que lo han hecho Austria o Prusia, sin embargo, si los revolucionarios se atrevieran a atacar al rey...

Todos pensaban en Francis y en Charles, que formaban parte de la Marina, y temían por su futuro. Por suerte, Henry acabó bromeando para distender esa preocupación. Jane agradecía su carácter inglés y su tendencia a cierto sentido del humor en los malos momentos y así se lo hizo saber.

—¡Bendito sea el humor inglés! —rio Jane—. Si bien es cierto que la pedagogía y ciertos preceptos ilustrados han tenido éxito entre algunos de nuestros compatriotas, otros, en cambio, se han dedicado a parodiarlos. Richardson escribió *Pamela* y Fielding respondió con *Shamela* y la novela picaresca es uno de los géneros más cultivados del siglo actual en Inglaterra.

Aquel verano Jane comenzó un nuevo relato. Se trataba de un homenaje a la amistad que las Austen mantenían con las hermanas Bigg y, para ello, uno de los espacios en el que se moverían sus personajes sería un cenador como el que había en Manydown House, la residencia de sus amigas. Aunque tenía intención de continuarlo los días siguientes, no pudo hacerlo, ya que su hermano pronto se dedicó a organizar partidas de croquet, excursiones por la campiña y otros entretenimientos que le robaron tiempo. Debía confesar, sin embargo, que se lo dejaba robar a gusto. Cassandra y Jenny también disfrutaban de la presencia de Henry; con él, los días eran más luminosos y las noches, más cálidas. Él opinaba que Jane debía haber aceptado la invitación de la Abadía de Reading, con lo que le gustaba el teatro a su hermana, pero Jane ya había rechazado la oferta y no la tentaba echarse atrás. La representación de obras de teatro era una de las actividades con las que la familia se entretenía en verano, y en ocasiones emulaban las que sabían que se habían estrenado en el Drury Lane. Tal afición al principio se desarrollaba en el comedor de la rectoría, pero como el número de invitados había ido creciendo cada vez que representaban una obra, tuvieron que acomodar el granero para poder recibirlos. Henry se ofreció a dirigir una y preguntó cuál era la preferida de las damas, pero todas decidieron que era mejor esperar a que llegara Eliza, que tenía previsto visitarlos a finales de agosto. Como si la hubieran invocado, sólo tardaron un día en recibir carta de «madame la Comtesse», que era como la llamaban cuando bromeaban con ella, en la que anunciaba que anticipaba su viaje a Steventon. La noticia de su llegada inminente fue muy celebrada.

Unas semanas después, en cuanto el carruaje que conducía a Eliza y a su hijo se paró en el patio cubierto de la rectoría, Henry se apresuró a mostrar su rostro más servicial. Ayudó a bajar al pequeño Hastings primero y luego tendió la mano a la madre del niño, que descendió con un elegante vestido, pero con un miriñaque de menor tamaño al que los tenían acostumbrados. La sonrisa que les dedicó era franca y la emoción del reencuentro se destilaba en su mirada. Después de que Henry aprovechara la ocasión para besar su mano, se repartieron abrazos entre el resto de la familia. Le repitieron las condolencias por la muerte de su madre, aunque ya se las habían trasmitido por carta hacía unos meses. La mujer había fallecido tras una larga enfermedad el pasado febrero. Fueron breves en este punto, pues sabían que a Eliza le disgustaba ser compadecida. Tal vez, ése era el único aspecto en el que no le gustaba ser el centro de atención. Evitaba dar pena y Jane no recordaba haberla oído quejarse en ninguna de las ocasiones en las que habían coincidido. El buen humor de ambas era una de las cosas que las unía y, si tenía algo que decir, lo hacía con ironía y acento bromista, como cuando se quejó de la ausencia de su tío.

—¿Y el señor Austen? ¿No sale a recibirme? En agosto no tiene la excusa de los alumnos —dijo sin ningún atisbo de enfado ni de decepción—. ¡Ay, qué bien sabe que es mi tío favorito y que lo perdonaré haga lo que haga!

Henry subió a Hastings sobre sus hombros y lo llevó hasta el jardín trasero para enseñarle el columpio que había fabricado expresamente para él.

—El señor Austen tenía asuntos que atender —respondió la señora Austen—, vendrá en cuanto pueda. Esos mismos asuntos son los que le impidieron desplazarse para despedirse de su hermana, pero lo ha lamentado mucho.

—Si la hubiera visto los últimos días, no se lamentaría. Me consuela saber que ahora no sufre…

—¿Has tenido noticias de tu marido? —le preguntó nuevamente su tía.

—Sigo sin saber nada. Le advertí de que no fuera a Francia, pero él insistió en que debía proteger sus propiedades. Temo que lo tengan retenido, puesto que su título lo condena... Si me lo permite, tía Cassy, preferiría que habláramos de cosas más agradables: ¿algún baile a la vista?

—El otro día improvisamos uno en casa de la señora Lefroy —respondió la mayor de las hermanas Austen casi en voz baja. Aunque conocía el sentido del humor de Eliza, continuaba escandalizándose ante bromas como ésa, pues bien sabía que el luto por su madre no le permitía asistir a bailes.

Mientras el servicio se encargaba del equipaje, Jane fue a la cocina a por las tortas de albaricoque que la cocinera había preparado para la ocasión y puso a calentar agua para el té.

—Has hecho bien en venir a Steventon —decía la señora Austen cuando su hija regresó con la bandeja—. ¿Has oído, Jane? Dice Eliza que las calles en Londres ya no son seguras.

—Eso es lo que ha hecho que adelantara mi llegada —admitió—. El otro día me topé con una manifestación de liberales y, cuando llegó el ejército, empezó a cargar contra ellos y contra todos los que por casualidad nos hallábamos allí, sin diferenciar si había en nosotros intención de paz o violencia. Tuve suerte de poder refugiarme en una tienda de especias, pero tardé en sentir ánimos para volver a salir. Por suerte, me atendió una señora muy amable que cerró las puertas de su negocio y me invitó a un té. Es del todo decepcionante que en un lugar como Londres el hecho de pasear por la calle se haya convertido en una actividad peligrosa, y no por causa de los maleantes, sino de aquellos que supuestamente nos deben protección.

—La parte feliz de esa noticia es que te ha hecho llegar antes y es posible que te quedes más tiempo con nosotros —opinó Jane después de escucharla.

—Jane es capaz de encontrar algo feliz en cualquier adversidad —comentó su madre.

—Y por esa maravillosa habilidad es por la que adoro a mi prima —sonrió Eliza.

La aprobación de la recién llegada hizo feliz a Jane, que valoraba en mucho su opinión. La primera vez que la escuchó hablar fue cuando contó aquella anécdota sobre los tigres de la India que habían aprendido a nadar para cazar a los pescadores que iban en barca. Quedó impresionada, claro que en esos momentos la joven Austen sólo tenía doce años y Eliza, por entonces, ya había cumplido los veintisiete y tenía un niño de dos. Su prima hablaba de nababs, mohúres de oro y palanquines del mismo modo que ella mencionaba a granjeros o calcetines de estambre. Del mismo modo que su prima traía a Steventon la sofisticación, a pesar de la ausencia de oropeles y lujos, y se sentía a gusto en un ambiente rural y familiar. Por eso, cuando empezó a llover, Jane pensó que la meteorología estaba siendo injusta con su prima: Eliza exigía luz.

—Así que la señorita Cooper va a pasar a ser la señora Williams... —se alegró cuando le contaron la buena nueva—. ¿Y puede saberse cómo conquistó nuestra Jenny a su Tom?

Mientras hablaban, Jane pudo observar que Hastings no daba muestras de haber mejorado. El hijo de Eliza había nacido con problemas que le impedían hablar y a menudo sufría convulsiones. Su rostro ya reflejaba que no era un niño normal y su actitud lo ratificaba. En un momento en que su madre estaba más pendiente de sonreír a Henry que de su hijo, el niño colocó las dos manos sobre la bandeja en la que estaban las tortas de albaricoque y la inclinó, consiguiendo que cayeran la mitad. Luego, mientras la criada las recogía, él gateó para agarrar alguna y, tal como la mordía, la volvía a dejar.

—Los viajes no le sientan bien —lo justificó Eliza mientras lo obligaba a soltar un trozo de albaricoque que había quedado a los pies de una silla—, pero ha hecho grandes avances desde la última vez que lo visteis.

La señora Austen y la madre de Eliza tenían un hermano así, el tío Thomas, al que había acogido la familia Cullum en Monk Sherbone, y a él se añadió después George, el segundo de los hermanos Austen, ya que el matrimonio pensaba que el niño sería más feliz en una granja, en contacto con la naturaleza, que haciendo el ridículo en sociedad. Eliza, en cambio, nunca quiso separarse de su hijo. Esta actitud le demostraba a Jane que la frivolidad de su prima sólo era una coraza y que podía ser una persona abnegada cuando se trataba de amor.

—¿Y tú, Jane? —le preguntó Eliza—. ¿No hay ningún joven que despierte tu interés, que veo que sigues burlándote del amor?

Henry, que oyó esta pregunta, se adelantó a su respuesta:

—Yo sé del hombre del que mi hermana habría de enamorarse si lo conociera: es todo lo que ella busca y aún posee más virtudes.

—Ah, ¿sí? —se interesó Eliza—. ¿Y quién es ese caballero capaz de despertar la sensibilidad de mi prima?

—Su nombre es Jack Smith. Inolvidable, como puedes ver.

Jane hizo una mueca a su hermano y le sacó la lengua para demostrar su escaso interés.

—¿Y cuándo podremos conocer al afortunado? —preguntó nuevamente Eliza.

—Eso debemos dejárselo al destino. Se trata de un antiguo alumno de Oxford que el año pasado regresó a Reading, su localidad natal.

Jane, que no quería que continuaran con ese tema, subió a buscar sus últimos escritos y se los entregó a su prima para que le diera su opinión. Cuando Eliza se los devolvió al cabo de dos días, no añadió ningún comentario, por lo que Jane se apresuró a preguntar:

—¿Cuento con tu aprobación?

—Por supuesto. Sin duda, eres la más talentosa de tu familia, dominas el ingenio como ningún otro Austen, pero mi felicitación no va más allá.

Eliza, que era la mejor actriz con todo el mundo, siempre se mostraba sincera con ella y Jane no se sintió en absoluto satisfecha con esa respuesta.

—¿Qué quieres decir? —le preguntó—. ¿Tan poca cosa te han parecido? —Y, a pesar de que procuró reírse de sí misma, se sintió decepcionada por la falta de reconocimiento.

—Eres ingeniosa y tienes una habilidad increíble para provocar la risa... A veces pienso que sería maravilloso que también la tuvieras para la sonrisa. Estoy convencida de que, con empeño, serías capaz de ello. La risa es efímera, acaba cuando termina la anécdota, pero la sonrisa de la felicidad permanece. Creo que podrías dar un giro y escribir otro tipo de obras, en las que no te bases en la anécdota, sino en el personaje.

—¿No te parecen originales mis personajes? —preguntó, desilusionada también de que Eliza no hubiera apreciado su singularidad.

—Son personajes válidos para una parodia, responden a tipos, exagerados, claro. Algo que no sirve para una obra más seria. Carecen de profundidad y, por tanto, de justificación.

—Informo de su estatura y de su renta —bromeó Jane, tratando de quitarle importancia a su crítica. Pero no era ingenua, sabía que a los personajes los describían sus acciones y que aprendían de su experiencia y no era ése el caso de los suyos. El desatino y la incoherencia con el mundo que los rodeaba eran fuente de humor, y ésa era su única pretensión al escribir—. ¿Me estás diciendo que mis sensibles damiselas ya no podrán desmayarse?

Jane acompañó su pregunta fingiendo un desmayo y su prima sonrió.

—Aún no conoces el amor, así que doy por válidos tus pastiches —añadió Eliza, tratando de suavizar la crítica, ya que había percibido que a su prima le habían dolido sus palabras—. Tienes mi aprobación. Siempre la tendrás, pues eres joven.

La excusa se caía por sí misma, dado que Jane no siempre sería joven. Cuando quiso volver a preguntarle, Eliza ya había cambiado de tema y de conversador, por lo que no pudo profundizar más. Al principio, el pensamiento de la muchacha no dio paso a la autocrítica, sino que creyó que su prima había hablado motivada por el dolor que le producían la delicada condición de su hijo y las preocupaciones por el destino de su esposo. Sin embargo, sí se preguntó sobre esa diferencia entre la risa y la sonrisa de la felicidad a la que había aludido y reflexionó sobre ello de cara a su nuevo relato. ¿Y si lo convirtiera en novela para buscar, precisamente, esa profundidad? Ya había probado tanto en «Evelyn» como en «El castillo de Lesley» a crear algo más extenso de lo habitual, pero de ninguno de esos relatos podría decirse siquiera que fueran una novela corta.

Sintió que la habían retado, cogió una cuartilla y se refugió en su lugar favorito para escribir. Tras varios intentos de abordar el nuevo texto con una intención distinta a la habitual, acabó abandonando la idea de que esta vez la historia se desarrollara de modo epistolar y se decidió por un narrador en tercera persona. No obstante, como estaba acostumbrada a que los personajes confesaran sus pensamientos, enseguida supo que el narrador tenía que penetrar en su conciencia para que el lector los conociera mejor. Su nueva protagonista ya no sería una caricatura, sino una heroína, y para eso debía dotarla de una mayor complejidad de la que había logrado hasta el momento. Como las tenía recientes, se le ocurrió que, para ello, incluiría algunas de las reflexiones sobre política que había mantenido con Henry. Comenzó la reescritura con un nuevo entusiasmo, pero, cuando releyó las dos primeras cuartillas, no logró sentirse satisfecha con el resultado. Como decía Eliza, era cierto que no conocía el amor, así que de pronto tuvo otra idea. Cogió un papel limpio y escribió a la señora St. Quentin, con el fin de preguntarle si la invitación para dirigir una obra podría postergarse hasta noviembre. Cuando se lo contó a su familia, los Austen se sorprendieron del cambio de opinión, excepto Eliza, que sonrió.

—¿Y eso? —le preguntó su padre—. ¿No preferirías dirigir una obra en tu propia casa y usurparle ese papel a Henry?

—No he encontrado motivos para decir que no —se limitó a responder, evitando la mirada de Eliza, que intuía qué era lo que la había llevado a reconducir su primera decisión.

Cuando fue a dejar la carta al despacho de su padre para que el administrador la adjuntara con el resto de correspondencia que debía despachar, vio el registro en el que meses atrás había anotado el nombre de dos hipotéticos candidatos a ganar su corazón. Se acercó a él, lo abrió por la misma página y, con la pluma de su padre, añadió: y «Un matrimonio entre Jack Smith y Jane Smith, Austen de soltera».

4

Eliza y Hastings se marcharon a finales de agosto y Jenny decidió que en octubre, mientras las hermanas Austen viajaban a Ibthorpe, regresaría con su hermano a la isla de Wight. Evidentemente, no era sólo a Edward Cooper a quien deseaba ver, sino sobre todo a Thomas Williams: la correspondencia que mantenían no resultaba suficiente a ninguno de los dos enamorados. Jane, a pesar de que observaba todas las reacciones de su prima cada vez que recibía una carta, estaba atenta a los suspiros que se le escapaban y a la mirada embelesada que ofrecía cuando se despistaba, no había vuelto a escribir. No era suficiente tomar como ejemplo a Jenny para su nueva heroína, debía sentirlo ella misma en persona. Por eso, dejó la historia de Kitty incompleta y, si bien no se sentía del todo insatisfecha con lo que había escrito antes, no se le ocurría cómo mejorarlo. Había vuelto sobre el texto en varias ocasiones, pero en todas se veía fracasar. De cara a un texto largo, sabía que la estructura era algo importante y no veía cómo organizarla. Su padre, ignorante de sus tribulaciones, le preguntaba que cuándo podrían volver a disfrutar de alguna de sus chanzas y, para que no descubriera la incapacidad en que se veía sumida de hacer algo distinto, escribió algunas cartas en las que no añadió más ingredientes que los de sus sátiras habituales. Con intención de dedicárselas a Jenny cuando regresara, agrupó las que más le gustaron y las encabezó con tal dedicatoria:

Consciente de la reputación de persona encantadora de la que gozas en todos los países y en todos los climas de la cristiandad, te encomiendo, con precaución y cuidado, la caritativa crítica de esta inteligente colección de curiosos comentarios, que han sido seleccionados, recogidos y clasificados con esmero por tu cómica prima.

Cada vez estaba más convencida de que debía enamorarse para poder escribir con auténtico conocimiento sobre el amor y, con esa idea que comenzaba a rozar la obsesión, sentía que no pasaban los días que faltaban para viajar a Reading. Tenía que conocer a Jack Smith, el hombre que, según Henry, estaba destinado a ella, y en sus fantasías se deslumbraba nada más verlo y le arrancaba los más profundos suspiros. A la única que le había confesado su propósito era a Cassandra y, cuando las dos llegaron a Ibthorpe para pasar unos días con las Lloyd, también se lo confió a Martha.

—Henry te conoce muy bien —le dijo—, seguro que ese Jack llama tu atención. De la profundidad de sentimientos, ya no puedo hablar. Pero ¿en serio piensas que eso mejorará tu imaginación?

—Precisamente hará lo contrario: ya no se tratará de imaginación, sino de realidad. Podré hablar desde la propia experiencia —afirmó Jane, convencida de que era el único camino que debía seguir.

—Eres muy joven para pensar en matrimonios.

A Jane le costó responder. Martha tenía veintiséis años y, según la opinión general, a ella ya se le había pasado la juventud para aspirar a una buena unión. Sin embargo, la señorita Pitts tenía casi treinta cuando las Austen dejaron la Abadía y, cinco años después, había pasado a ser la señora St. Quentin, por lo que Jane no pensaba igual que los demás.

—No estoy pensando en matrimonios, sino en el amor.

—Bueno, si éste es correspondido, una cosa lleva a la otra. ¿Has pensado cómo te sentirás si, cuando seas la señora Smith, no te permite escribir? —objetó su amiga.

—Como bien has dicho, Henry nunca me habría recomendado a alguien así —determinó la joven, demostrando plena confianza en el criterio de su hermano.

—Si Jack Smith no tiene al menos un hermano soltero mayor de treinta años, has de saber que no tendrás mi consentimiento a tal romance. Reading está mucho más lejos que Steventon.

—De darse el caso de que no lo tuviera, como doy por supuesto que posee una buena posición económica, le pediré que adopte a dos hermanos y le exigiré que os deje escogerlos a Cassy y a ti.

Cassandra no participó de la broma y, a decir verdad, en ningún momento se había tomado en serio que Jane pretendiera conocer el amor, tal vez porque pensaba que lo decía a modo de guasa, ya que los sentimientos no podían forzarse, o quizá porque le tocaba a la hermana mayor comprometerse primero. Fuera por el motivo que fuera, lo que sí apoyaba Cassandra era la estancia en Reading, pues pensaba que a su hermana le haría bien. Y, aunque Jane le había pedido varias veces que la acompañara, la mayor de las Austen se había negado, justificándolo con que ella no estaba incluida en la invitación.

Martha opinaba como Cassandra. Independientemente de que Jane llegara a enamorarse de Jack Smith, tanto la experiencia de pasar un mes sin el apoyo de su familia, o de amistades afianzadas, como el reto de coordinar una obra de teatro con actrices en absoluto experimentadas sólo podrían proporcionarle más sabiduría. Que ésta fuera suficiente o no para la vena literaria de su amiga era algo que no podía saber, puesto que ella lo único que escribía eran recetas de cocina y sólo conocía lo que suponía la actividad de aventurarse en la ficción por boca de Jane.

—¿Y qué obra has escogido? —se interesó.

—La señora St. Quentin dijo que madame Latournelle quería algo de Shakespeare y me he decidido por *Las alegres comadres de Windsor*. Seguro que todas quieren el papel de Falstaff —consideró, pues era su favorito para interpretar.

—Discrepo, todas querrán el de Anne Page, y espero que no te dé problemas encontrar a alguna capaz de enfundarse en todos los disfraces de Falstaff —rebatió Martha, con mayor criterio.

Jane Austen era una joven poco común, así que se equivocaba al pensar que el resto de las muchachas preferirían un papel cómico al de heroína. Ni Martha ni ninguna de las Austen mencionaron el tema de Jack Smith delante de Mary, quien, a pesar de tener la edad de Jane, no le inspiraba la misma amistad que Martha. Por esa reserva, y porque apenas tenían intimidad, el misterioso Jack Smith pronto dejó de formar parte de sus conversaciones, aunque no salió de la cabeza de la joven Austen.

—Deberías ser más amable con Mary —le recriminó Cassandra en un momento en que se hallaban a solas.

—¡Pero si le dediqué uno de mis relatos! —protestó ella—. Apenas tiene conversación y es muy aburrida. Menos mal que incluyen a los hermanos Fowle en algunas de las veladas y que mañana iremos de excursión con ellos, Ibthorpe tiene muy poco que ofrecer. Compadezco a Martha.

Durante las horas que permanecían en casa, Jane y Cassandra se entretenían con unos gatitos que tenían poco más de un mes, y, excepto uno que era más receloso, el resto mostraba tanto su espíritu juguetón como el más tierno. Las hermanas Austen estaban encantadas con ellos.

La semana en Ibthorpe pasó más rápido de lo que la joven esperaba. Si bien Jane sentía algo de impaciencia por llegar a Reading, también era cierto que la amistad de Martha junto con la presencia de Cassandra la llenaban por completo. Hablaron mucho de Steventon, de las familias que las Lloyd habían dejado atrás, de los últimos cotilleos y de los de siempre, como la soltería de William Chute. Mary Lloyd participó menos; le faltaba sentido del humor para entender los juegos verbales de las tres amigas, y sólo mostró verdadero interés cuando supo que el marido francés de Eliza corría peligro. Tal curiosidad no respondía a un sentimiento de compasión hacia la prima exótica de los Austen, dado que nunca había simpatizado con ella, y mucho menos cuando James dio muestras de sentir admiración por madame la Comtesse. Si para todas la boda de James había implicado tener que poner distancia entre la familia Austen y la Lloyd, para Mary, además, aportó una decepción. Aunque ella pensaba que lograba ocultarlo, a Jane no se le escapaba que Mary siempre había suspirado por su hermano mayor, algo que nunca entendió, ya que consideraba que Henry tenía más cualidades para hacer feliz a una esposa. Sin embargo, ya estaba bien de interesarse en los amoríos de otras, el importante iba a resultar el suyo. Y si había una Charlotte Smith cuyas novelas eran muy aplaudidas, también existiría una Jane Smith.

El día antes de dejar Ibthorpe, cuando las Austen se disponían a preparar el equipaje, a Martha se le ocurrió que Cassandra no tenía ningún motivo para regresar a Steventon tan pronto.

—El martes que viene hay un baile en casa de unos vecinos, creo que deberías alargar tu estancia unos días más. Al fin y al cabo, sin Jane ni Jenny en Steventon, te vas a aburrir.

—Me gustaría mucho, pero mis padres se preocuparán si ven que no regreso mañana por la tarde tal como estaba dispuesto —objetó Cassandra, lamentándolo sinceramente, dado que habían conocido a los vecinos que Martha mencionaba y le habían gustado.

—Oí que el señor Johnson iba a ir hoy a Steventon. Si aún no ha partido, puede llevarles una nota a tus padres —sugirió Martha.

La idea les pareció bien a todas y, como el señor Johnson aún se encontraba en Ibthorpe, el asunto no se discutió más. Cassandra escribió la carta y el único equipaje que se preparó fue el de Jane.

—Deberías llevarte algún sombrero más elegante —bromeó Martha—. A lo mejor la señora Smith te invita a un té y no es adecuado que te presentes con uno de tus gorros.

—Jack Smith me conocerá con uno de mis gorros y con él ha de quererme. No quiero ser otra que yo —protestó, cansada de que siempre le hicieran la misma sugerencia.

Cuando llegó el momento, Jane subió sola a la diligencia, donde permaneció girada hacia la ventanilla de atrás. A medida que perdía de vista a su hermana y a Martha, iba tomando conciencia de que empezaba su aventura. Unas treinta millas eran lo que separaba Ibthorpe de Reading y el trayecto podía realizarse en un par de horas si no surgía ningún contratiempo. Era sabido que en octubre bien podía encontrarse algún árbol caído ocasionado por las tormentas en mitad del camino o que apareciera algún otro incidente. Sin embargo, no fue así. El viaje no se alargó más de lo previsto y, a pesar del traqueteo molesto del carruaje y de la incomodidad de ir apretada entre otros pasajeros, Jane consideró que eso era buena señal. No obstante, durante las dos horas que estuvo dentro del vehículo, todo tipo de especulaciones pasaron por su cabeza. En primer lugar, debía encontrar a Jack, algo que, haciendo las preguntas oportunas, no le pareció demasiado difícil. Por supuesto, habría más de una familia Smith en la zona y, tal vez, varios Jack Smith, pero el que ella buscaba había acabado sus estudios en Oxford el año anterior, por lo que tendría unos veintitrés años y sería de clase media o media alta. Así que descartaba a hijos de granjeros o de otro tipo de oficios. Además, quizá no resaltara por guapo, aunque algún atractivo tendría que tener su figura, puesto que Henry no se lo habría recomendado de haber tenido alguna tara. De algún modo, estaba convencida de que, en cuanto se hallara ante él, sabría que era *su* Jack. Lo que realmente le preocupaba era comprobar si sería capaz de enamorarse. Sin duda, el ir predispuesta a ello ayudaba, pero no garantizaba. Sin embargo, sabía que tal incertidumbre no tenía que detenerla, pues ésa era su oportunidad. Y, desde luego, la segunda cuestión importante era qué ocurriría si ella se enamoraba y él ya tenía su corazón ocupado. ¿Estaría comprometido Jack Smith? De haberlo estado cuando lo conoció su hermano, Henry ni siquiera se lo habría mencionado, pero había transcurrido un año desde que se habían visto por última vez y, a esa edad y durante ese tiempo, bien podría haber ocurrido. Quizá, de todas las cuestiones que la ponían nerviosa mientras la diligencia avanzaba, ésa era la que tenía mayor peso.

Divisó las primeras edificaciones de Reading pasadas las once de la mañana, y se percató de que no había dedicado ni un sólo pensamiento a madame Latournelle ni a la señora St. Quentin, como tampoco se había preguntado cómo la recibirían las internas. ¿Cómo la presentaría madame Latournelle? ¿Diría que era escritora?

El reloj de una iglesia marcaba las once y media cuando descendió del carruaje. Se hallaba cerca de la plaza del mercado que tan bien conocía. Allí era donde, cuando era niña, paraba también la biblioteca itinerante de la que tanto se había nutrido. Bajo unas nubes densas, pero no amenazantes, recorrió portando su maleta las calles que llevaban hasta la Abadía y, al volver a ver la solemnidad de sus muros, sintió un pequeño vértigo. ¿Estaría ella a la altura de la tarea a la que se había comprometido? La duda duró poco, pues se infundió fuerzas y, con decisión, avanzó los pasos que le quedaban para llegar al gran portal que servía de entrada. Antes de llamar, se atusó los rizos castaños que salían de los laterales de su gorro, se alisó la falda del vestido y se arregló el lazo de la capa que la protegía del frío. Luego respiró, volvió a pensar en Jack y golpeó la aldaba.

Al cabo de un minuto, una criada abrió la puerta.

—¿En qué puedo atenderla? —le preguntó.

—Soy la señorita Austen, Jane Austen. Madame Latournelle y la señora St. Quentin me están esperando.

5

Atravesar aquella puerta de entrada supuso para Jane un viaje en el tiempo, no a la época de esplendor medieval en que se levantaron esas piedras, sino a la edad de la inocencia y los primeros descubrimientos de su infancia. La criada, a la que no reconoció, condujo a la joven a un salón reservado al que nunca había podido acceder como alumna. Siempre había sentido curiosidad por descubrir cómo era y, en aquel momento, se llevó una desilusión. La imagen se mostró muy distinta a la que tenía en su mente. La habitación estaba revestida de una madera bastante deslucida y empañada con sombras desiguales. La decoración era ecléctica, con un exceso de miniaturas por todos lados, sobre todo en la repisa de la chimenea. Un biombo de tela separaba la zona del escritorio del pequeño salón donde la esperaba su antigua profesora. En cuanto Jane la vio, notó que Ann St. Quentin ya no era su Ann Pitts. No quedaba rastro de su buen color y unas sombras bajo los ojos habían apagado el brillo de una mirada que en su día fue entusiasta. Parecía más delgada y sus movimientos eran nerviosos. Jane lo atribuyó a las responsabilidades del nuevo cargo y la saludó con corrección, sin atreverse a repetir el abrazo con el que se habían despedido cinco años atrás. Ella tampoco hizo más que un pequeño gesto de saludo.

—Señorita Austen, qué alegría volver a tenerla aquí —dijo sin levantarse de su asiento. La sonrisa era sincera, pese a que ya no conservaba el carácter maternal que siempre mostraba cinco años atrás—. ¡Qué alta está!

—Yo también me alegro mucho de verla, señora St. Quentin. Fue una gran consideración que pensara en mí, haré todo lo posible para estar a la altura de la confianza que me ofrece.

—¡Se fue de aquí cuando todavía era una niña y regresa casi convertida en una mujer! ¡Cómo ha mejorado! —insistió ella.

Jane, en cambio, se abstuvo de hacer ningún comentario sobre su aspecto.

—Me apura pensar que tengo la edad de alguna de las internas, incluso puede que sea menor que algunas. ¿Está segura de que soy la apropiada para la labor que me han encomendado?

—Sólo hay una mayor que usted, la señorita Henthrone, que ya ha cumplido los diecisiete. Éste es su último año con nosotras. Seguro que la recuerda: Eleonor Henthrone. Ya estaba aquí cuando usted y su hermana se marcharon. Siempre la hemos llamado Nell.

La joven asintió. Nell era una niña inquieta a la que le costaba obedecer, aunque sus travesuras nunca fueron ofensivas para el resto de internas. Por mucho que la castigaran, no enmendaba su conducta. Jane nunca se relacionó mucho con ella ni con las demás, pues se refugiaba en la lectura cuando no estaba con Cassandra o Jenny.

—No sabe cuánto ha cambiado ella también. Nos dio mucho trabajo, pero ahora es un ejemplo para las demás alumnas.

—Es un honor para mí que me haya escogido para coordinar la obra, teniendo en cuenta que la señorita Henthrone tiene tantas virtudes —comentó Jane.

—¡Oh, lo suyo no es el teatro! Sin embargo, dibuja muy bien, no tiene nada que envidiar a los maestros italianos…

Dudo mucho de que le atraiga la dramaturgia. Y como usted siempre fue una gran lectora y en su casa representaban obras de teatro durante los veranos, madame Latournelle y yo pensamos que sería la adecuada. Estamos convencidas de que lo hará muy bien, no tema por eso.

—Como ya le expliqué por carta, jamás he dirigido ninguna obra. He participado en muchas, e incluso he escrito algún drama breve que mis hermanos representaron, pero eran James y Henry quienes lo coordinaban todo.

—Confío en usted —comentó, sin dar importancia a la objeción de Jane y cambió de inmediato de tema—. Pediré que preparen el té. Llegamos a tener té verde... Ahora sólo compramos del negro.

El apunte escondía algo más y la joven Austen tuvo la prudencia de no preguntar.

—Preferiría un vaso de agua —se limitó a decir.

La señora St. Quentin la invitó a tomar asiento y salió a pedir que trajeran agua. Jane volvió a observar el salón. También cuando la condujeron por el pasillo principal, había notado que, aunque quedaban restos del apogeo de antaño, había algún desconchado en la pared y las vidrieras estaban ahumadas. Quizá el internado siempre había sido así y ella nunca había reparado en que había perdido tanto esplendor... Ahora, en cambio, podía notar el aire decadente que ofrecía.

—Las muchachas están en clase, luego se las presentaré —comentó la señora St. Quentin cuando regresó.

—Ya sabe que durante mi estancia no hice muchas amistades —recordó Jane, que de alguna manera se sentía conmovida ante este regreso—. Pero le prometo que mis habilidades sociales han mejorado.

Nuevamente, la señora St. Quentin pareció ignorar las palabras de la joven y prosiguió con lo que era de su interés.

—¿Por qué obra se ha decidido?

—Siguiendo sus indicaciones de representar a Shakespeare, he optado por *Las alegres comadres de Windsor*, si le parece bien. Deseaba inclinarme por una comedia. Creo que reír mejora el humor y el buen humor empuja hacia el bien.

—¡Oh! ¡Qué lástima! —exclamó la directora—. Justo ésa fue la representación de final de curso de este año del internado de chicos del doctor Valpy. ¿No podría escoger otra? Si prefiere una comedia, ¿qué le parece *Sueño de una noche de verano* o *Mucho ruido y pocas nueces*?

—*Mucho ruido y pocas nueces* fue representada en casa hace algunos años —recordó.

—Pues si ya tiene experiencia con ella, no se hable más. Como le indiqué en la carta, madame Latournelle quería algo de Shakespeare.

—Me extraña que no quiera dirigirla ella, ¡con lo gran aficionada que ha sido siempre! —comentó Jane.

—Ahora está más ocupada que antes. Y ya tiene una edad… El tiempo no pasa en balde para nadie, señorita Austen —manifestó, como si pensara más en ella misma que en madame Latournelle.

A pesar de la cojera del ama de llaves —de la que no sólo se decía que se debía a una pierna de corcho, sino que también existía el rumor de que se trataba de un alza que llevaba en el zapato—, de la edad, dado que ya tenía cerca de setenta años, y de su corpulencia, madame Latournelle siempre había sido una mujer con una gran vitalidad. Jane deseó que no hubiera enfermado. De repente, un quejido interrumpió la conversación y fue precisamente madame Latournelle quien entró en el despacho acompañada de una niña que lloraba de manera inconsolable.

—¡Ya verá cómo la castigan sin comer! —la regañaba mientras la arrastraba de una mano.

—¿Qué ha hecho en esta ocasión? —preguntó la señora St. Quentin, levantándose de la silla.

—Ha colocado un gusano en el cabello de otra interna.

—Por lo visto, le gusta quedarse sin comer —insistió la señora St. Quentin—. Hará ayuno hoy y el resto de mañanas durante una semana. Además, cepillará el cabello de su compañera durante todo el mes. Y la próxima vez se quedará encarrada en el cuarto oscuro durante dos días, ya que parece ser que es de su agrado familiarizarse con los gusanos. Allí podrá cazarlos y dárselos de comer a las ratas.

Los ojos de la niña, que tendría unos doce años, mostraron espanto ante esa idea y, con voz desgarrada, exclamó:

—¡Al cuarto oscuro, no! ¡Por favor, no me mande nunca más al cuarto oscuro, señora St. Quentin!

—Veo que guarda un buen recuerdo de él —ironizó—. De su conducta dependerá que vuelva a visitarlo —la advirtió de nuevo—. Y, ahora, suba a su dormitorio y no salga hasta mañana por la mañana. No piense que voy a apiadarme de una reincidente, yo me ocuparé de enderezarla.

La niña obedeció y salió corriendo de la salita. También iba a marcharse madame Latournelle cuando la señora St. Quentin llamó su atención.

—¿No ha reconocido a la señorita Austen?

—¿La señorita Austen? ¿Jane Austen? —preguntó, mientras la observaba con atención de arriba abajo—. ¡No la esperábamos tan pronto! ¡Bienvenida, mademoiselle Austen, espero que su hermana y toda su familia se encuentren bien!

Madame Latournelle olía a canela, por lo que Jane dedujo que había estado ayudando en la cocina.

—Por fortuna, así es. Cassandra está pasando unos días en Ibthorpe, pero les envía muchos saludos a todos —respondió agradecida—. Espero que no piense que he venido a quitarle el puesto. Últimamente tenemos muchas bodas en la familia y en diciembre se casa mi prima, Jane Cooper. Como comprenderá, no puedo faltar, así que pronto se librará de mí.

—¡La pequeña Jenny! —exclamó la mujer—. ¡Ya sabía yo que esa beldad encontraría un marido pronto! Mi enhorabuena. ¿Y quién es el afortunado? Yo siempre dije que ella podía aspirar a un buen apellido.

—Thomas Williams. No sólo es afortunado por haberse ganado el corazón de mi prima, también es muy apuesto y le espera un gran futuro en la Marina. A su edad, ya es teniente.

Madame Latournelle procuró ocultar su decepción y la señora St. Quentin aprovechó para preguntarle si ya había realizado el pedido que le había encargado. Quedó insinuado que regresara a sus ocupaciones, y así lo hizo. La criada llegó con una jarra de agua y dos vasos y la señora St. Quentin volvió a sentarse.

—La he alojado en un dormitorio con jóvenes de su edad, excepto la pequeña Sophie, que comparte cama con su hermana Esther. Nos habría gustado ofrecerle un cuarto propio, pero este curso ha llegado la señorita Gibbons y no nos queda sitio. Aun así, tendrá una cama sólo para usted, no se verá obligada a compartirla con nadie.

—Gracias, señora St. Quentin.

—En fin —dijo mientras se levantaba—, la acompañaré al dormitorio para que pueda deshacer su equipaje. En un rato conocerá a las internas.

Tras instalarse, le presentaron a la señorita Gibbons, la nueva profesora de dibujo. Era de estatura media y tenía buena figura. De rasgos finos, la mirada mostraba inteligencia. Tendría la edad de Martha Lloyd y, de los tres profesores, era la única que se hospedaba en la Abadía. A Jane le gustó de inmediato y pensó que iban a llevarse bien. Al señor Weaver ya lo conocía, era el mismo profesor que impartía música desde tiempo atrás, y no se hospedaba en el internado. Estaba cercano a los sesenta años y residía con su madre y una hermana viuda en una casita rural cercana a la zona de los lagos del río Kennet, donde completaba su salario con clases particulares. No pudo conocer a monsieur Pictet, el nuevo profesor de francés que también daba clases en el internado del doctor Valpy, pero madame Latournelle le habló de él y le contó que había sido secretario de Catalina la Grande de Rusia y que se relacionó con Voltaire hasta la muerte de éste. El francés era su lengua materna, algo que, sin duda, mejoraba el nivel que tenía madame Latournelle. El nuevo director, el señor St. Quentin, tampoco se encontraba en el internado en aquel momento. Su esposa se encargaba de las clases de lengua y de costura y, en realidad, era quien dirigía el internado, a pesar de que tal dignidad fuera ostentada por su marido.

Tras el profesorado, Jane conoció a las alumnas, que no parecieron sorprenderse de que una extraña fuera a encargarse de una representación teatral. Las señoritas Eleonor Henthrone, Victoria Durrant y las hermanas Esther y Sophie Pomerance iban a ser sus compañeras de dormitorio y, excepto la última, que tenía once años, las otras, tal como le habían comentado, eran aproximadamente de su edad. Jane apenas habló. Fue la señora St. Quentin quien les presentó a la joven Austen, les explicó el motivo de su llegada y les pidió a las que no conocían la obra que leyeran *Mucho ruido y pocas nueces* cuanto antes. Añadió que durante la siguiente sesión deberían ofrecerse voluntarias para el papel de su gusto. La señorita Austen sería la encargada de hacer la selección y, de cara a los personajes a los que nadie se hubiera presentado, ella misma podría decidir a quiénes atribuírselos. Cuando ofreció la posibilidad de hacer alguna pregunta, una de las alumnas levantó la mano y la señora St. Quentin le cedió la palabra.

—¿Cuántos ejemplares de *Mucho ruido y pocas nueces* hay en la biblioteca? Si ha de pasar de mano en mano, no tendremos tiempo de leerlo para mañana.

—Usted misma puede encargarse de leerlo al resto de internas en voz alta. O pueden ir turnándose, si se le cansa la voz.

6

Cuando acabaron las clases, Jane tomó el té con la señora St. Quentin, la señorita Gibbons, el señor Weaver, madame Latournelle y seis internas que pagaban un extra para compartir comedor con la directora, a fin de que aprendieran buenos modales a la mesa. Tiempo atrás, el señor Austen también había querido que sus hijas gozaran de esa atención y Jane y Cassandra disfrutaron de ella durante su primer año de internado. Pero, transcurrido éste, la familia se vio obligada a reducir gastos y dejó de abonar esa tarifa durante los últimos meses. Entre las jóvenes que ahora tenían ese privilegio, se hallaban dos gemelas de catorce años, dos niñas de doce, otra de quince y Eleonor Henthrone, que tenía diecisiete. Eleonor desentonaba entre las demás y, quizá por eso, se mostraba reservada. Jane y ella se limitaron a un escueto saludo y, a continuación, tanto la señora St. Quentin como madame Latournelle se dedicaron a hacer un repaso de los años de interna de la joven Austen. Ella se sintió incómoda siendo la protagonista de la conversación. Además, ninguna de las dos demostraba buena memoria, en varias ocasiones la confundieron con Cassandra e incluso una vez contaron algo que le había sucedido a otra alumna como si fuera ella. Jane no lo desmintió. No era de extrañar: durante su estancia allí había procurado no destacar, aunque precisamente era esa actitud la que todos señalaban de ella.

Se sintió algo mejor cuando le preguntaron por la obra de teatro, pese a que hubo de improvisar la argumentación para defenderla, ya que ella había previsto otra. Por suerte, conocía *Mucho ruido y pocas nueces* y se le daba bien hablar de comedias en general.

—Lo cierto es que en un principio me tentó optar por *Macbeth*, pero decidí que las niñas merecían reír. Cuando uno está alejado de su familia, la risa es muy necesaria.

Con ese comentario, le dio la sensación de que se había ganado la simpatía de las internas y eso le dio ánimos para continuar.

—Nos reímos mucho cuando la representamos en casa, no sólo por los enredos de las escenas, sino porque también en los ensayos siempre nos reíamos. Cierto que con Henry y Eliza eso es fácil, pero en esta ocasión fue James quien la dirigió.

—¿Hizo usted de Beatrice? ¿O, tal vez, de Hero?

—Hice de Leonato —comentó, sonriendo al recordarlo—. Mi hermano tuvo que hacerme un nudo para que no se me cayeran los pantalones y, cuando hablaba, la barba postiza se descolocaba y me llenaba la boca de pelos.

—Si dice usted eso, ninguna muchacha querrá ese papel —bromeó el señor Weaver.

—¿Y no podríamos hacer la obra con los jóvenes del internado del doctor Valpy? —preguntó una de las internas.

—No. Si hiciéramos eso, su familia se encargaría de sacarla inmediatamente de aquí —respondió la señora St. Quentin.

—Los dejan asistir a las representaciones y a los bailes… —insistió una de las gemelas.

—Esto es diferente. Además, esos muchachos también deberían llevar barba postiza, la mayoría no saben lo que es una navaja de afeitar. Como ve, eso no solucionaría el problema que se ha planteado.

—¡Tonterías! —exclamó madame Latournelle—. No veo cuál es la objeción a que se incorporen unos muchachos. Sólo necesitaríamos a unos cuantos y su conducta sería mucho más fácil de controlar que durante los bailes. Además, su esposo está en muy buenas relaciones con el doctor Valpy, puede enviar también a alguno de los profesores de su internado para vigilar que todo se desarrolle dentro de los buenos modales.

—¡Por favor, señora St. Quentin! —exclamaron tres de las internas a la vez.

—Me parece una buena idea —añadió Jane—. La educación de una muchacha está encaminada a las relaciones con el otro sexo, no veo por qué se ha de excluir esta experiencia. Puede ser enriquecedora tanto para las muchachas de aquí como para los internos del doctor Valpy.

—Lo consultaré con mi marido —accedió después de todo la señora St. Quentin—. Al fin y al cabo, él es el director.

—¿Se encargarán de confeccionar los trajes en clase de costura? —preguntó Jane, pues así lo hacían antes.

—No, querida. Tendrá que ser durante el tiempo libre, pero ya sabe que las internas gozan de mucho tiempo libre. Pueden encargarse de esa tarea las que no tengan ningún papel, así el mérito del éxito será repartido entre todas. —Recreando la obra en su imaginación, añadió—: ¡Oh, qué delicia ver cómo el veneno verbal entre Beatrice y Benedicto se convierten en un dulce licor por arte de magia!

—No le atribuyo el mérito a la magia: hay terceras personas que se encargan de destilar ese licor —apuntó Jane.

—Dicen que para el amor sólo hacen falta un hombre y una mujer, pero a veces me pregunto si podría existir sin las terceras personas que le dan un empujoncito —añadió madame Latournelle.

—También son terceras personas las que interfieren para separar a Claudio y a la inocente Hero —apuntó la señorita

Gibbons—. En general, las terceras personas suelen convertirse más en obstáculos que en ventajas.

—En caso de que se conviertan en obstáculos, fracasan —insistió madame Latournelle—. Se ve muy bien en el ejemplo de Claudio y Hero que usted menciona. Y también son terceras personas, o tal vez debería decir cuartas, las que se encargan de arreglar el entuerto. ¡Cuántas veces en un romance no han sido necesarias las casamenteras!

—¡Madame Latournelle! —exclamó la señora St. Quentin, haciéndole una seña para que callara delante de las internas—. Querrá usted decir qué necesarias son las buenas consejeras para sosegar el alma irreflexiva de la juventud. El papel de una madre, de una buena institutriz o de una amiga sensata han evitado romances, e incluso matrimonios, la mar de imprudentes.

—Madame Latournelle se refería a las comedias, no a la realidad —matizó Jane para acudir en su ayuda.

—Debe tener cuidado cuando hable delante de jovencitas. El corazón aún no está formado y, a esa edad, tienen tendencia a confundir ficción y realidad. Es algo que nos ocurre a menudo con las historias de fantasmas. Pero, sobre todo, la confusión se incrementa respecto a las expectativas de matrimonio.

Jane percibió un deje de amargura en la voz de la señora St. Quentin, pero de inmediato ésta se recuperó y, como ya habían terminado el té y comido un par de bollos, dio permiso a las internas para que se retiraran.

Jane tenía intención de aprovechar la tarde libre para acudir a la biblioteca ambulante de Reading, a fin de agenciarse algún libro de los que no llegaban a Steventon. Y, por supuesto, pensaba que pasear fuera de la Abadía proporcionaría más armas al destino para que cruzara su vida con la de Jack Smith. Pero cuando se disponía a salir, la señorita Gibbons se sumó a lo que pensaba que se trataba de un simple paseo, por lo que se vio obligada a su compañía. A pesar de que la nueva profesora le gustaba, habría preferido no someterse a la observación ajena a la hora de indagar sobre el joven que buscaba. Nada más abandonar el edificio, la señorita Gibbons le preguntó si no le parecía extraño ver el internado desde otro punto de vista al que lo había conocido y Jane reconoció que se sentía algo fuera de lugar.

—Cuando estuve aquí, la señora St. Quentin fue muy amable conmigo. Yo tenía nueve años y, sin llegar a ser indulgente, me dispensó un trato maternal. Fue ella quien comenzó a prestarme libros al descubrir mi afición por la lectura. Como puede ver, ya no soy ninguna niña y el trato obligatoriamente ha de ser distinto —admitió, aunque enseguida añadió—: Sin embargo, hoy me ha parecido otra mujer.

—Yo he empezado a trabajar aquí este curso, no puedo hablar de cómo era antes, pero me parece una mujer desbordada.

—Antes ocupaba el puesto de profesora, me imagino que dirigir un internado supone un esfuerzo mayor. Además, por ese entonces estaba soltera. El matrimonio conlleva otro tipo de obligaciones.

Jane, que siempre que hablaba solía hacer reír, no había encontrado nada que la indujera a permitirse alguna broma o juego lingüístico a los que era aficionada, por lo que imaginó que, si Cassandra y Martha la vieran, también dirían que parecía otra.

—Uno habita aquí entre retales de historia —comentó la señorita Gibbons, refiriéndose a la Abadía.

—Y eso dispara la imaginación, me temo que la señora St. Quentin fracasará en su intento de luchar contra ella —apuntó Jane—. Siempre hay niñas que sueñan con posibles amoríos y, recuerdo que aquí, también con fantasmas.

—Pero, como bien ha dicho ella, al igual que otros sueños de la infancia, la realidad se encarga de borrarlos —añadió la señorita Gibbons, con cierto deje de nostalgia.

La señora St. Quentin le había dicho que Louise Gibbons venía de buena familia, que sus padres habían fallecido cuando ella era una niña y que su hermano mayor había velado por que tuviera la mejor educación. Sin embargo, la prematura muerte de su único hermano, causada por la caída de un caballo, había hecho que toda la fortuna familiar pasara a manos de un primo que, a la hora de heredar, demostró estar más interesado en invertir en negocios en las Antillas que en el futuro de su joven pariente. Así, a los veintidós años, a la señorita Gibbons no le había quedado más remedio que enterrar todas las comodidades y aspiraciones de una joven bien situada junto al cuerpo de su hermano y buscarse un medio de vida. Al principio, vivió cuidando a una tía materna que también había perdido el favor de su sobrino, el mismo que la había abandonado a ella. Pero cuando unas fiebres se llevaron también a su tía, la señorita Gibbons no encontró más salida que la de buscar una colocación, con la buena fortuna de que justo en ese momento en la Abadía necesitaban una profesora de dibujo.

—¡Institutriz, maestra, ésas son las únicas salidas que se dan a las mujeres que no tienen fortuna o no alcanzan el matrimonio! —exclamó Jane—. Preferiría abrir una fábrica de cerveza a verme educando a niñas de por vida —exageró la comparación para hacer sonreír a su interlocutora.

—Sin embargo, usted ha aceptado venir aquí —objetó ésta, sin caer en su gracia.

—¡Sólo por un mes! No es lo mismo vivir una experiencia que habrá de reafirmar mis palabras a verme prisionera de esta situación.

Ahora sí, la señorita Gibbons esbozó una sonrisa.

—La señora St. Quentin comentó que usted era una niña muy tímida, pero no lo parece.

—Como le he dicho, y espero que pueda observar, tampoco soy ya una niña. Sí es cierto que en su momento me supuso un esfuerzo hablar con personas que no eran de mi confianza. Incluso en casa, pues cuando se tienen muchos hermanos, la madre no está para convertirse en confidente. Su papel lo suplió mi hermana Cassandra. Recuerdo que cuando venían extraños —comentó, entre sonriente y arrepentida— me escondía debajo de las mesas o las camas, o bien huía al jardín para subirme a un árbol a fin de que no pudieran encontrarme. Mi madre me regañaba por ello, pero hallaba un cómplice en mi hermano Henry.

—La timidez no es un pecado.

—Ni una virtud.

Paseaban entre fresnos, setos y amapolas y, por un momento, el paisaje las absorbió a ambas. Luego abandonaron el terreno personal y Jane le contó que aquella mañana había visto cómo castigaban a una de las internas por haber colocado un gusano en el cabello de otra. La señorita Gibbons le explicó que la niña castigada era hija del ama de llaves de un lord y se rumoreaba que también era hija de éste. Algunas internas, entre ellas la víctima, solían meterse con ella por ese asunto.

—A nadie le gusta que la llamen bastarda —consideró Jane—, bastante debe de dolerle que su padre no la reconozca.

—En el supuesto de que en efecto sea su padre. Los rumores, sobre todo si son falsos, pueden hacer mucho daño —admitió—. Aunque es cierto que él es quien paga su educación, eso no justifica que la niña se tome la justicia por su mano.

—Tiene razón —aceptó Jane—. Pero ¿no piensa que también se debería castigar a la otra niña?

—Para poder hacerlo, tendría que existir una acusación, pero, en lugar de justificarse, es una niña que prefiere callar y actuar por su cuenta.

—La nobleza de su silencio se pierde en la venganza.

La señorita Gibbons alzó los hombros en un gesto de resignación.

—He intentado que se abra a mí... La trato siempre con cariño y procuro ganarme su confianza, pero no he logrado resultados por el momento.

—Como bien ha dicho, lleva aquí poco tiempo. Tenga paciencia, una mano amiga siempre es bien recibida.

La señorita Gibbons no respondió. De pronto, su expresión se puso tensa y su mirada quedó fija en un punto lejano. Jane miró instintivamente hacia allí y distinguió a dos caballeros que se alejaban en dirección al Támesis. Estaban de espaldas y no pudo ver el rostro de ninguno.

—¿Le ocurre algo? —le preguntó a la profesora.

—No... no... —respondió, aún con la mirada perdida. Pero trató de reaccionar ante la expectación que notó en la joven Jane y añadió—: Me molesta el calzado, será mejor que regrese.

7

Louise Gibbons iba lo bastante deprisa como para que alguien diera crédito a que el calzado le molestaba. Jane decidió regresar con ella. Le habría gustado continuar el paseo, acercarse al Támesis y, con suerte, encontrarse con aquellos dos caballeros cuya visión tanto había turbado a la profesora, pero temió que a ésta le diera un ataque de nervios por el camino y prefirió acompañarla en su regreso. Mientras caminaba, el busto de la señorita Gibbons crecía y menguaba de tal forma que hacía pensar en la poca consistencia de su corsé, o bien en la violenta agitación en la que se hallaba un corazón indomable. Aunque respiraba dando la sensación de que le faltara el aire, Jane tuvo que apurar el paso para alcanzarla. En cuanto llegaron al internado, la profesora ni siquiera se despidió. Subió directamente al piso de los dormitorios, como si huyera de una amenaza terrible y sólo pudiera encontrar cobijo ocultándose de todos. Jane no dejaba de preguntarse quiénes serían aquellos hombres y qué relación tendrían con ella, y se lamentaba de no haber podido ver el rostro de ninguno de ellos. ¿Qué secreto escondía la señorita Gibbons? ¿Acaso no era quien decía y había huido con otro nombre de un matrimonio desdichado? ¿O, tal vez, temía por su vida? ¿Qué grado de peligro había detectado en la presencia de aquellos hombres?

Fuera cual fuera la respuesta a esas preguntas, no había manera de averiguarla si la señorita Gibbons no deseaba hacerla su confidente, pero no por ello la imaginación de la joven Austen dejaba de dispararse. Salió al jardín de la Abadía, donde la huella de las viejas glorias en forma de ruinas era tan palpable como los efectos de los feroces sucesos acaecidos después. El tiempo había dibujado en aquel lugar una estampa de ensoñación antigua. El color dorado de las viejas torres o muros que aún se mantenían en pie contrastaba con el verdor de la hierba y un cielo que rara vez lucía tan azul en el mes de noviembre. Las internas que no se hallaban en el aula para la lectura en voz alta de la obra de teatro paseaban entre las piedras milenarias o se agrupaban en corrillos para hablar de sus cosas. Algunas jugaban a la cuerda y otras trepaban a las torres sin la cautela precisa para evitar caídas, pero con la suerte a favor de acabar con buen pie su pequeña aventura. Era eso algo que no había cambiado con el paso del tiempo.

A la hora de la cena, la joven profesora se hallaba a la mesa, algo que Jane no habría podido asegurar si le hubieran preguntado poco antes.

—¿Le molesta menos el pie? —le preguntó.

—El roce me ha producido una llaga, lo cual me impedirá acompañarla los próximos días —comentó la señorita Gibbons sin mirarla a los ojos.

A Jane no se le escapó que se trataba de una excusa y sabía qué la había motivado, aunque continuaba ignorando la historia que pudiera haber detrás. Mientras la señorita Gibbons apenas volvió a pronunciar palabra, las internas que compartían mesa estaban más habladoras que aquel mediodía y, sin duda, la idea de que los muchachos del doctor Valpy fueran a participar en la obra tenía mucho que ver en su locuacidad. La señora St. Quentin les pidió en varias ocasiones que moderaran el tono de su conversación, pero a los pocos minutos ya volvían a ser presas de un ánimo juvenil que disparaba tanto su imaginación como sus lenguas. A la mesa se sentaban también el señor St. Quentin y monsieur Pictet. Este último, que sobrepasaba los sesenta años, le pareció a Jane un hombre sensato y racional. Del primero pensó que para averiguar si también era hombre de sensatez y razón debería esperar a otra ocasión en la que hubiera ingerido menos clarete. El color de su tez y algunos gestos inapropiados demostraban su embriaguez y, sobre todo, al contrario que el otro francés, lo hacía la incapacidad de domeñar sus ojos y fijar la mirada. El esfuerzo de la señora St. Quentin para que el estado de su marido no se delatara resultaba del todo estéril. Monsieur Pictet expresó su preocupación por las últimas noticias que llegaban de Francia. Por primera vez desde que había empezado la Revolución, Jane pensó que quizá fuera verdad que Inglaterra estaba próxima a entrar en guerra, tal como comentaba monsieur Pictet y también temía Henry. Sin embargo, no quería saber nada de hechos trágicos, y mucho menos si éstos estaban por venir y aún no eran seguros, así que buscó un objetivo más agradable para sus pensamientos. Por suerte, la conversación volvió a cambiar y enseguida se habló de la obra de teatro.

—Los muchachos del internado del doctor Valpy habrán de leer a Shakespeare antes de ofrecerse voluntarios para los personajes, eso obligará a retrasar la selección de actores una jornada —comentó la señora St. Quentin—, pero no afectará a la elección de actrices, podrá hacerla mañana.

Jane asintió. Cuando más tarde se reunió con sus compañeras de dormitorio, Eleonor Henthrone, Nell, fue la encargada de presentarle al resto. De las dos hermanas que compartían lecho, Esther tenía quince años, un cabello rojo ondulado y era risueña y extrovertida. Sophie, de once, apenas habló y se escondió tras las faldas de su hermana. Nell compartía cama con Victoria Durrant, también de quince años y muy bonita. A pesar de su belleza, no se la veía engreída ni artificial. Una vez hechas las presentaciones, Nell

Henthrone dijo que las recordaba a ella y a Cassandra y que esperaba que esta última se encontrara bien. Agradeció también que hubiera accedido a dirigir la obra y fue entonces cuando Jane supo que no era la primera vez que el internado invitaba a una alumna interna para tal misión.

—Ya no es como antes —le explicó Nell—. Ahora tienen muchos gastos y madame Latournelle ha de ocuparse de otras muchas cosas, no le queda tiempo para el teatro, aunque creo que es con lo que ella disfruta. En junio pasado vino otra antigua alumna para dirigir *Virginia*, de Vittorio Alfieri, pero a ella no la conocía de antes.

—No sabía que el internado pasara apuros —se extrañó Jane, pues era la primera noticia que tenía.

—El señor St. Quentin es aficionado al juego —aclaró Esther Pomerance, que además de extrovertida, en ocasiones se mostraba imprudente a la hora de moderar su lengua y se le escapaba más información de la que debiera dar. Tal vez por contraste, o quizá sólo era cuestión de su edad, su hermana era tan callada.

—Lo lamento por la señora St. Quentin, siempre le tuve mucho afecto —respondió Jane.

—Su cambio ha sido notable —comentó Nell—. A mí me regañaba mucho, pero lo hacía por mi bien. Tengo que agradecerle que no fuera indulgente con mis faltas: todo tallo que crece torcido debe ser enderezado para que el árbol crezca bien. Y me entristece mucho que se sienta desdichada.

—Las expectativas que la mujer pone en el matrimonio mientras permanece soltera son muchas veces decepcionadas por la vida marital —admitió Jane, repitiendo palabras que le había oído decir a su madre.

—Le agradezco mucho que haya apoyado la participación de los alumnos del doctor Valpy en la obra. Estoy ansiosa por saber cuáles de ellos harán los papeles de Claudio y Benedicto —comentó jocosamente Esther, obviando el comentario sobre el matrimonio en el que no le apetecía ahondar—. ¿Los ha conocido ya?

—No he tenido ocasión —respondió Jane—. Hay que darles tiempo también para que lean la obra, pero creo que pasado mañana los conoceré. Me da la sensación de que tiene interés en alguno en especial —sonrió.

—En absoluto —negó—. Mi corazón permanece insensible ante el otro sexo. Ningún muchacho es capaz de agradarme lo suficiente.

—Más bien diría yo que le agradan todos —bromeó Nell—. El problema de Esther es el de tener que elegir sólo a uno de ellos.

—Eso no es cierto —protestó la aludida. El hecho de que a continuación golpeara con una almohada a su compañera convenció a Jane de lo contrario.

Victoria Durrant, que se había mantenido en una posición discreta, perdió toda reticencia ante la señorita Austen y, animada por la alusión a los muchachos, mencionó varios nombres de los internos que Esther había aventurado como sus favoritos para bromear con ella. A partir de ese momento, la mayor de las Pomerance y Victoria comenzaron una conversación fantasiosa que a Jane le recordó a algunos de los momentos vividos con Cassandra y su prima Jenny, cuando esta última aún no estaba comprometida.

—Creo que Sophie se ha quedado dormida —observó poco después—, ¿no deberíamos hacer todas lo mismo?

La pequeña Sophie no dormía, pero cerrar los ojos era una forma de desaparecer del mundo.

—¿Le importa si dejamos las contraventanas abiertas? —preguntó Esther—. No me gusta dormir del todo a oscuras y, al fin y al cabo, mañana hay que madrugar.

Dejaron las contraventanas abiertas y no fue ése el motivo por el que a Jane le costó conciliar el sueño tras apagar la única vela que habían mantenido encendida durante la conversación. Estaba acostumbrada a compartir cama con Cassandra y el hecho de disponer de un colchón para ella sola, más que darle comodidad, le hacía sentirse extraña. También, la novedad de su pequeña aventura agitaba su imaginación de un modo que no lograba la rutina. Agradeció la buena sensación que le habían causado sus compañeras de dormitorio, pensó en la mala fortuna que había tenido la señora St. Quentin en su elección de esposo y se compadeció de que madame Latournelle se viera obligada a retirarse del teatro. Pero, sobre todo, regresó a su cabeza el misterioso encuentro, si es que podía llamarse así, que había producido tanta agitación a la señorita Gibbons. Y, con tantas novedades, sólo tuvo un instante para dedicárselo al desconocido Jack Smith.

La tenue luz de la luna que se filtraba por la ventana se veló de pronto. Unos nubarrones acechaban por el norte y un viento atrevido comenzó a levantarse y a susurrar silbidos que auguraban lluvia. Jane, que echaba de menos el calor de su hermana, se enrolló con la manta y por fin se quedó dormida. Un rato después el cielo se abrió y la tormenta se apoderó de la Abadía, pero no fue eso lo que la desveló, sino el grito de Esther, que también despertó al resto de compañeras.

—¿Lo habéis oído? —preguntó aterrada.

Mientras Nell encendía la vela, le preguntó:

—¿El qué, Esther? ¿Te asusta la tormenta?

—¡Me refiero a los crujidos! —dijo, señalando hacia la puerta—. Había alguien en el pasillo y se ha detenido justo aquí delante.

—Es el fantasma de Enrique I que viene a buscar sus ojos... —murmuró Victoria con voz sibilante.

—¡No bromees, lo he oído! ¡Sé muy bien lo que he oído!

Nell se acercó a la puerta y la abrió. Un viento frío penetró en la habitación, pero entre los juegos de luces y sombras que producía la vela no se distinguía a nadie. Victoria se acercó a ella, le quitó la vela y salió al pasillo. Esther, que permanecía asustada junto a Sophie, exclamó:

—¡Cierra! Cierra la puerta o la señora St. Quentin nos castigará a todas.

—¿No te atreves a decir «cierra o el fantasma entrará en el dormitorio»? —se burló Victoria—. Aquí no hay ningún fantasma, Esther. Sophie, dile a tu hermana que los fantasmas no existen.

La más pequeña de las Pomerance agarró una mano de su hermana y, obediente, le dijo:

—Los fantasmas no existen.

Victoria miró a Jane para tratar de explicar a su amiga:

—Es muy aprensiva. Cada vez que alguien hace la más mínima alusión a fantasmas, sufre pesadillas. Aunque se preocupe, en la mayoría de ocasiones tiene la deferencia de no despertarnos.

—¡Juro que he oído pasos! —insistió Esther.

—Es posible que fuera la propia señora St. Quentin —comentó Jane—. Seguro que vigila que todo esté en orden.

La respuesta satisfizo a las muchachas, si bien no a todas por igual, y al menos sirvió para que dieran por zanjado el tema y volvieran a la cama. Por entonces, Jane ya había comprendido que Esther y Victoria, por mucho que ambas tuvieran quince años, eran muy distintas. La primera era aún demasiado infantil, mientras que la segunda parecía más sensata y, como ella, ocurrente. Sin embargo, de la que no pudo averiguar gran cosa, pues a pesar de mostrarse educada permanecía hermética, fue de Nell Henthrone.

8

En el desayuno, al igual que cuando era una niña, abundaban los panecillos, por lo que Jane dedujo que, por muchos apuros que estuvieran pasando, no escatimaban en comida. Madame Latournelle mencionó que había oído gritar a una interna durante la noche y Nell se vio obligada a relatar la pesadilla que había sufrido Esther. Otra de las internas que compartía mesa con ellas apuntó que una de sus compañeras de dormitorio también se despertó sobresaltada en mitad de la noche.

—Con esta tormenta, lo extraño es que no se hayan sobresaltado más de la mitad —apuntó la señora St. Quentin.

Una de las niñas que estaba en la misma mesa se sumó a la conversación.

—No ha sido la tormenta, ha sido un fantasma. Yo lo he visto con mis ojos, señora St. Quentin —confesó, como si se sintiera culpable por ello. A la directora no le gustaba que se hablara de esas leyendas, temía que hicieran desistir a algunas familias de llevar a sus hijas al internado.

—Si esas palabras vinieran de una de las pequeñas, trataría de consolarla y hacerle ver que los fantasmas no existen. Una vez que cerramos lo ojos para siempre, nuestra alma queda en manos de Dios y les aseguro que no la suelta para que baje a pasearse entre nosotros.

—No he salido del cuarto, señora St. Quentin, no me habría atrevido —explicó la joven, temerosa de que la regañaran por algo que tenían prohibido—. Pero he abierto la puerta y he visto que una sombra descendía por la escalera. Era la sombra del fantasma de una mujer.

—¿Alguien bajaba por las escaleras? Eso no es posible. Estaría usted medio dormida... No voy a consentir que sus pesadillas asusten al resto de las internas. No quiero oírle decir ni una palabra más al respecto.

Pero ya era tarde para evitarlo. Una de las niñas pequeñas, que se había quedado impresionada, comenzó a jadear y a notar que le faltaba el aire al respirar. La señorita Gibbons se acercó a ella para tratar de calmarla mientras la señora St. Quentin indicaba a las otras que pasaran al comedor. Jane recordó que, cuando ella y Cassandra estuvieron internas, también alguna niña vivía atemorizada con la idea de fantasmas que vagabundeaban por las ruinas de la abadía. No sólo el alma de Enrique I; de igual forma se decía que allí moraban las de los monjes que se dejaron morir de hambre cuando perdieron el favor de Enrique VIII. De repente se fijó en que la señorita Gibbons tenía los ojos bajos y se había sonrojado. La señora St. Quentin, que quería zanjar el tema, interrumpió sus pensamientos.

—Señorita Austen, puede aprovechar para pasear por Reading ahora que ha dejado de llover. Durante su época de interna no pudo salir nunca.

—La diligencia se coge al lado del mercado, conozco el centro bastante bien —comentó—. Además, sí salí en una ocasión. Fue cuando vinieron de visita mi hermano Henry y mi primo Edward. Jenny, Cassandra y yo fuimos a cenar con ellos, usted nos dio permiso. Para nosotras supuso toda una aventura.

Tampoco madame Latournelle recordaba que las jóvenes Austen hubieran salido, pero no tuvo ninguna duda de que, para una interna, aquello tuvo que suponer algo tan extraordinario que no le extrañaba que ella no lo hubiera olvidado. Como también fue sorprendente el día que un pariente pasó por allí y les dio media guinea a cada una.

—Pues ahora podrá ver Reading al completo y bajo la luz del sol, si es que sale, claro, porque, aunque ya no llueva, las dichosas nubes se han quedado aquí —dijo mientras miraba hacia los ventanales—. No sea imprudente y no salga sin paraguas. Lo más probable es que no llueva, pero, si se olvidara de cogerlo, seguro que sí llovería —afirmó con total convicción. Como era su costumbre, gesticulaba sin parar mientras hablaba, algo que la señora St. Quentin procuraba corregir a las alumnas.

Jane salió con un paraguas en dirección a la zona donde solía ubicarse la biblioteca ambulante de Carnan y Smart. Caminaba despacio, no tenía ni idea de cómo encontrar a Jack Smith. Su esperanza radicaba en que, en un lugar que no tenía más de dos mil habitantes, no fuera difícil dar con él, a pesar de tratarse de un nombre tan corriente. Maldecía a su Henry querido por no haberle contado nada más y tampoco se había atrevido a preguntar aún en el internado. A través del escaparate vio que, en una tienda de sombreros y complementos, había varias mujeres además de la del mostrador y decidió entrar. Esperó contemplando la mercadería y fijándose primero en un sombrero de los que llevaba Eliza y en unos mitones después, a una distancia de las damas que le permitía prestar atención a la conversación por si mencionaban a algún Smith. Pese a que al principio fueron prudentes, ya que enseguida reconocieron a una foránea, las mujeres no tardaron en volver a centrarse en la compra con el fin de hacer una buena elección. Jane pudo saber que el próximo sábado tendría lugar un baile en una mansión llamada Basildon Park y que sin duda competiría en lujo y elegancia con el que había sido ofrecido hacía unas semanas en Mapledurham que, al parecer, era otra de las casas de campo emblemáticas del lugar. Se mencionaron algunos nombres y ninguno correspondió al de Smith, ni tampoco apareció ese apellido cuando una de ellas se refirió a su personal de servicio. Lo que Jane habría podido considerar como mala suerte lo convirtió de inmediato en una ventaja: al menos no había un Smith por cada cinco habitantes.

Cuando le tocó su turno, dijo que sólo estaba mirando, pero que seguramente necesitaría algo más adelante, ya que tendrían que confeccionar todo un vestuario para una obra de teatro. La dueña del establecimiento pudo saber que la joven había sido una antigua interna de la Abadía y el motivo que la había traído de nuevo hasta Reading, y eso le dio la suficiente confianza como para que ambas comenzaran a hablar de la tormenta de la pasada noche y dos o tres trivialidades más. Para su pesar, ninguna información que considerara relevante salió a la luz, por lo que, cuando abandonó el establecimiento, retomó su primera idea de buscar la biblioteca ambulante. Cinco minutos después se encontraba ante ella y algo en su interior se sintió reconfortado. Antes de dirigirse al bibliotecario, ojeó los libros expuestos y notó que se entusiasmaba con las novedades. Preguntó si tenían *Una simple historia*, la última novela de Elizabeth Inchbald, que aún no había leído.

—Ha de estar por aquí, en el caso de que el libro no haya sido prestado en ese momento —le comentó el hombre, señalando una pila de libros a su izquierda.

El bibliotecario se puso a buscar entre el montón indicado. Sin embargo, no cogió ningún libro y, a continuación, consultó la libreta en la que apuntaba los préstamos. Al cabo de unos segundos, le comentó:

—Tendrá que esperar unas semanas, en estos momentos está en préstamo.

—¡Oh! —se decepcionó—. ¿Y puede apuntarme en lista de espera?

—¿Lista de espera, señorita? ¿Se cree que los libros tienen un carnet de baile como si fueran damiselas? Cuando el ejemplar se devuelva, si otro cliente lo solicita, no seré yo quien se lo niegue. Es la primera vez que la veo y no sé si lo volveré a hacer.

—¿Y cuándo está previsto que lo devuelva?

—Está prestado durante todo el mes. Puede que lo devuelva en dos semanas o mañana mismo, eso es algo que nunca puede saberse.

Pensó que había tenido mala suerte, pero se repuso enseguida al contemplar otro libro que hacía tiempo que deseaba leer.

—Entonces, me llevaré éste de Tobias Smollet.

Jane señaló hacia el libro titulado *Las aventuras de Roderick Random* y el bibliotecario lo cogió. La joven abonó el precio y dio su nombre y la dirección del internado para poder abrir una hoja de préstamos.

—Tiene que devolvérmelo antes de finalizar el mes —la advirtió.

—Descuide, lo tendrá de vuelta mucho antes. Que tenga usted un buen día.

Con el libro bajo el brazo, alargó el paseo, deteniéndose en un par de comercios más y, aunque en uno de ellos también pudo entablar conversación, no así en el otro, el resultado fue idéntico al logrado en la sombrerería. No obstante, no dio la mañana por perdida, ése era un trabajo que ya tenía ahorrado para días siguientes, por lo que regresó a la Abadía sin ningún tipo de frustración.

Coincidió su llegada con la hora del té y se sentó a la mesa sin poder subir al dormitorio a dejar su novela.

—¿Agotó todos los libros de la Abadía mientras permaneció aquí? —le preguntó madame Latournelle señalando el libro que había traído—. Porque debe saber que, desde entonces, hemos hecho nuevas adquisiciones.

—Eché un vistazo ayer y pude comprobar que había algunos libros nuevos, pero la mayoría de ellos ya los he leído de la biblioteca de mi padre.

—La lectura tiene muchas ventajas de conocimiento y muchos inconvenientes de frustración, señorita Austen —le hizo ver el señor Weaver—. La vida no es como en las novelas.

—Como ve, he escogido una parodia, no creo que me despierte muchas expectativas sobre la moral de mis congéneres —sonrió.

—¡Oh! —exclamó el hombre—. ¡Una damisela aficionada a la parodia!

—Deberíamos haber acordado la obra elegida por carta —los interrumpió la señora St. Quentin—, de tal modo que, a su llegada, hubiera podido comenzar la selección de actrices y no verse obligada a demorar los ensayos. Me temo que le hemos regalado dos días gratuitos de aburrimiento.

—No conozco el aburrimiento, señora St. Quentin —respondió la joven—. Y, si se refiere al tiempo sin nada que hacer, le aseguro que somos muy amigos. No concibo que la humanidad evolucionara sin momentos de asueto. ¿De qué otro modo podría haberse alimentado la imaginación?

—Creo, señorita Austen, que va a tener muchas candidatas a Hero y a Beatrice y ninguna para el papel de Margarita —la advirtió la señorita Gibbons.

—Eso era de esperar, pero quien esté dispuesta a hacer de Hero tendrá que aceptar que se la elija para Margarita, si es el caso. Para los papeles en que haya varias candidatas, será su desenvoltura en él lo que decida. E igual va a ocurrir con los jóvenes del internado del doctor Valpy, no crea que me voy a dejar influir porque uno sea más apuesto que otro —añadió, mirando a las internas que compartían mesa con ellas.

—Varios de ellos fingen muy bien —añadió una de las gemelas y ocultó el motivo de sus palabras tras una sonrisa descarada.

—Nadie finge tan bien como mi cuñada, señorita Austen —volvió a intervenir el señor Weaver—. Me refiero a situaciones cotidianas, por supuesto, jamás la escogería para participar en una obra de teatro. Siempre le dolería la cabeza, tendría alguna alergia o estaría indispuesta por algún otro motivo. Eso sí, lo expondría de tal modo que ninguno de nosotros, tampoco usted, tendría ninguna duda de que ha dicho la verdad —comentó, consiguiendo que todas las mujeres rieran su gracia.

—¿Conocen a muchas familias que se llamen Smith? —se atrevió a preguntar por fin Jane, después de superar su pudor gracias a un pretexto para justificar tal interés—. Mi hermano Henry me ha pedido que salude a un viejo conocido que es natural de Reading y se apellida así.

—¿Y no le dio más referencias? —le preguntó el señor Weaver—. Puedo hablarle, al menos, de diez familias que se llaman Smith.

—El amigo de mi hermano se llama Jack, Jack Smith, pero no sabría decirle más, excepto que estudió en Oxford.

—No conozco los nombres de todos ellos, algunas de las familias tienen muchos hijos… Sin duda, debe de haber más de un Jack. —Tras pensar un momento, añadió—: Sí, Jack Smith, el viejo Jack, un buen hombre que tuvo la desgracia de perder la vista hace ya años. ¿Será el que busca?

—No, el Jack del que hablo tendrá ahora unos veintitrés o veinticuatro años. Acabó sus estudios el curso pasado. Y, si ha quedado ciego, ha de haber sido durante el último año, pues mi hermano lo conoció con la vista en perfectas condiciones.

—¿No tiene un familiar que se llama así el señor Drood? —preguntó madame Latournelle—. Sí, sé que está emparentado con unos Smith y creo que entre ellos hay un Jack Smith.

—¿El señor Drood? ¿Se refiere al antiguo jardinero?

—Antiguo y actual, puesto que continúa aquí. Hace bien su trabajo, aunque, si ya era un hombre extraño, se ha vuelto más taciturno y reservado desde que enviudó.

Jane lo recordaba. Era un hombre que tenía paralizado medio rostro por una enfermedad que había padecido en su juventud y su sola presencia asustaba a las niñas más pequeñas. Tenía la tez oscura y con manchas por un exceso de sol, pero, a pesar de su fealdad y la escasa posición de su oficio, había logrado casarse. Su esposa, la menor de siete hijas, tampoco había sido agraciada con el don de la belleza y se decía que tenía un carácter en exceso celoso y controlador. La felicidad que el señor Drood esperaba hallar en el matrimonio no fue tal. Una vez hechos los juramentos de fidelidad, su unión se convirtió en un castigo, por lo que Jane no se conmovió con su actual estado de viudedad.

—¿Su esposa enfermó? —quiso saber, para hablar con cautela cuando hubiera de preguntarle.

—No, no tuvo que sufrir una muerte lenta, dejó esta vida sin padecimientos —respondió madame Latournelle—. Sufrió un accidente doméstico: cayó por las escaleras y se partió el cuello sin tan siquiera enterarse. El señor Drood lo presenció todo, debió de llevarse una fuerte impresión.

—Es mejor que no cuente estas cosas delante de las niñas —la regañó una vez más la señora St. Quentin—. Son más impresionables de lo que usted piensa.

Pero el mal ya estaba hecho. La imaginación de las muchachas que habían oído la historia se puso en marcha y el accidente se convirtió enseguida en un asesinato de lo más real. Un nuevo fantasma vendría a sumarse a todos los que ya moraban en la escuela, dado que, aquella tarde, todas las internas estaban de acuerdo en que el cuerpo de la señora Drood estaba enterrado en el jardín del internado y que su marido la había asesinado. Jane deseó que el rumor no afectara demasiado a la sensible Esther Pomerance.

—¿Y está en el jardín ahora mismo el señor Drood? —preguntó Jane, cuyo interés era más mundano que el de las internas.

—No, tendrá que esperar dos días a que regrese. El señor Drood viene los lunes y los jueves por la mañana a cortar la hierba. El resto de días los dedica al jardín de la rectoría y a algunas casas particulares.

—En ese caso, estaré pendiente el jueves para hablar con él. Mi hermano agradecerá mucho que le dé el recado a su amigo.

Jane se sintió satisfecha. No había ninguna garantía de que entre los Smith del señor Drood estuviera el Jack Smith que buscaba, pero, al menos, eso le daría pie a contactar con una familia Smith y, a través de ella, conocer al resto de Smiths del lugar.

9

Volvía a llover. No del modo arrollador en que el agua había caído durante la noche. Tras la pasión, llegaba la constancia y una lluvia fina velaba la luz diurna del cielo de Reading. La humedad creciente se filtraba hasta el aula donde se hallaban reunidas las internas que deseaban actuar en la obra. Cuando estuvieron todas y dejaron de cuchichear, Jane les pidió:

—¿Pueden levantar la mano aquellas que deseen el papel de Hero?

Se ofrecieron ocho muchachas y Jane les indicó que salieran de una en una para que leyeran en voz alta, y con la entonación que la situación requería, varias páginas del libro en las que aparecía el personaje.

—En la medida de lo posible, acompañen la declamación con gestos y una expresión acorde al contexto.

Les fue pasando el libro a medida que les iba tocando el turno y ella, mientras tanto, leía los diálogos del resto de personajes. Para tal fin, había escogido la primera escena del cuarto acto, que correspondía al momento en el que el prometido de Hero la repudiaba públicamente ante el fraile que había de casarlos. No es que en este fragmento Hero tuviera mucho que decir, pero Jane sabía que, en el caso de este personaje, los silencios y su expresión valían tanto como las palabras. Además, la escena incluía un desmayo y ¡ay, qué peligro tenían los desmayos para ella y en cuántas ocasiones no los consideraba ridículos! Para su sorpresa, fueron dos las muchachas que, sin llegar a brillar, lograron defender el papel de una manera aceptable. Ambas ofrecieron un desmayo creíble, aunque les había fallado la entonación de su escueto diálogo. Como dudó entre una y otra, les hizo repetir la escena a fin de decidirse y, nuevamente, las dos lo hicieron con sus más y sus menos.

—Las felicito a ambas, pero lamento no poder darles mi veredicto en estos momentos. Prefiero esperar a tener el actor que encarne a Claudio para saber a cuál elegir. Memoricen sus intervenciones en esta escena y también las de la primera aparición del tercer acto, donde Hero se muestra más elocuente y en una situación muy distinta a la que hemos visto. Agradezco a todas la buena voluntad que han puesto y lamento que no haya ocho Heros para contentar a cada una de ustedes. Para continuar, me gustaría saber quiénes son las voluntarias para el papel de Margarita.

El rostro expectante de varias muchachas se vio manchado por la decepción, pues esperaban ansiosas el papel de Beatrice. Ninguna se ofreció para el de Margarita, papel que consideraban menor y al personaje, vulgar. Jane suspiró resignada. Trató de animarlas diciendo que era mejor encarnar a Margarita que a una de las doncellas de la servidumbre, que ni siquiera abrían la boca, pero sus palabras fueron en balde porque cuando lo volvió a preguntar, vio que de nuevo no se levantaba ninguna mano. No supo disimular la incomodidad de tener que escoger por su cuenta entre jóvenes que no conocía y tuvo la suerte de que su compañera de dormitorio, Nell Henthrone, intervino en aquel momento para sacarla del apuro.

—Yo seré Margarita.

Jane agradeció con una sonrisa tal ayuda. Sabía que, por el bien de la obra, no podía aceptarla sin ponerla a prueba, así que le pidió que leyera los diálogos del personaje pertenecientes a la cuarta escena del tercer acto. Eleonor no sólo interpretó bien el papel, sino que Jane detectó que tenía muchas más dotes de actriz de las que hubiera podido sospechar. Había cosas que pulir, claro, pero destacaba entre el resto de internas. Tras darle una vez más las gracias, procedió a buscar a su Beatrice. Sabía que, si ofrecía primero el papel de Úrsula, también tendría dificultad para obtener voluntarias. En este punto, fueron quince las manos que se levantaron y la excitación era notable en el rostro de sus dueñas. En esta prueba ocuparon el resto de la tarde y, de las quince representaciones, tuvieron que repetirse tres. Jane comenzaba a desesperarse y a pensar que mejor le habría ido si hubiera escogido una parodia, pues la comedia era algo muy serio. Ninguna de las muchachas dotaba a sus palabras con el brillo de la inteligencia ni conocían el ingenio tal como habría debido de corresponder a una verdadera Beatrice, y las tres más salvables, por mucho que se esforzaran, no estaban a la altura del papel. Entonces se le ocurrió pedirle a Nell que probara a leer uno de los duelos verbales con Benedicto, y la muchacha, con todas las reticencias por los celos que despertaría en las demás, acabó aceptando ante la insistencia de Jane. Nell interpretó el papel mejor de lo que lo había hecho ninguna otra. Ella sería Beatrice, no había duda, no existía otra mejor dotada para tal protagonismo, pese a que fuera por descarte. Por lo menos, comprendía al personaje y tenía tal agudeza mental que no desmerecía a la Beatrice imaginada por Shakespeare. A Jane no le quedó más remedio que pedirles a las tres candidatas fallidas que probaran el papel de Margarita y, aunque al principio fueron reticentes, acabaron resignándose. De entre ellas, escogió a la que menos flojeó.

Antes de cenar, explicó sus elecciones a la señora St. Quentin y a madame Latournelle y las dos se sorprendieron de que la señorita Henthrone mostrara dotes de actriz.

—Ella siempre ha sentido inclinación hacia el dibujo —comentó la señora St. Quentin—, no imaginaba que también le gustara actuar. ¿No es cierto, señorita Gibbons? —le preguntó a la profesora de dibujo, que se acercaba a ellas.

La señorita Gibbons pareció salir de su ensoñación cuando escuchó su nombre.

—¿Cómo dice?

—Digo que la señorita Henthrone se pasa las tardes dibujando y que, según su opinión, tiene un gran talento para ello.

—Así es —asintió—. No es que crea en los dones innatos por encima de la dedicación y el conocimiento, pero sí es la muchacha más talentosa que he conocido. Es una lástima que sus padres la hayan prometido tan joven, estoy convencida de que, de haber sido varón, le habrían permitido viajar a Italia para conocer a los grandes maestros.

—No sabía que estuviera prometida —comentó Jane.

Sorprendida ante tal noticia, se dirigió al dormitorio para cambiarse antes de la cena y, como encontró allí a las hermanas Pomerance, le comentó a la mayor que acababa de enterarse de que Nell tenía un prometido.

—Se casará el verano que viene con el señor Stornoway —le explicó Esther y, como era de suponer, añadió más información de la que Jane le había pedido—. El señor Stornoway es treinta y dos años mayor que ella, pero tiene una renta de quince mil libras que, sin duda, compensará cualquier diferencia de edad.

—¿Y es del agrado de ella? —preguntó Jane.

—Tal vez le agradara más como padre que como esposo —respondió, arqueando las cejas—. Sea como sea, podrá llevarla a Italia a conocer a los maestros Miguel Ángel y Velázquez.

—Para conocer a Velázquez hay que viajar a España —apuntó Jane.

—También podrá viajar a España si lo desea —añadió Esther sin amedrentarse por su error—. Lástima que el señor

Stornoway nunca haya seguido un tratamiento eficaz para la tartamudez.

Durante la cena, se dirigió a Nell y, aunque por supuesto no le sacó el tema, buscó afianzar su relación con ella.

—Me han hablado muy bien de sus dibujos. Mi hermana Cassandra también dibuja —le comentó Jane—. El reconocido acuarelista Claude Natts se ha encargado de su formación.

—Recuerdo muy bien que mientras usted se dedicaba a leer, su hermana, mademoiselle Austen, se entretenía con sus cuartillas de dibujo —comentó madame Latournelle, impidiendo que respondiera Nell—. La señorita Henthrone, además de dibujar, también pinta a la acuarela y al óleo. El señor Stornoway, su prometido, envía de vez en cuando remesas de lienzos, pigmentos y aceites porque desea que ella sea feliz. ¿Su hermana también pinta en tela?

—No, Cassy suele dibujar sobre cuartillas o tablas. Tiene un estilo un tanto caricaturesco —sonrió—. El invierno pasado ilustró una... una parodia que yo escribí sobre la historia de Inglaterra.

—¿Qué hay en la historia de Inglaterra que pueda ser parodiado? —preguntó el señor Weaver que, sin llegar a sentirse ofendido, sí se mostró un punto alarmado en su patriotismo.

—Señor Weaver, precisamente todo lo serio se puede parodiar —lo tranquilizó madame Latournelle.

Jane les explicó en qué consistía su parodia y en cómo Cassandra había incluido rasgos de sus familiares en los dibujos de los monarcas.

—Su madre estará divertida con ustedes dos —apuntó el señor Weaver, algo más tranquilo, aunque sin llegar a aprobar tales licencias.

—Mi madre también escribe poemas paródicos, al igual que varios de mis hermanos. Somos una familia a la que le gusta reír —sentenció Jane, sin sentirse en absoluto avergonzada de lo que pudieran pensar.

La señora St. Quentin le pidió a una de las internas que rectificara el modo de acercarse la cuchara con la que tomaba la sopa y, con esta interrupción, la risueña vida familiar de los Austen desapareció de la conversación.

—Debe mantener la espalda recta y levantar la cuchara en lugar de agacharse hacia ella.

—También uno debe ser puntual a la hora de la cena —añadió madame Latournelle en referencia a la silla que permanecía vacía, a pesar de que en ese lugar de la mesa los cubiertos estaban puestos.

Solía ocurrir que el señor St. Quentin no cenara en la Abadía sin avisar antes, o que lo hiciera, cuando ya todos habían terminado, en un estado de evidente embriaguez.

—Un director tiene muchas obligaciones, madame Latournelle, no sea usted impertinente. El señor St. Quentin sabe tan bien como todos nosotros los gastos que debemos cubrir y si se ve obligado a cenar fuera, no es por otro motivo que para procurar unas relaciones que pueden ser beneficiosas para el internado.

Nadie contestó. Las defensas que la señora St. Quentin hacía para mantener la reputación de su marido eran baldías, todos sabían que su afición al juego había causado algunas de las pérdidas que últimamente sufría el internado.

—Señorita Gibbons, ¿conoce usted a la señorita Kirby? —le preguntó la señora St. Quentin, sacando a la joven profesora de su silencio.

—¿La señorita Kirby? —preguntó la aludida al tiempo que palidecía y en sus ojos aparecía el mismo temor que si hubiera visto uno de los fantasmas de la abadía.

—Sí, la señorita Kirby —repitió—. Dicen que es una joven muy agradable. Ella también es de Crawley, como usted. Además, la diferencia de edad no es muy grande. He pensado que tal vez se conozcan. Va a casarse con el segundo hijo de sir Francis Sykes, de Basildon Park, y su esposo y ella se establecerán en una casa de campo no muy alejada de la familiar.

La señorita Gibbons tardó en responder y, cuando lo hizo, le faltaba la voz.

—No, no la conozco.

Jane vio cómo le temblaba la mano, pero enseguida desvió la mirada para no violentarla.

—Es una lástima —comentó la señora St. Quentin—, puesto que, como le he dicho, va a emparentarse con una de las mejores familias de Reading. Si la conociera, seguro que a ella le gustaría reencontrarse con usted.

—Ya le he dicho que no la conozco —insistió la señorita Gibbons, que no entendía a qué venía ese comentario.

—Pues debería hacerlo. La historia se repite en muchas ocasiones: una joven casadera abandona a su familia para trasladarse a vivir a un lugar en el que no conoce a nadie excepto a algunos familiares de su esposo. ¿A quién no le gustaría tener alguna relación de confianza ante esta nueva situación? Estoy convencida de que la señorita Kirby estará deseosa de hacer amigas aquí y ¡qué mejor que relacionarse con alguien con quien comparte localidad natal! Sin duda, han de tener muchos conocidos en común.

—Dudo mucho que nuestras vidas se crucen —respondió la señorita Gibbons, que parecía temer la posibilidad que había sido expuesta—. Ni yo voy a ser invitada a Basildon Park ni la señorita Kirby encontrará ningún motivo para acercarse a la Abadía.

—No, a no ser que la invitemos. No me cabe duda de que quedaría muy agradecida si lo hiciéramos, ¿no le parece una buena idea?

—En absoluto —contestó rápidamente la aludida, incapaz de disimular lo poco predispuesta que se hallaba a hacer caso a tal propuesta—. Hay una distancia social que nos separa y ella no saldría favorecida en este caso. Además, si va a casarse en breve, estará muy ocupada con los preparativos de su enlace. La señorita Kirby tiene más compromisos de los que usted y yo podamos imaginar, no veo ningún motivo para robarle su preciado tiempo.

—¡Oh, pues yo veo muchos, querida! Creo que una amistad con una joven tan modesta como usted le haría mucho bien y a usted tampoco le iría mal tener una amiga de su antigua localidad. Además, como su futura familia tiene mucho dinero, sería ésta una relación que bien podría beneficiar al internado.

—No entiendo en qué podría beneficiar al internado —objetó de nuevo la señorita Gibbons—, y le aseguro que yo no encuentro ninguna carencia estando aquí. Me han acogido ustedes muy bien, y también las niñas, no necesito nuevas amigas. En cuanto a ella, insisto en que tal invitación no le supondría más que una molestia.

—La señorita Kirby estará encantada, de eso no tengo ninguna duda, y seguro que usted también agradecerá el haberla conocido cuando ya hayan intimado. En cuanto al internado, no es ningún secreto que en este momento está pasando ciertos apuros que podrían solucionarse o, al menos, atemperarse, si lográramos alguna donación.

—¿Por qué no invita usted a la familia Sykes a ver la obra de teatro? —propuso madame Latournelle, poco sensible a la incomodidad que aquella idea suponía para la señorita Gibbons.

—¡Qué propuesta más acertada! —exclamó la señora St. Quentin.

Jane, que notaba el apuro en el que se veía sumida la señorita Gibbons, intentó ayudarla:

—¿Por qué ha de ser precisamente a la familia Sykes? Como bien ha apuntado la señorita Gibbons, invitarlos los abocaría a un compromiso durante el ajetreo de una próxima boda y eso siempre supone una incomodidad. ¿No piensa que sería contraproducente provocarles tal molestia? ¿Por qué no invita al resto de familias importantes de Reading, que para el fin es lo mismo?

La señorita Gibbons miró a Jane con evidente agradecimiento y un leve alivio que no duró más que un breve instante.

—¿Molestia? No han entendido nada, estoy hablando de todo lo contrario. Sí, está decidido, invitaremos a los Sykes a la función teatral, pero antes sería conveniente que la señorita Kirby y la señorita Gibbons se conocieran, eso facilitaría que se decidieran a aceptar —sentenció, con gesto de satisfacción—. Ya se me ocurrirá algo para que así sea.

10

La señorita Gibbons, tal como había sospechado Jane, se retiró después de cenar. La joven Austen estaba convencida de que, si bien era posible que Louise Gibbons no conociera a la señorita Kirby en persona, por lo menos había oído hablar de ella. Se preguntaba, además, si los dos caballeros, cuya visión tanto la asustó, estarían de algún modo relacionados con tal dama. El miedo que la profesora había mostrado al escuchar las palabras de la señora St. Quentin apuntaba a que no deseaba que la nueva habitante de Basildon Park supiera de ella, pero ¿por qué motivo? ¿Y qué ocurriría si finalmente se veía obligada a relacionarse con la señorita Kirby? La señora St. Quentin parecía convencida de llevar a cabo sus intenciones. Entre estas cavilaciones, se fijó en el viejo pianoforte que se hallaba en una de las paredes del comedor, en el que dos internas se ejercitaban y le arrancaban a cuatro manos una música melódica. Le habría gustado sumarse a ellas, pero no quería interferir y decidió dedicarse a la lectura. Sin embargo, las misteriosas reacciones de la señorita Gibbons le impedían concentrarse en *Las aventuras de Roderick Random*. Le importaba más esta intriga que la de la novela o la propia posibilidad de tratar con alguna familia Smith y, cuando dos horas después vio que no avanzaba en la lectura, decidió subir ella también a su dormitorio.

Menos Esther Pomerance, todas sus compañeras de cuarto ya estaban allí cuando llegó. Las saludó y agradeció verbalmente a Nell su esfuerzo por salvarle el papel de Margarita, aunque después de todo encarnaría a Beatrice.

—Sobre su afición a la pintura... —añadió, mostrando un interés entusiasta— me encantaría ver alguno de sus lienzos. ¿Sería posible?

—Los lienzos los guarda la señorita Gibbons, pero aquí tengo algunos dibujos en cuartilla.

Mientras lo comentaba, sacó una caja de debajo de su cama y de ella extrajo un portafolios que le ofreció a Jane.

—Son retratos que hice antes de cumplir los quince años —le explicó—. Creo que ahora he mejorado.

Jane cogió el portafolios que le tendía y lo abrió. De él comenzó a extraer unas láminas con distintos dibujos hechos a carboncillo.

—¡Nadie diría que los hubiese pintado a esa edad! —comentó Jane, mientras los observaba minuciosamente—. ¡Qué perspicacia en el reflejo de caracteres! La felicito. Sus dibujos no tienen nada de caricaturescos y, sin embargo, casi podrían adivinarse los vicios y virtudes de cada uno de los retratados. Eso es algo muy difícil de conseguir.

—Eso lo dice usted porque es aficionada a la escritura y posee imaginación para ello. Porque es escritora, ¿no es cierto? Eso nos dijo la señora St. Quentin antes de que usted llegara.

—«Escritora» es una palabra muy seria, pero es cierto que no encuentro mayor placer que la escritura. Me gusta tocar el pianoforte, pese a que soy consciente de que no practico lo suficiente, y me encantan los bailes, pero no con la misma profundidad que escribir. Casi diría que el baile y la escritura tienen algo en común: ambos alimentan un espíritu que ya de por sí creo que es alegre. Me divierto mucho escribiendo y me gusta hacer parodias. Por suerte, hasta la perfección se puede parodiar, así que nunca se me agotan los temas —sonrió.

Nell le devolvió la sonrisa, aunque había más ternura en ella que la picardía que acompañaba a la de Jane.

—Desde que pinto sobre lienzo, me he aficionado a los paisajes —respondió la joven Henthrone mientras recogía las láminas—. La naturaleza, no sabría decirle si es perfecta o no, pero no tengo ninguna duda de que, a su manera, habla. O tal vez sea Dios quien lo hace a través de ella. Hay algo religioso en la pintura, señorita Austen, pese a que no sabría explicarlo.

—¿No cree que sería mejor que me llamara Jane? —preguntó y, dirigiéndose a todas las presentes, amplió la oferta—. ¿Y puedo yo llamarlas Sophie, Victoria y Nell?

La idea de un trato más familiar agradó a todas, incluso a la jovencísima Sophie, que sólo supo expresarlo con un atisbo de sonrisa antes de bajar la mirada hacia el libro que tenía entre manos. Jane la observó y le preguntó:

—¿Eres aficionada a la lectura, Sophie?

La niña asintió.

—Desde que Mary Butts nos cuenta cuentos a Emily y a mí —dijo, y Jane, que era la primera ocasión en que la escuchaba hablar dirigiéndose a ella, celebró ese pequeño paso que conduce a la confianza.

—Mary Butts es otra de las internas —le aclaró Victoria—. Me extraña que no se haya presentado voluntaria a ningún papel, también es aficionada a la lectura.

En aquel momento, Esther entró en el dormitorio y, al verla, Victoria le preguntó con cierto sonsonete:

—Llegas tarde, Esther, ¿no te habrás entretenido buscando el cadáver de la señora Drood?

—¡Oh! Tú piensas que lo mío es sugestión, pero ya has oído lo que dicen las demás. ¡Siempre me pareció que el señor Drood llevaba dibujado el crimen en su rostro! ¿Cómo es posible que no hayan contratado a otro jardinero? ¿Creéis que es cierto que su esposa está enterrada en el jardín?

—No han contratado a otro jardinero porque el señor Drood no ha hecho nada por lo que merezca ser despedido —respondió Nell—. No es justo que las habladurías ensucien su nombre de este modo.

—Su esposa no fue asesinada, murió por culpa de un accidente —añadió Victoria, quien, lejos de burlarse de su compañera y acrecentar sus temores, esta vez quiso calmarlos—. Es lo que afirma la señora St. Quentin, ¿verdad que sí, Jane?

—Si hubiera habido alguna sospecha de que no fue así, se habría abierto una investigación en su momento. Y, si la hubo, la conclusión fue que el señor Drood era inocente, puesto que aquí sigue —afirmó la joven Austen.

—Y quien así habla es una escritora que tiene más imaginación que tú, Esther, así que frena la tuya. Espero que no te atormenten las pesadillas —añadió Victoria.

Esther se resignó a no decir nada más sobre el tema y a continuación Victoria le preguntó a Jane:

—¿Tienes intención de publicar tus parodias?

—No son dignas de ello, ya he dicho que sólo escribo por diversión —comentó, recordando las palabras de Eliza y, por un momento, se sintió frustrada por haber dejado su última obra incompleta.

—Si Nell pudiera vivir de su pintura, no estaría obligada a casarse con el señor Stornoway —añadió Esther.

Esas palabras sacaron a Jane de sus pensamientos sobre sí misma y sintió un halo de compasión hacia Nell Henthrone.

—Por lo que he oído, el señor Stornoway apoya tu afición a la pintura —le comentó a su compañera, procurando aportarle algún consuelo a la expectativa de un matrimonio concertado que no debía de ser de su agrado —. Lo celebro, yo no soportaría casarme con alguien que me prohibiera escribir. Es conveniente que una conozca las limitaciones y garantías que le ofrece la vida marital antes de casarse.

Nell se esforzó en sonreír, pero el gesto no le duró más que un instante. Ante la falta de entusiasmo, Jane no quiso decir nada más. Victoria tomó la palabra.

—Tú escribes, Nell pinta, Esther canta... En cambio yo no tengo ninguna afición definida. Pero sé que si quisiera dedicarme a la ópera, sir Phillip no pondría ninguna objeción.

—Sir Phillip es su prometido —apuntó Esther—. Como ves, menos Sophie y yo, tus otras compañeras de cuarto tienen el futuro asegurado.

—Y, por la manera de defenderlo, creo que Victoria está enamorada —añadió Jane—. ¿No es así?

—¿Enamorada? —repitió Victoria mientras pensaba la respuesta—. Supongo que sí me casaré por amor, sir Phillip es un hombre que me agrada.

—Ése es un buen comienzo, esperemos que vaya a más —comentó Jane—. Creo que, al menos en tu caso, no se trata de un matrimonio concertado.

Victoria lo desmintió, pese a que no parecía contrariada con la expectativa que le brindaba ese futuro.

—Sí lo es, así lo dispuso mi padre antes de morir. Siempre tuvo una inclinación especial hacia sir Phillip y, aunque no sé muy bien cómo fue la cosa, si no hubiera sido por su familia, mi padre se habría arruinado tras una inversión desafortunada. Pero el padre de sir Phillip acudió en su ayuda de forma desinteresada y nos salvó del desastre. Desde que el suyo murió, mi padre se convirtió en una especie de tutor para sir Phillip, que era hijo único. Y es tal el buen concepto que tenía de él que le legó el patrimonio familiar y mi mano. Estaba muy enamorado de mi nueva madre, pero sabía que la señora Durrant no se había encariñado conmigo tal como debería haber hecho después de cuatro años de casados. Como ves, no puedo dudar del criterio de mi padre, estoy convencida de que él es un gran hombre y yo, una afortunada. Sin embargo, sólo he visto dos veces a sir Phillip y, en la primera ocasión, yo era muy pequeña.

—Si no te precipitas en dar el sí, tendrás tiempo de observar que, efectivamente, es el hombre con el que quieres pasar el resto de tus días —comentó Jane, incidiendo en el hecho de dejar pasar un tiempo prudente para que la joven pudiera descubrir si de verdad sir Phillip era el hombre que le convenía—. Y la nueva esposa de tu padre, ¿en qué condiciones ha quedado? —preguntó con curiosidad.

—Mi padre estaba convencido de que la nueva señora Durrant volvería a casarse cuando enviudara. Aún es joven y bonita, tiene treinta y dos años, y no he conocido mujer más encantadora. Es inteligente y leída, lo que realza la conversación de alguien que ya de por sí tiene el don de la palabra. Sus gestos son delicados y graciosos y sonríe de manera adecuada. No hay persona que no caiga bajo su influjo, ni siquiera yo, sé que la falta de estima que me profesa no es porque yo le disguste, sino porque su corazón no es capaz de albergar más estima que hacia sí misma.

Si no fuera por su incondicional amor y dedicación a Hastings, Jane habría podido reconocer en ese dibujo a Eliza. Se preguntó cómo le irían las cosas a su esposo y recordó que su prima no era muy optimista respecto a su futuro, aunque procuraba afrontarlo con buen humor.

—Y ¿hace mucho que murió tu padre?

—Las pasadas navidades una neumonía se lo llevó de este mundo —respondió, con un tono que delataba que aún le dolía—. Fue a raíz de su muerte cuando la señora Durrant decidió enviarme al internado. Mi padre le legó una pequeña renta que le permite cubrir sus necesidades alimentarias, pero en absoluto le da la posibilidad de mantener los gastos a los que estaba acostumbrada. No es de esperar que ella guarde el luto para buscar un nuevo marido. No le faltan pretendientes y nunca les ha dicho una palabra ni mostrado un gesto que pueda desalentarlos. ¿Debería odiarla por no respetar el recuerdo de mi padre? —preguntó, dudando de sí misma—. Lo cierto es que no logro hacerlo —admitió—, debo reconocer que la entiendo, ¿qué otra cosa puede hacer una mujer sin fortuna que aún es joven?

—Tal vez no debas odiarla —intervino Nell—, pero, sin duda, la admiras demasiado. No entiendo tal inclinación. Como bien dices, es una mujer inteligente y con muchos recursos, ¿no debería haber algún modo de salir adelante que no incluyera el despliegue del coqueteo al que es aficionada? ¿No recuerdas lo que te contaba tu amiga en la última carta?

—Sí, es cierto que una amiga a veces me escribe y ése es el único modo que tengo de saber en qué estado andan las cosas en mi casa. En la última carta me advertía de que algunas lenguas hablan mal de mi madrastra. Pero ¿no es ésa, acaso, la consecuencia de la envidia?

—¿No mantienes correspondencia con sir Phillip? —le preguntó Jane.

—No. Él nunca ha tomado la iniciativa y yo no sabría qué decirle —admitió.

—Pues creo que deberías hacerlo. Las palabras escritas de su puño y letra, nacidas en lo más profundo de su corazón, tal como permite la intimidad que se encuentra ante el papel, es un modo de ir adivinando su carácter. ¿Cuántas cosas no se pueden averiguar del autor de una carta? Y no me refiero sólo a la información que aparezca en ellas, sino al estilo con que son escritas, a las pausas, al orden en que coloca las palabras…

—No sabría ni cómo empezar… —expresó, dudando ante tal sugerencia—. Además, ¿no lo consideraría él un atrevimiento?

—¿Justificas el coqueteo de la señora Durrant y te ves incapaz de escribir una carta amable y correcta a tu prometido? Y es posible que si iniciáis una correspondencia, él decida visitarte en Navidad. ¿No te gustaría?

Victoria no respondió. Sin embargo, su expresión ya no mostraba la reticencia inicial ante esa posibilidad.

11

No llovía al amanecer, pero poco después empezó a caer un agua fina que hizo desistir a la joven Austen de su primera intención de salir. Pasaría muchos días en Reading y tendría ocasión para continuar preguntando por más jóvenes Smith. Por ahora, bastaba con la posibilidad que se le abría ante el señor Drood para tirar de ella. Tras el desayuno, vio que la señorita Gibbons se dirigía al cuarto en el que guardaban los enseres de dibujo y decidió seguirla. Al acercarse a ella, le preguntó:

—¿Sería posible que me dejara ver las pinturas de Nell... de Eleonor Henthrone? Ayer me dijo que las guardaba usted y me dio permiso para verlas.

—Claro, venga conmigo. Estoy segura de que le sorprenderá su calidad.

La señorita Gibbons no había recuperado la templanza que mostraba cuando la conocí, pero al menos no se hizo la huidiza. Una vez más, estuvo callada durante el desayuno; quizá, agradeciendo que no se hubiera retomado el tema de la señorita Kirby. Cuando se encontraron en el pequeño almacén, le dijo a Jane:

—Le agradezco que ayer intentara ayudarme.

—No hay de qué. Pude notar que a usted le molestaba la insistencia de la señora St. Quentin.

—La distancia social que nos separa a la señorita Kirby y a mí es tanta que no me cabe duda de que, aunque ella sea una excelente persona, su nueva familia no podría ver una relación entre nosotras con buenos ojos. Es una lástima que la señora St. Quentin no sea consciente de ello y quiera comprometer a la pobre muchacha.

A Jane, estas palabras le parecieron una excusa muy débil.

—Por lo que entendí, la señorita Kirby y usted nacieron como iguales. Sólo que usted tuvo la mala fortuna de ver maltrecho su futuro y ella, por el contrario, emparentará con una familia superior.

—Ya no importa cómo naciéramos, señorita Austen —se apresuró a responder la profesora—. La distancia es la que es. Mire, éste es mi favorito —añadió, cambiando de tema, y le mostró un lienzo—. Tenga cuidado, aún está un poco húmedo. Es el lago Whiteknights.

La pintura reflejaba un paisaje en el que, contrario a la moda del vedutismo, no aparecía ningún alma humana. Este movimiento, enmarcado dentro del paisajismo, solía reflejar estampas urbanas y, por lo general, aparecía en ellas una muchedumbre. En Nell, la composición respondía más a una observación de la naturaleza que a un sometimiento a las normas académicas, y había una sensibilidad poética en la imagen que logró emocionar a la joven Austen.

—¡Qué matices! ¡Cuánta sensibilidad en una persona tan joven! —comentó, entendiendo lo que Nell le había dicho sobre que la naturaleza habla.

—Tiene un aire a la última etapa de Thomas Gainsborough, aunque sabe darle un estilo personal. Y mire este otro. También es un paisaje de las afueras de Reading que puede reconocer.

De nuevo desplegó una tela que de igual forma le enseñó.

—Cuando yo estuve aquí, no existía la posibilidad de salir de la Abadía para pintar. Seguro que las internas disfrutan mucho de estas excursiones.

—Y continúa sin contemplarse dentro de las actividades del internado, a pesar de que lo he pedido y he prometido responsabilizarme de las alumnas. En el caso de la señorita Henthrone me permitieron hacer una excepción cuando supieron que el señor Stornoway estaba dispuesta a financiarlas. —A continuación, le mostró una pintura del patio de la abadía—. El resto también son del mismo lugar, pero desde distintas perspectivas. Como comprenderá, enseguida entendí que sería bueno que pudiera variar de paisajes.

Jane asintió. Sin duda, la señorita Gibbons sentía aprecio por Nell.

—La conocí de pequeña y jamás habría adivinado que escondiera tanto talento —confesó la joven Austen, sonriendo ante tal recuerdo—. Por entonces, era una niña rebelde. Y, ahora, además de excelente pintora, e incluso una actriz tolerable, me da la sensación de que es muy modesta. Sé que no es de su agrado representar el papel de Beatrice en la obra, pero yo no podría haber escogido a ninguna otra.

—Puede estar convencida de ello. Aunque hace poco que la conozco, he podido ver que no le gusta destacar delante de los demás. Cuando la señora St. Quentin me contó que había sido una niña difícil, no me pareció que estuviera hablando de Eleonor. Claro que después intuí que había sido una forma de llamar la atención. Los padres de la joven nunca se han dedicado a ella y Nell sintió que la abandonaban en este lugar.

—Y de este lugar pasará a un marido al que no ama.

—¿Es usted idealista, señorita Austen? —observó, más que preguntó, la señorita Gibbons.

—No idealizo nada, no soy ingenua y sé muy bien cómo funcionan estas cosas para nosotras. Yo tampoco tengo dote, pero renuncio a casarme sin amor —respondió con determinación. Sin embargo, enseguida bromeó—: Incluso sería capaz de hacerme maestra si no tuviera otra opción.

—El otro día dijo usted que eso sería lo último a lo que se dedicaría.

—Lo penúltimo —matizó, levantando levemente los hombros—. Sólo me dedicaría a la enseñanza para evitar un matrimonio de mi desagrado, pero espero que la vida me ofrezca otras perspectivas.

—Es usted muy joven, seguro que lo hará.

La voz de la señorita Gibbons destilaba cierta tristeza.

—Estoy convencida de que usted también ha tenido oportunidad de casarse pero ha preferido valerse por sí misma —se atrevió a decirle Jane.

La señorita Gibbons pareció abstraerse un segundo y luego añadió:

—Ya no vale la pena hablar de eso.

Continuó enseñándole pinturas de Nell durante un rato y luego le dijo que tenía que acudir a clase y la dejó. Aunque no comentó nada más sobre su vida personal, ni tampoco Jane se atrevió a preguntarle, los silencios y el gesto hablaron por ella. Durante ese espacio de tiempo, la joven Austen no sólo descubrió algo más sobre su compañera de dormitorio a través de las pinturas, sino que también supo que había un dolor oculto en la señorita Gibbons que era probable que respondiera a un amor frustrado.

Luego aprovechó el tiempo que aún le quedaba libre para escribir dos cartas. La primera, a Cassandra, en la que rellenó dos hojas de papel por las dos caras con la letra lo más apretada que pudo, y que enviaría a Ibthorpe. La segunda iba destinada a su casa, pese a que sólo la escribió para decir que estaba bien y que había cambiado de obra para la representación. Como no tenía la misma confianza con su madre que con su hermana, obvió detalles y minucias, por lo que la terminó pronto. Pedía, eso sí, que la informaran si se producían novedades sobre la situación del esposo de Eliza o la salud de todos sus seres queridos sin olvidarse de George. Cuando acabó esta tarea, preguntó por la señora St. Quentin para entregársela, pero le dijeron que se encontraba fuera del internado.

A la hora del té, la directora aún no estaba de vuelta. A la mesa, junto a las internas que pagaban la tarifa extra, sólo se hallaban la señorita Gibbons y madame Latournelle, por lo que las alumnas se encontraban en mayor confianza y hablaban de un modo atropellado que no se permitían cuando había algún miembro de la dirección, cuya presencia les imponía más.

—¿Esta tarde escogerá usted a los muchachos que intervendrán en la obra? —le preguntó una de las alumnas.

—Así lo hemos acordado —respondió ella—. Ésta es la parte que menos me gusta de la dirección, porque es imposible no sentir que se frustran algunas de las expectativas de los descartados, pero es del todo necesario que se haga bien.

—Debería escoger a Adler Percy, es muy apuesto y seguro que se desenvuelve bien en la escena.

—No intente influirme, señorita, serán ellos mismos los que se elijan o se descarten en función de cómo se conduzcan durante la selección —dijo sonriendo, pero tomándose muy en serio su papel.

A continuación, Jane presenció cómo la señorita Gibbons volvía a sufrir un nuevo motivo de agitación. En esta ocasión fue madame Latournelle quien se lo ofreció al decir:

—Esta mañana me he encontrado con la hermana del ama de llaves de Basildon Park. ¿Adivina qué me ha contado? ¡Oh, claro que no lo imagina! Pero se lo aclararé: sir Francis Sykes ofrece un baile este mismo fin de semana para presentar a su futura nuera a sus amistades, ¿no le parece una coincidencia, señorita Gibbons?

—No sé de qué tipo de coincidencia puede tratarse, es normal que quieran presentar a la joven —respondió la profesora.

—Pues que, después de hablar ayer de ellos, yo haya tenido este encuentro. Y no sólo eso, sino que me ha dicho que sir Francis ha invitado al baile a monsieur Pictet y yo le he preguntado si había incluido en esa invitación al doctor Valpy y a su esposa. Ella no ha sabido decírmelo y yo lo he dado por hecho, así que he aprovechado la ocasión para decirle que los señores St. Quentin tienen intención de invitar a la familia Sykes a una representación teatral y que quedaría un poco feo que, habiendo invitado a los Valpy, no hiciera lo mismo con los señores St. Quentin. Por supuesto, no me he olvidado de hablarle de usted. Le he dicho que aquí tenemos a una nueva profesora que es de la misma localidad que la señorita Kirby y que sería bueno para esta última que se conocieran. Aunque ella no ha respondido, no me cabe duda de que se lo dirá a su hermana y ésta se lo sugerirá a su señor —dijo sonriente—. ¿Tiene aquí algún vestido de baile, señorita Gibbons?

—No, no tengo ninguno, y no creo que sir Francis se vea tentado de aceptar semejante propuesta. Haga el favor de no mencionarlo delante de la señora St. Quentin —le suplicó, visiblemente nerviosa.

Pero, mientras lo decía, Jane vio que justo en aquel momento la señora St. Quentin llegaba al pequeño comedor y, con curiosidad, preguntó:

—¿Qué es lo que no han de decirme?

Madame Latournelle repitió el encuentro que había tenido en el mercado y la señora St. Quentin consideró que el destino jugaba a su favor.

—El azar nos lo ha puesto en bandeja —sonrió.

—Deberán ir ustedes, en ese caso, dado que yo no tengo ningún vestido adecuado para un baile tan lujoso —discrepó la señorita Gibbons.

—¡Oh! Eso tiene fácil solución. Podemos arreglar uno de los que hayamos usado para alguna de las funciones, seguro que encontramos algo que no desentona en Basildon Park.

¿Tiene alguna objeción más, señorita Gibbons? Por momentos me hace usted sospechar que tiene algo contra la señorita Kirby.

La señorita Gibbons bajó los ojos y respondió con menos energía de la que había usado al hablar antes.

—No, señora St. Quentin. Si recibimos esa hipotética invitación, iré al baile. Sin embargo —añadió, levantando nuevamente los ojos—, me parece del todo improbable que eso suceda.

—¡Ir a un baile y no poder bailar! ¡Qué tortura! —exclamó Jane—. La señorita Gibbons tiene una llaga en el pie que le impide pasear, ¿cómo pretenden que acuda a un baile?

La señora St. Quentin observó a Jane sorprendida por esa apreciación y, a continuación, volvió a mirar a la señorita Gibbons, que parecía alegrarse de tal dolor.

—Yo la he visto caminar perfectamente —comentó la señora St. Quentin—, pero, si tiene algo, estoy segura de que madame Latournelle le encontrará un remedio. En el mercado, hay una mujer que vende ungüentos para todo tipo de males.

—Después del té venga a que le mire el pie —comentó madame Latournelle.

Apurada ante esa posibilidad, la señorita Gibbons respondió:

—Ya lo tengo bien, aunque es cierto que hace unos días hube de interrumpir mi paseo por una molestia con el zapato.

—Si es necesario, buscaremos también unos botines que le vengan grandes.

—¿Y no podemos ir también nosotras? —preguntó una de las alumnas que compartían mesa con ellas y las demás se sumaron a tal petición.

—¡Oh, claro! —respondió madame Latournelle, con cierto sonsonete—. No creo que sir Francis encuentre ninguna objeción a la hora de añadir a sesenta niñas en su invitación. Y seguro que también son de la opinión de que, ya de paso, puede incluir a los casi doscientos alumnos del internado de jovencitos. ¿Me equivoco al pensar así?

Las muchachas resoplaron decepcionadas y la señora St. Quentin aprovechó para decir:

—Tal vez la que sí podría acompañarnos es la señorita Austen —dijo, mirando ahora a Jane—. ¿Le gustaría a usted?

12

Entre los muchachos del internado había seis Smith, un Blacksmith, un Unthang-Smith y dos Smithson. Resultó que el único que procedía de Reading era el que se apellidaba Blacksmith, por lo que Jane descartó rastrear entre los familiares de cualquiera de ellos. El joven que respondía al nombre de Adler Percy efectivamente poseía una buena declamación, además de ser guapo, tal como habían anunciado las internas. Tenía diecisiete años, era hijo de un baronet y, a pesar de ser el heredero de una gran propiedad, su padre decidió que tanto él como su hermano no estudiaran con profesores particulares, sino en un lugar que abriera su carácter a personas de otra condición. Sebastian Percy era cinco años menor, y poseía una simpatía que contrastaba con la seriedad de su hermano. También tenían al joven Tristan Marwood, que defendió bastante bien su papel. Era hijo de un párroco rural y pensaba continuar sus estudios en Oxford el año siguiente. No sólo por eso le recordó a Henry, también otros aspectos evocaban la imagen de su hermano, tales como la simpatía en sus modales y la naturalidad, y Jane lo consideró muy adecuado para representar el papel de Claudio. El doctor Valpy, que había estado presente durante toda la selección, estuvo conforme.

Tras acordar que todos los actores acudieran a la Abadía antes del primer ensayo a fin de buscar el vestuario adecuado y hacer los arreglos pertinentes, se despidió del doctor Valpy y su esposa. Continuaba lloviendo, pero, por suerte, ambos internados estaban cerca y atravesó el parque Forbury cuidando de no ensuciarse demasiado las botas con el fango. El diminuto paraguas que llevaba apenas servía para una lluvia que no caía horizontal. Nada más llegar, varias internas corrieron hacia ella; por lo que parecía, la estaban esperando ansiosas.

—¿Ya los ha elegido?

—¿Quiénes son?

—¿Ha incluido a Adler Percy?

—¿Y a Charles Monroe?

Las preguntas se solapaban unas con otras, aunque en el fondo respondían a la misma curiosidad.

—Aquí tengo la lista —sonrió Jane, mientras sacaba un papel de su faltriquera y a continuación se lo tendía.

Hubo alguna pequeña decepción, pero en general la elección fue muy aplaudida, sobre todo porque Adler Percy se hallaba en ella. También se celebró la inclusión de su hermano, el pequeño Sebastian Percy, que haría de apuntador, y la de Tristan Marwood. Sin embargo, se hizo patente algún lamento porque no se hubiera incluido en la lista a Charles Monroe. La joven Austen pensó que si la señora St. Quentin las veía pegar saltitos y pequeños chillidos por ese motivo, les llamaría de inmediato la atención.

—¡Qué suerte tiene Nell!

—¿Y tiene que hacer ella precisamente el papel de Beatrice? ¡No es justo, a Nell no le interesa Adler Percy!

En cuanto dejó atrás a las muchachas y se adentró en el internado, se llevó tal sobresalto que la sonrisa desapareció de sus labios. Sintió que una mano la agarraba del brazo y tiraba de él con tanta fuerza que hizo que se tambaleara y, cuando descubrió a qué era debido, se encontró con la mirada desesperada de una joven escondida tras una columna. Con voz tan susurrante como alarmada, exclamó:

—¡Ayúdeme, señorita Austen!

Jane, una vez recuperada de la impresión, le preguntó:

—¿Qué le ocurre?

La muchacha le hizo una señal de silencio y, disimuladamente, le dio la espalda y le pidió que se fijara en la falda de su vestido.

—¿Es…? —comenzó a decir al ver la mancha, pero detuvo su pregunta al reconocer el mal olor.

—Creo que sí —respondió avergonzada la muchacha, que se sintió comprendida.

—Subamos a su dormitorio. Yo me colocaré detrás de usted para que nadie descubra lo que ha ocurrido. No se asuste, es normal, supongo que ya le habrán hablado de ello.

Una vez en la habitación que la joven compartía con otras internas, Jane vació agua en la jofaina y le indicó que se lavase.

—Iré a buscar a madame Latournelle. Cuando yo estaba aquí, ella se encargaba de los paños.

—Aún es así —le confirmó la muchacha—. Hace unos meses le ocurrió lo mismo a una compañera de dormitorio y, por suerte, otra ya nos había hablado de ello. ¡Me habría dado un ataque de nervios si hubiera empezado a sangrar sin saber lo que era!

—Muy tranquila no está…

—¡Es que me asusta mucho saber que estoy perdiendo sangre, señorita Austen! ¿Cree que voy a desmayarme? Preferiría que no me dejara sola.

—Estará sola muy poco tiempo —le prometió—. Además, nadie se desmaya por esto. Es algo que nos ocurre a todas. Mucha suerte tiene si no se queja de mal de tripa.

—Me noto extraña —dijo, colocándose la mano un poco más abajo del estómago—, pero no me duele. Preferiría que el dolor me hubiera avisado para ahorrarme esta vergüenza.

Cuando Jane se disponía a salir del dormitorio, entró otra interna y al momento entendió lo que ocurría. La joven afectada se alegró de ver una cara amiga.

—Yo hablaré con ella —se ofreció la recién llegada y Jane le agradeció que compartiera tal responsabilidad.

Madame Latournelle le cedió dos pares de paños y, procurando ocultarlos en la medida que podía, regresó al dormitorio. Por suerte, su compañera se había encargado de lo más difícil, que era tranquilizar a la joven.

—Por favor, señorita Austen —dijo al tiempo que le ofrecía la ropa sucia de su amiga—, entréguele esto a madame Latournelle y explíquele por qué llegaremos tarde a la cena. No hace falta que vuelva, ya me ocupo yo —comentó, liberándola de más responsabilidades.

Jane recordaba las ocasiones en que ese suceso, natural en la condición femenina, había ocurrido en el internado. Quizá si no hubiera sido por la experiencia que habían vivido allí, cuando le sucedió por primera vez a Cassandra, ambas también se habrían asustado de manera terrible, dado que su madre nunca les habló del tema. Por suerte, Jane había contado con el apoyo de su hermana durante su menarquía y la señora Austen nunca llegó a saber muy bien cuándo había sucedido.

Nada más entrar en el comedor, Jane notó que la señora St. Quentin estaba muy sonriente, todo lo contrario que la señorita Gibbons, y enseguida adivinó el porqué sin necesidad de que se lo dijeran.

—Alquilaremos un carruaje, no cabemos en el calesín del internado —comentaba, sin ocultar su entusiasmo—. Y puedo prestarle uno de mis sombreros. ¡Oh, señorita Austen! —exclamó en cuanto la vio—. Le estaba diciendo a la señorita Gibbons que, después de cenar, deberían probarse algunos vestidos. Sir Francis Sykes finalmente nos ha incluido en su invitación —añadió triunfante.

Jane miró apenada a la señorita Gibbons, a pesar de que a ella en particular sí le atraía la idea de acudir al baile de Basildon Park. La profesora no le devolvió la mirada. Estaba muy seria, parecía resignada y no se atrevía a contradecir a la señora St. Quentin. Poco después llegó madame Latournelle y, en cuanto se sentó, se sirvió la cena. Las alumnas que compartían mesa sólo hablaban de los muchachos del internado que intervendrían en la obra y esos dos, junto a la lluvia que no cesaba y les impedía pasear por el patio de la escuela, fueron los temas centrales de la conversación que se sostuvo en la mesa. Si hubiera habido algún hombre, pero faltaban todos, es probable que también se hubiese hablado de Francia, puesto que ése parecía ser su tema favorito. Cuando terminaron, Jane, la señorita Gibbons y la señora St. Quentin se dirigieron a la estancia en la que guardaban los atuendos y complementos para la representación de obras teatrales.

—Les aconsejo que miren entre éstos —comentó la directora, señalando un baúl que contenía unos vestidos modernos y elegantes, y que eran algo más sencillos que el resto—. Como pueden ayudarse la una a la otra, mi presencia no es necesaria, así que las dejo y ya me dirán cuáles han escogido y qué arreglos desean hacerles para que no parezcan disfraces.

—Lo son, señora St. Quentin —le recordó la señorita Gibbons—. ¿No sería mejor que nos presentásemos con algo más acorde a nuestra condición? Aprecio cierta arrogancia en hacernos pasar por algo que no somos.

—¡Bobadas! Sólo se trata de ir arregladas a una casa elegante.

Cuando quedaron solas, Jane entrecruzó una mirada de complicidad con la señorita Gibbons.

—Lamento que la presione tanto —le dijo—. Debería notar lo que le incomoda a usted esta situación.

—¡Ay, señorita Austen! Discúlpeme, disculpe usted que sea tan poco agradecida con la señora St. Quentin. Sé que muchas celebrarían esta ocasión, tal vez usted misma lo haga, pero yo no puedo albergar tales sentimientos. Por el contrario, me siento mortificada y preferiría mil veces no ir —aseguró, sin necesidad de que jurara su desesperación.

—Muy cerrados ha tenido los ojos quien no lo haya notado...

La señorita Gibbon suspiró.

—Necesito una amiga, señorita Austen.

Jane vio que realmente sus sentimientos la atropellaban por dentro y la tomó de una mano, invitándola a confiar en ella. La profesora no pudo mantener durante más tiempo un silencio que la estaba torturando.

—Conozco a la señorita Kirby —admitió al fin.

—Me lo imaginaba.

—No, no se imagina en qué términos —dijo, buscando las palabras adecuadas para explicárselo—. Margaret Kirby llegó a ser mi hermana...

Los ojos de Jane se agrandaron y la expectación quedó dibujada en su rostro. Louise Gibbons matizó:

—Iba a serlo cuando me casara con su hermano, aunque es una muchacha tan buena que ya nos tratábamos con mucha familiaridad. Ahora... supongo que ahora debe detestarme, es el único sentimiento que puede albergar un corazón noble que ve cómo se lastima a un hermano sin que medie una explicación. Como le he dicho, yo estaba prometida a Edmund... No sé si recuerda nuestro paseo por el parque —comentó, como si le pidiera disculpas con la mirada—. No tenía ninguna llaga en el pie, fue... fue que me impresionó verlo aquí, en Reading. Tráteme de mentirosa, tiene todos los motivos del mundo para hacerlo, puesto que le mentí. Lo siento mucho, si sirven de algo mis palabras ahora. Usted... usted probablemente no se diera cuenta, dos caballeros caminaban lejos de nosotras cuando me detuve de pronto. El corazón comenzó a agitárseme de tal modo que pensé que iba a romper el corsé... Uno de ellos era Edmund, no podía dar crédito, ¿qué hacía Edmund en Reading? Nunca he albergado esperanzas de volver a encontrármelo y agradecí que él no reparara en mí. No sé cómo podría haber reaccionado si me hubiera visto, seguro que el desconcierto también se habría reflejado en su rostro y tampoco habría sabido qué decir. Yo, sin duda, me habría quedado paralizada. Ahora pienso que él desconoce que estoy aquí y que he encontrado una colocación en la Abadía, pero he de admitir que al principio creí que podría haber sido yo la razón de que viniera hasta Reading. Puede considerar que hay arrogancia en este pensamiento, lo sé, supongo que me engañó alguna esperanza que aún albergaba a pesar de que estaba convencida de que todas habían muerto. Ahora ya no me quedan —añadió, mirándola con resignación, los ojos húmedos y el cuerpo trémulo—. Me he preguntado en varias ocasiones si, llegado el momento de volver a vernos, se regodearía ante mi infortunio, pero sé que es hombre de buen corazón y que jamás se alegraría de las desgracias ajenas —dijo, mostrando cierta nostalgia—. ¡Qué desdichada me sentí, señorita Austen! ¡Cuántas veces no me habré arrepentido de haber actuado como lo hice!

Jane quitó un sombrero de una silla y la ayudó a sentarse.

—Cálmese, da la sensación de que lo está reviviendo.

—¡Qué mal me explico, veo que usted no lo entiende! —sollozó—. Cuando rompí con Edmund, yo no era una persona arruinada, mi hermano estaba vivo y mi situación era prometedora. Le dije... ¡qué vergüenza siento al recordarlo! Le dije que no lo amaba, que nunca había sentido ninguna inclinación hacia él y que sólo había aceptado su mano para no decepcionar a mi hermano, pero que ya no podía continuar con el engaño. ¿No es horrible, no fui cruelmente despiadada?

—Si no estaba enamorada, no actuó mal.

—¿Que no estaba enamorada? —preguntó, desconcertada y, al mirarla, comprendió que Jane seguía sin entender nada—. Lo amaba con todo mi ser... como lo amo aún.

—Y, en ese caso, ¿por qué...?

—Sí, ésa es la pregunta que debe de estar haciéndose, ¿por qué rompí el compromiso? —respondió, mirando hacia un punto de la pared sin ver más que su propio pasado—. Recibí una carta anónima, supongo que estaba escrita por una mano amiga, aunque ¡cuánto daño pueden hacer ciertas buenas intenciones! En ella decía que, unos meses antes, Edmund Kirby había arruinado la reputación de una joven y que ésta, al verse repudiada por su familia, acabó quitándose la vida. Yo había escuchado esa historia en la iglesia, sabía quién era la joven a la que se refería, pese a que el reverendo no llegó a revelar el nombre del culpable... La lectura de esa carta me dejó helada. ¿Cómo reacciona una mujer enamorada ante una información como ésa? En un principio quise negar la evidencia, la imagen de Edmund no se correspondía con ese dibujo tan atroz y me resistía a darle crédito. Pero, atormentada por la duda, moví mis hilos para averiguar el nombre que en la iglesia habían querido ocultar. La información de la carta se confirmó: el autor de la deshonra era Edmund Kirby...

—¿Y dice que aún está enamorada? —preguntó Jane, aterrorizada ante esa idea—. ¡Ese hombre no merece su cariño!

—Usted piensa igual que lo hice yo en aquel momento. ¡Cuánta falsedad no descubrí entonces en sus modos! ¡Qué apariencia tan ejemplar ofrecía alguien que al mismo tiempo era capaz de comportarse de una forma tan descorazonadora! ¡Qué boba me sentí por haberlo idealizado! Puse fin al compromiso sin revelarle lo que había descubierto. Repudiaba tanto al hombre que a la vez amaba que no quise escuchar unas explicaciones que hubieran hecho dudar a mi corazón, así que le devolví la libertad a través de otra carta. Yo no me sentía segura de mí misma, y la mejor manera de actuar con firmeza era no enfrentarme a él. Por supuesto, Edmund no se conformó y vino a buscarme. Yo no quise recibirlo. Volvió en otra ocasión y también le negué la posibilidad de mi presencia. Después ya no insistió más. No sabe lo doloroso que fue para mí. Sufrí con la noticia, y con la ruptura y también después, dado que, a pesar de saber que no era merecedor de mi cariño, no lograba olvidarlo. Me decía a mí misma que el tiempo acabaría con este sufrimiento, pero, lejos de aminorar, habría de aumentar un año después al saber que Margaret y Edmund Kirby tienen un primo lejano que también se llama Edmund Kirby y que las desgracias de la joven que he mencionado las había causado este último. ¿Se imagina, señorita Austen? —dijo, mirándola con desesperación—. ¡Qué horrible me sentí cuando comprendí mi error!

—Un error que habríamos cometido todas —afirmó Jane, apretando aún más su mano mientras trataba de asimilar la historia que Louise Gibbons le acababa de referir—. ¿Por qué no se lo contó todo a él tal como acaba de hacerlo?

—¡Imposible! Esa confesión no habría hecho sino empeorar su opinión sobre mí. Por entonces ya era tarde para enmendar mi desdichado error. Mi hermano acababa de fallecer, como si un genio maligno se empeñara en sumirme en la más atroz de las desgracias, y mi condición social había cambiado radicalmente. ¿Cómo explicarle a Edmund, en estas nuevas circunstancias, lo ciega que había estado? ¿Cómo justificar la manera en la que cuestioné su integridad? Sin duda, él pensaría que ese arrepentimiento era fruto del interés y que yo sólo trataba de retomar la promesa de matrimonio en el momento en que mi futuro se había arruinado. Nada podría evitar que esa sospecha anidara en su corazón, aunque quisiera creerme. No... no fui capaz de hablar con él, no lo seré nunca, sólo tengo fuerzas para sentirme avergonzada.

—¿Avergonzada?

—Sí, avergonzada por no haber confiado en él. ¿En cuántas ocasiones no me he torturado porque fui incapaz de contrastar una información que resultó ser falsa?

—Usted intentó contrastarla, no podía saber que había dos Edmund Kirby...

—No se esfuerce, señorita Austen —respondió agradecida—. No hay nada que pueda hacerse y, si le soy sincera, a veces pienso que mi infortunio está justificado, que merezco este castigo por haber dudado de un hombre inocente.

—No puede pensar así...

—¿Entiende ahora por qué no quería ser presentada a la señorita Kirby? ¿Me ayudará, señorita Austen? ¿Me ayudará durante el baile a evitar a Margaret y a Edmund?

13

Los días desapacibles se sucedían y, aunque no siempre llovía, el frío y las calles encharcadas no suponían ningún atractivo para los paseos. Las internas se despertaban con las campanadas que tocaba madame Latournelle para que acudieran a los primeros rezos, a los que no estaban obligadas las más adultas si no les apetecía ir. Luego, todas en fila, daban varias vueltas por el patio y, tras el ejercicio, se dirigían al comedor a desayunar. Las clases no empezaban temprano y nunca duraban más de dos horas. A las doce se servía el té, a veces con bizcochos, pasteles o pastas, y tenían tiempo libre hasta las cinco, que era la hora de cenar. Entre el té y la cena era cuando Jane disponía de tiempo para los ensayos, y así, al igual que las alumnas, gozaba de muchas horas sin ninguna obligación. Los domingos, finalizado el oficio religioso, la señora St. Quentin y madame Latournelle llevaban a las internas a dar un paseo por las afueras de Reading siempre que el tiempo lo permitiera.

Aquella noche apenas había chispeado y ya no llovía. Jane salió al patio de la Abadía en busca del señor Drood después del desayuno, cuando las internas acudían a clase. Al principio no lo vio, y pensó que aún no habría llegado, pero enseguida lo distinguió agachado junto a los restos de una torre dedicado a abonar con humus de lombriz unas plantas de áster. Las flores violáceas, tan características del otoño, eran lo único hermoso de aquella estampa. El jardinero era un hombre corpulento, desgarbado y de una fealdad que a la joven siempre le había inspirado más tristeza que horror. Se acercó a él y se presentó, pues daba por supuesto que no la recordaría, tal como resultó. El señor Drood, pese a que se hallaban solos, tardó en darse cuenta de que le hablaba a él. Cuando por fin reparó en la presencia de la joven y de que lo estaba saludando, se limitó a decir un «Buenos días» con voz grave. Jane volvió a presentarse.

—Estoy buscando a una familia llamada Smith —le comentó, tras unas primeras frases banales para ganarse su confianza, aunque notó que no era tarea fácil lograr acercarse a él. Parecía un hombre acostumbrado a pocas relaciones y menos amigos—. Tienen un hijo, Jack, que ha estudiado en Oxford. Me han dicho que es posible que sean sus parientes...

El señor Drood continuaba centrado en lo suyo y apenas le hacía caso.

—Una gran familia los Smith —se limitó a decir en tono de broma, aunque sin mala fe, cuando por fin le respondió.

Sonreía de un modo siniestro con la media cara que no había perdido la movilidad. Era incómodo sostenerle la mirada y Jane pensó que se trataba de un buen candidato para protagonizar los miedos de las internas y no le extrañaba que se le culpara a sus espaldas de la muerte de su esposa.

—Entonces, ¿los conoce usted?

—Son como la mala hierba. Uno planta hortensias, rosas, coles o melones y en la misma tierra siempre sale mala hierba. Igual ocurre con los Smith, toda Inglaterra está plagada de ellos. Un buen semental, el primer Smith —añadió de modo improcedente ante la joven.

Jane se quedó desconcertada durante un momento, pero continuó en su empeño en cuanto se repuso.

—Los que yo estoy buscando viven en Reading y uno de ellos se llama Jack. Es uno de los hijos varones de la familia —repitió, vocalizando en exceso para hacerse entender.

—Tenga —dijo el señor Drood de forma abrupta al tiempo que arrancaba un matojo y se lo tendía—. Su Jack Smith.

Jane cogió, con cierto estupor, las hierbas que le ofreció, pero, sin ninguna intención de rendirse, insistió.

—Debo darle un recado de mi hermano, ¿me ayudará usted a encontrarlo?

—¿A cuál de todos los Jack Smith?

—¿Cuántas familias Smith conoce que tengan un hijo que haya estudiado en Oxford?

—Ninguno ha salido estudiante.

—¡Oh, no importa, me bastará con que me indique cómo encontrar a alguna de las familias Smith! Seguro que ellos conocen a otros Smith.

Por primera vez, el señor Drood dejó su actividad y se incorporó para contemplarla fijamente con su mirada tuerta.

—Es usted una joven extraña —comentó la más extraña de las personas con las que se había relacionado desde que había llegado a Reading—. Jack Smith está enterrado, su tumba está entre otras iguales en el cementerio.

—¿Y no conoce a otros Smith?

La dificultad de comunicarse con aquel hombre la exasperaba, pero mantuvo las apariencias.

—Están los Smith de la granja al sur del Kennet, unos que sirven en la mansión Mapledurham, los del puesto de salazones...

—¿El puesto de salazones que hay en el mercado? —lo interrumpió deprisa, sin controlar la impaciencia que empezaba a carcomerla.

—¿Dónde iba a estar si no?

—Muchas gracias, señor Drood, muchísimas gracias. Está dejando usted un patio precioso —dijo, resoplando a un tiempo.

En absoluto se imaginaba a su Jack Smith vinculado a un puesto de salazones, pero seguro que allí obtendría información más útil para seguir el rastro de las familias Smith. Había comprendido que a través del señor Drood no sacaría nada en claro, así que volvió a entrar en la Abadía. Se disponía a subir al dormitorio para recoger su capa cuando la señora St. Quentin la interceptó.

—Señorita Austen, la estaba buscando. Ha desaparecido usted muy deprisa tras el desayuno.

—He salido a que me diera el aire —respondió, disimulando la ansiedad en que se hallaba.

—Perfecto, pues ya que ha satisfecho su deseo, ayúdeme a preparar los atuendos para los actores. ¿Cuántos necesita?

Jane comprendió que no tenía más remedio que acceder, puesto que los muchachos del internado llegarían poco después del té.

—Con los extras, veintinueve en total. La mayoría son de personajes masculinos.

—Los vestidos que escogieron la señorita Gibbons y usted para el baile necesitan pocos arreglos, las criadas los terminarán hoy mismo. He encontrado una cinta azul, tal como sugirió, para usted.

—Gracias, señora St. Quentin.

—Avisaré a algunas de las alumnas que no participan en la obra para que tomen las medidas de las actrices y hagan los bocetos necesarios. El doctor Valpy se encargará de los actores. Es posible que nos falte algún sombrero o alguna capa.

—En casa hacíamos sombreros de papel.

—Esa es una buena idea, y una forma de abaratar costes —sonrió ante la propuesta—. Espere, ahora que recuerdo, hay otro baúl detrás del escenario. Es posible que allí haya más cosas.

Jane pensaba que terminaría pronto con la tarea de seleccionar el vestuario, pero resultó más dificultosa de lo que había previsto. No podría ir al mercado hasta el día siguiente, así que se consoló de inmediato al pensar que, al menos, ya tendría una tarea acabada. Cuando al cabo de una hora la señora St. Quentin la dejó para dedicarse a su clase, madame Latournelle vino a sustituirla.

—Su compañera de cuarto está de enhorabuena —le dijo.

—¿Se refiere a Victoria?

—No, me refiero a mademoiselle Henthrone.

—¿Qué le ha ocurrido a Nell?

—Su prometido le ha escrito, vendrá a buscarla dentro de unas semanas. Le ha preparado una fiesta de compromiso. La boda será en verano, cuando finalice su estancia aquí.

Jane recordó que madame Latournelle leía tanto la correspondencia que recibían las internas como las cartas que ellas enviaban. Las familias estaban de acuerdo: era ése un modo de evitar que se dieran indeseables fugas a Gretna Green o incluso algo peor.

—¿Y cuándo tiempo estará fuera la señorita Henthrone?

—Mademoiselle Henthrone saldrá el sábado y regresará el domingo. Desde luego no permitiremos que vaya sola, la señora St. Quentin la acompañará, como no podría ser de otra manera.

—La señorita Gibbons me enseñó unos paisajes al óleo que realizó la señorita Henthrone hace poco. Realmente, es una joven que tiene talento.

—Sí —admitió y, después de un suspiro, añadió—: Le vendrá bien una ocupación que la estimule cuando se case. Y, aunque monsieur Stornoway tenga prisa por tener descendencia, podrá poner a su servicio las nodrizas, niñeras e institutrices que le vengan en gana.

—¿El señor Stornoway vive en el campo? —preguntó, pensando en los paisajes que tan bien se le daban a Nell.

—En pleno centro de Londres. Tiene una casa muy distinguida... Lo cierto es que nunca la he visto, pero, por lo que oigo de él, tiene que ser muy señorial. Seguro que permite que madame Stornoway, cuando haya una, la decore a su gusto.

—No creo que eso sea importante para Nell.

—Cualquier resquicio de independencia es importante para una casada y, mucho más, si se trata de un matrimonio concertado, como es el caso. No me entienda mal, no quiero decir que no sea una afortunada, y estoy segura de que su afición a la pintura la ayudará en su felicidad.

—Yo no estoy tan segura de que sea afortunada —objetó Jane—. Por supuesto es importante que el futuro esposo tenga una estabilidad económica, pero no es imprescindible que ésta resulte demasiado holgada. ¿No sería preferible que los padres le dejaran escoger a alguien que fuera de su agrado, aunque tuviera que carecer de nodrizas, niñeras o institutrices?

—¿Le hace usted ascos a una buena posición, mademoiselle Austen?

—No concibo el vínculo sagrado del matrimonio sin amor. Sin embargo, admito que, como dice mi madre, hay algunos que, aunque estén basados en el amor, no son aconsejables. Pero una vez que existe un mínimo, ¿por qué renunciar al amor?

—¿Qué sabe usted de la economía de los Henthrone, mademoiselle? Cuando una joven hace un buen matrimonio, no es ella la única beneficiada. La familia de la dama, o bien porque necesita alguna inversión o bien porque mejora sus relaciones, también participa de esa dicha.

—¿Y eso es motivo para que la felicidad de una joven sea hipotecada?

Madame Latournelle detuvo su actividad y contempló a Jane seriamente:

—Espero que no le meta esas ideas en la cabeza a mademoiselle Henthrone. Si así es como piensa, guárdelo para usted, pero no corrompa a una joven que nunca se ha quejado de su futuro y que se siente agradecida por su buena suerte. ¿O acaso ella le ha confiado tales reticencias?

—No —admitió—. Nell es capaz de cualquier sacrificio con tal de mostrarse complaciente, ella no se ha quejado en absoluto.

—Pues más motivo para que usted se abstenga de opinar.

—Pero no habla con la ilusión con que sí lo hace Victoria de su futuro —insistió. A Jane le molestaba que madame Latournelle no estuviera de acuerdo con su modo de ver las cosas. Seguro que, de haber estado allí Cassandra, habría encontrado ese apoyo.

—Mademoiselle Durrant es otra afortunada. Que ambas muestren su entusiasmo de forma distinta no quiere decir que no lo sientan.

Jane, mientras seleccionaba entre distintos pantalones, se resignó a dejar el tema.

—¡Qué diferentes también son entre sí la pequeña Sophie y su hermana Esther! —comentó a continuación—. Todo lo que una habla de más, la otra lo calla.

—Esther Pomerance es una joven impulsiva, todavía no ha aprendido a refrenar su lengua. Tiene un buen fondo, pero posee la locuacidad de una mujer casada, aunque no el don de la elocuencia. Aún es un diamante por pulir.

—Sophie me recuerda a mí hace unos años. Se esconde tras su hermana y se refugia en la lectura.

—¡Ah! ¡Su hermana era mucho más moderada que Esther! Y más joven, creo, ¿qué edad tenía cuando dejaron el internado?

—Cassandra ya había cumplido los trece.

—Mademoiselle Pomerance tiene quince, no sé muy bien si a esa edad sus modales podrán moldearse. Esperemos que me equivoque y aprenda a conducirse; de otro modo, dudo que consiga un buen matrimonio. Además, su cabello rojo no la ayuda. Hay gente que cree que ese color está vinculado al demonio. Y mademoiselle Pomerance ha de abrir camino a otras cuatro hermanas.

—¿Hay otras tres?

—Sí, pero aún son pequeñas para venir al internado. También hay un varón, el menor de toda la prole, cuyo nacimiento supuso una bendición para sus padres y hermanas.

—¿Es posible que Sophie —se le ocurrió pensar— sea tan callada porque echa de menos a sus otras hermanas? Entre ella y Esther hay cuatro años de diferencia, ¿qué edad tiene la que la sigue?

—Creo que ocho. La familia tiene intención de enviarla también a la Abadía cuando cumpla los diez —informó, sin ocultar cierto orgullo—. Por cierto, he visto que ha hecho buenas migas con mademoiselle Gibbons. Es una buena profesora y se lleva muy bien con las internas, no entiendo sus reticencias a la hora de acudir al baile de sir Francis.

—Tal vez sea más tímida de lo que parece —la defendió Jane—. Y, desde luego, es una mujer modesta, sabe cuál es su lugar.

—¿Su lugar? La educaron para llevar otro tipo de vida. Sólo las circunstancias han hecho que acabara aquí. ¿Sabe? En algún momento he llegado a pensar que sí conoce a mademoiselle Kirby y que hay algún tipo de enemistad entre ellas. Me gustaría mucho ir al baile para asistir al momento en que las presentan, pero, como bien sabe, las obligaciones no me lo permiten. No obstante, le he pedido a madame St. Quentin que esté alerta y me lo cuente con detalle.

14

Jane se abstuvo de comentarle a Louise Gibbons su conversación con madame Latournelle. No quería ponerla más nerviosa ahora que comprendía la comprometida situación a la que se vería abocada cuando se reencontrara con Edmund Kirby y se preguntó qué podría hacer para evitar que eso sucediera. No, no existía modo alguno de ayudarla en ese punto, era inevitable que volvieran a verse, ya que lo que había conducido al señor Kirby a Reading era precisamente el próximo enlace de su hermana y el baile se organizaba por ese motivo. Sólo el destino tenía en su mano que uno de los dos sufriera un grave accidente o le aquejara una dolencia que le impidiera acudir a esa fiesta, pero tales soluciones resultaban del todo indeseables.

Tras el té de mediodía, la señora St. Quentin repartió, como era habitual, la correspondencia que había llegado para las alumnas y después permitió que las actrices se dirigieran al salón que hacía las funciones de teatro. Tenía un pequeño escenario de corbata en la pared frontal y una cortina con varias bambalinas, descorrida para cubrir sólo el lugar en que se guardaban los objetos de tramoya. Cuando acudía público del exterior —los internos del doctor Valpy solían ir, además de algunas familias de las jóvenes—, se colocaban hileras de sillas para que disfrutaran de la función. En otras ocasiones, la misma estancia se convertía en salón de baile y, al pianoforte que se hallaba junto al escenario, se sumaban violines, arpas y otros instrumentos. Fuera de miradas masculinas, la directora solicitó que se probaran el vestuario y a continuación dejó con la señorita Austen a las dos criadas para que la ayudaran con los arreglos. Jane observó que Nell leía a toda velocidad una carta que debía de ser breve y luego la guardaba sin demasiado cariño en el bolsillo del delantal azul antes de quitárselo. No observó ninguna emoción en su rostro, pero tampoco advirtió ningún cambio en su semblante que señalara que la noticia de la cercana visita del señor Stornoway y la fiesta de compromiso le supusieran un contratiempo. Luego se probó el vestido, le quedaba ancho de mangas, aunque, por suerte, la parte de atrás estaba confeccionada al estilo de los corsés y se le pudo apretar lo suficiente de cintura para que no le bailara. Jane se acercó a ella para repuntar aquellas zonas en las que se debía entrar y le pidió que levantara los brazos.

—El color te favorece —le dijo y, pese a que estaba tentada de preguntarle por el contenido de la carta, prefirió dejarlo para otra ocasión en la que tuvieran mayor intimidad.

—Preferiría no destacar —comentó Nell.

—¡Vaya! ¿Qué deseo es ése tan poco habitual en una mujer, tenga la edad que tenga? —le preguntó, recordando que Eliza también la había acusado a ella del mismo defecto.

Nell miró hacia otras de las actrices, cerró los ojos y los volvió a abrir, esta vez para dirigirlos a Jane.

—Caroline Choudhury, la que hace el papel de Hero, y Lydia Claridge, que será una de las criadas, están entusiasmadas con Adler Percy, el joven que representará a Benedicto —le confió en voz baja—. Supongo que bastante envidia debo de despertarles por hacer de Beatrice como para que, además, piensen que me favorece.

Jane miró hacia las jóvenes que había mencionado y enseguida entendió sus reticencias.

—Pero no hay ninguna escena comprometida entre vosotros... —trató de tranquilizarla.

—¿No? ¿Acaso no se pasan toda la obra retándose y estimulando constantemente los sentimientos el uno en el otro?

—Es sólo ficción, Nell —comentó, aunque muy consciente de que la muchacha llevaba razón—. De todos modos, no han de tener celos dado que estás comprometida. Tu situación ya debería disuadir a Adler Percy si sintiera alguna inclinación hacia ti. ¿Acaso es así? ¿Te ha mostrado ese muchacho interés en alguna ocasión?

—No. Percy es demasiado arrogante como para mostrar interés por nadie. En el baile de Navidad y en el de final de curso sólo participa de las dos piezas que son obligatorias y siempre procura hacerlo con alguna de las internas más pequeñas. Cumplido su deber, no vuelve a bailar.

—En ese caso, toda la envidia o celos que puedan sentir las dos muchachas sólo nace en su imaginación. Pero si insistes en que es una maldición que el color verde te favorezca, puedo rogar cada noche para que te salga un horrible grano justo en la frente. Sí, eso haré, rogaré por un grano enorme, o varios —comentó con determinación.

Esas palabras consiguieron hacer reír a Nell y Jane se dio por satisfecha. Una hora después, llegaron los chicos del internado del doctor Valpy y, en aquel momento, todas las muchachas, incluso las más jóvenes, dejaron las actividades en las que estaban ocupadas. Si bien algunas se sentían más empujadas por la emoción general que por la propia, todas se acercaron a ver la entrada de los internos. Venían acompañados de un sastre para que se encargara de tomar las medidas, pese a que después hubieran de hacer los arreglos las criadas y alumnas de la Abadía, ya que se trataba de su obra. Algunos de ellos también sonreían a las internas y la emoción de las jóvenes se desinfló en cuanto entraron en el salón y la señora St. Quentin cerró la puerta. Jane repartió los trajes y luego los dejó solos para que se los probaran.

Una vez cosidas las puntadas y anotado todo lo que era necesario rectificar, apenas dio tiempo para que, cuando se juntaron los actores con las actrices, leyeran en voz alta el primer acto de la obra. Cada uno se encargó de su papel, aunque doncellas de la servidumbre, miembros de la ronda y otros secundarios no tuvieran que intervenir. Repitieron la lectura en dos ocasiones y Jane pudo percatarse de cómo miraban la señorita Choudhury y la señorita Claridge a la ficticia Beatrice. Incluso se hicieron señas entre ellas cuando Nell declamaba y suspiraban embelesadas cuando lo hacía Adler Percy. A pesar de que no resultaba cómodo, Jane esperaba que los sentimientos que albergaban no interfirieran en el buen desarrollo de la obra. Al terminar, indicó que en la siguiente sesión la leerían completa.

—No hace falta que la memoricen para mañana —añadió—, pero siempre es mucho mejor ir avanzando camino. El lunes sería deseable que comenzáramos sin necesidad de mantener cuartillas en la mano, puesto que también tendremos que trabajar los gestos y acciones. No teman, no se quedarán sin apoyo si les falla la memoria: tenemos un apuntador —dijo, señalando al joven Sebastian Percy—. ¿Creen que será posible? ¿Al menos, las tres primeras escenas del primer acto? Recuerden que es casi más importante que interioricen la obra a que la memoricen, ya que, si se produce algún olvido, siempre se puede suplir con la improvisación.

Los muchachos se marcharon mientras algunas de las internas que no participaban en la obra corrían a apostarse en las ventanas para verlos, aunque fuera de lejos. Madame Latournelle las regañaba, aduciendo que esos no eran modales para unas señoritas y, si se escuchaban algunos de los comentarios de las jóvenes, sin duda llevaba razón. Nell, que mantenía la misma indiferencia ante los chicos que ante la carta que había recibido, subió al dormitorio para cambiarse y Jane se preguntó si sus dotes de actriz también las aplicaría al mundo real. Que una joven de su edad fuera tan mesurada, tan discreta, tan recatada y, por otro lado, al ver sus pinturas, demostrara una sensibilidad tan alta y un carácter tan apasionado era algo que la intrigaba. Sin embargo, no fue tras ella, pues sabía que la confianza no se ganaba con insistencia, sino con respeto, y decidió salir al patio a dar un breve paseo durante los veinte minutos que quedaban para que se sirviera la cena. El aire fresco, después de unas horas tan intensas, le sentó bien.

En la mesa contó sus primeras impresiones sobre la obra y, por suerte, las internas llenaron la conversación hablando de los muchachos, de forma que la señora St. Quentin apenas tuvo ocasión de mencionar el baile de Basildon Park. No por ello la señorita Gibbons había perdido la circunspección en que estaba imbuida desde la aparición de los hermanos Kirby.

Después de cenar, Jane vio que Victoria se dedicaba a escribir a su prometido.

—¿Te has decidido al fin?

—Sí. Creo que tenías razón y no hay nada de malo en que le escriba. Aunque, si me comparo con Nell, debo decir que el señor Stornoway la visita tres veces al año y ella nunca ha tenido la necesidad de tomar la iniciativa y escribirle. Creo que nunca lo ha hecho.

—¿Cuánto tiempo llevas comprometida? —le preguntó.

—Hace seis años que se cerró el compromiso.

—Creo que es demasiado tiempo para que no hayáis tenido contacto. Tal vez antes te considerara una niña, pero si ve que le escribes, comprenderá que ya puede visitarte.

La carta no fue larga: en total, ocupaba media cuartilla y, cuando la tuvo terminada, llegó Esther, que enseguida quiso leerla y se la arrebató de las manos. Victoria se sonrojó.

—Debo comprobar si hay algo inapropiado —dijo bromeando y sin devolvérsela. Una vez que la leyó, le comentó—: Me parece un poco fría.

—Yo la veo del todo acertada —añadió Jane, que enseguida pudo notar que Victoria no tenía ninguna intención de dejarse influir—. No hay motivo para tomarte mayores licencias y me parece que queda bien expresado, y con corrección, el deseo de un mejor conocimiento el uno del otro.

—¿No debería añadir alguna gota de fragancia? —insistió Esther—. ¿No creéis que, si el papel acaricia su olfato, acariciará también su corazón? Seguro que la señora St. Quentin tiene perfume en su dormitorio. Yo puedo colarme y quitarle un frasco.

—¡Esther! —la regañó Victoria—. Ni deseo perfumar el papel ni tú deberías ser tan atrevida.

Interrumpió la conversación el ruido que hicieron al entrar unas internas que regresaban del patio. Eran seis y llegaron corriendo, con las manos embadurnadas de barro y los botines sucios. Cinco de ellas rodearon a la que presidía el grupo, que parecía sujetar algo. Gritaban o gemían y, si hablaban, lo hacían de un modo ininteligible que convertía sus voces agudas en pequeños aullidos. Ni siquiera podía distinguirse si estaban emocionadas o alarmadas. Madame Latournelle fue la primera adulta en verlas y no hizo falta que saliera a buscarlas, pues enseguida se dirigieron hacia ella.

—¡Mire, mire! —gritó la principal alborotadora, mostrándole a modo de ofrenda lo que custodiaba.

—¡Hemos encontrado una prueba! —dijo otra, comenzando a dar saltitos.

—¡El señor Drood es un asesino!

—¡Sí, sí, lo es!

Madame Latournelle las hizo callar, pero en ese momento ya no eran seis las muchachas que estaban frente a ella, sino que el grupo había aumentado a casi treinta, dado que la expectación las había atraído como moscas. También Jane, Nell, Victoria y Esther se acercaron a curiosear.

—¡Es un hueso de la señora Drood!

—¿Un hueso de la señora Drood? ¡Qué tontería es ésa! —exclamó madame Latournelle.

—¡Parece una vértebra! —dijo una de las niñas.

—¡No es una vértebra, son los huesos carpianos o los metacarpianos! —rectificó otra.

—¡Déjenme ver! —ordenó madame Latournelle al tiempo que cogía lo que efectivamente parecía un hueso y lo observaba bien—. ¿De dónde lo han sacado?

—Hemos estado escarbando en la zona en la que esta mañana trabajaba el señor Drood y hemos encontrado un hueso de su esposa.

—¿Ve cómo es verdad que hay un fantasma de mujer en la Abadía? —exigió reconocimiento la niña que había afirmado ver un espectro días atrás.

—¿Sólo han encontrado un hueso? —preguntó madame Latournelle y, con mirada y voz siniestra, añadió—: Eso es porque antes de enterrarla la descuartizó en trocitos muy pequeños.

El ama de llaves consiguió que se produjera un estremecimiento general y, cuando lograron recuperarse, las preguntas y comentarios volvieron a comenzar.

—¿Dará aviso a las autoridades?

—¿Van a ahorcarlo?

—No, boba, no lo ahorcarán, lo decapitarán.

—¿Quieren saber lo que ocurrirá ahora? —preguntó madame Latournelle, sin abandonar el aire tenebroso que había adoptado.

Jane pudo observar que Esther había perdido el tono bromista y estaba aterrorizada, así que se acercó a ella, agarró su mano y se la apretó. La joven la miró agradecida. Como todas las niñas esperaban la respuesta, madame Latournelle continuó:

—El espíritu de madame Drood buscará reconstruirse. Una vez liberada una de las partes, el resto de huesos también saldrá de la tierra para unirse al primero que ha encontrado la libertad... —comentó con voz sibilante al tiempo que mostraba el pequeño fragmento—. Es muy posible que esta noche escuchen ruidos y susurros de ultratumba. Yo, de ustedes, no saldría de la cama y me cubriría hasta la cabeza. Sin duda, el fantasma querrá vengarse y, dado que monsieur Drood no se encuentra aquí, pagará su ira con la primera que encuentre.

—¡Deje de asustar a las muchachas! —la regañó la señora St. Quentin, mientras se acercaba a ella y extendía la mano exigiendo que le entregara el hallazgo.

Madame Latournelle se lo dio y la señora St. Quentin lo acercó a un candelabro para observarlo con mayor detenimiento.

—Señoritas, esto es una piedra. Una piedra curiosa, cierto, pero ya saben ustedes que en el esplendor de la abadía las piedras se tallaban minuciosamente. ¡Quítense los fantasmas de la cabeza y no vuelvan a escarbar la tierra para justificar sus fantasías! La señora Drood está enterrada en el cementerio y el señor Drood no ha descuartizado a nadie. ¿Estamos?

Las muchachas asintieron y la emoción y el miedo, pues se repartían a partes iguales, se fueron desinflando tal como se habían henchido. Tras el pequeño sobresalto, Jane se dedicó a la lectura durante una hora, pero se acostó pronto porque quería aprovechar la mañana siguiente para buscar a los Smith.

15

Por suerte, aquella noche Esther Pomerance no vio interrumpido su sueño por ninguna pesadilla. Después del desayuno, y gracias a una confidencia de madame Latournelle, Jane descubrió que el hallazgo no era una piedra, tal como había hecho creer la directora a las muchachas, sino que efectivamente se trataba de un hueso, aunque más bien parecía de un perro o de otro animal.

—¿Se imagina, mademoiselle Austen, que ahora también fantaseasen con espíritus de animales? No, por nada del mundo deben saberlo, es conveniente que sigan pensando que se trata de una piedra —determinó.

Jane sonrió. Sin duda alguna, el alma juvenil, infantil en muchos casos, encontraría otros pretextos para estimular su fantasía.

—Si le parece bien, aprovecharé la mañana para ir a echar un vistazo a alguna tienda de complementos —le comentó ella a su vez—. Me gustaría comprarme unos guantes más acordes a los que tengo para llevar a la fiesta de Basildon Park, y entre el vestuario de la Abadía no vi ningunos que me sirvieran.

—Sería deseable que también adquiriera un bonito sombrero.

Con ese pretexto, que era cierto, salió de la escuela y tomó la misma dirección que la condujo hacía dos días a la tienda de sombreros y complementos. Después de probarse varios pares, se decidió por unos guantes que tenían unos ribetes muy elegantes en la parte del antebrazo y que le recordaban a unos que tenía Eliza. Pero ni siquiera miró los sombreros. Luego se dirigió a la plaza. Resultó que los viernes ni era día de mercado ni la biblioteca itinerante pasaba por Reading, por lo que se vio obligada a retrasar su investigación sobre Jack Smith, que era la razón principal por la que había salido. No había heredado la impaciencia de su padre, aunque sufría la propia de la juventud, y sintió cierta decepción cuando comprendió que debería esperar, al menos, un día más para su objetivo. Regresó a la Abadía en lugar de prolongar el paseo, pues debía ayudar en los arreglos del vestuario de la función, tarea a la que se dedicó toda la mañana mientras escuchaba a madame Latournelle quejarse de que, en cuanto dejaba de vigilarlas, algunas internas se dedicaban a escarbar en la tierra en busca de nuevos restos que incriminaran al señor Drood.

—Van a dejar la tierra revuelta y ya verán, ya, cómo se llena todo de fango cuando vuelva a llover. ¡Ah, y las flores! ¡Espero que no se atrevan a tocar las flores!

Por lo demás, la mañana transcurrió tranquila y ningún nuevo hallazgo vino a apuntar nuevas sospechas sobre el jardinero. Tras el té de mediodía, regresaron los alumnos del doctor Valpy para los primeros ensayos y la presencia de los muchachos alborotó una vez más el alma sensible de las jóvenes. El encanto del indiferente Adler Percy arrancaba suspiros y miradas que no podían clasificarse de furtivas, pero no era el único sobre el que las internas centraban su atención. Tristan Marwood, que representaba el papel de Claudio, desplegaba tal simpatía y tal naturalidad en sus modos que también atrajo hacia sí gran parte del interés. Las jóvenes declamaban sus papeles muy sonrientes, pese a que el entusiasmo no afectaba a todas por igual. Jane sabía que Nell habría preferido salir una tarde amable como aquélla con la señorita Gibbons y dedicarse a pintar a enfundarse en el papel de Beatrice y, pese a que se fijaba en las otras actrices por si podía liberarla de aquella tarea, acababa descubriendo que ninguna daba el perfil. Eran muchas las alumnas que no se habían presentado voluntarias, pero, si entre éstas existía otra que también pudiera defender con la misma dignidad el papel, era algo que no podría saber.

Aquella noche, durante la cena, la señorita Gibbons no pudo disimular el estado nervioso que la dominaba y, además de callada, estuvo torpe en sus gestos. La señora St. Quentin, con cierta ambigüedad sobre si en sus palabras se escondía una segunda intención, le preguntó en dos ocasiones si se encontraba bien y, en ambas, la profesora de dibujo respondió con dos escuetos monosílabos que no le sucedía nada. Antes de que se retirara, y aprovechando un momento de intimidad, Jane le propuso que fingiera una indisposición para evitar el temido encuentro en Basildon Park, sirviéndose de que su color había perdido la vitalidad.

—¿Para qué demorar lo inevitable? —dijo con resignación—. La señora St. Quentin está empeñada en que ese encuentro se produzca y, de una forma u otra, lo conseguirá. No, querida Jane, si debo sufrir las consecuencias de mi error, que sea cuanto antes. Cada minuto que pasa magnifico ese momento y no puedo dejar de pensar en él sin temblar. No soporto vivir con este desvelo... ¡Que acabe ya y que pase lo que tenga que pasar! —exclamó con una mirada conmovedora—. Estoy preparada para el menosprecio de Edmund y también para el de su hermana, pero no tengo fuerzas para soportar el mío.

—Se está usted castigando de un modo muy injusto.

Louise Gibbons agradeció sus palabras, aunque resultó evidente que no hicieron más efecto en ella que el de una caricia amiga. Luego, la profesora, que se sentía culpable, le comentó:

—Sé que su compañera de dormitorio, Esther Pomerance, es muy aprensiva con el tema de los fantasmas. Yo... ¿Recuerda que una interna dijo haber visto el espectro de una mujer bajando la escalera? Era yo. Le llevaba unos panecillos a la niña que estaba castigada sin comer. Por favor, espero que me guarde el secreto de cara a la señora St. Quentin, pero quería decírselo para que ayude a su amiga a quitarse ese miedo.

Jane le agradeció su confesión y le prometió que tendría los labios sellados ante la directora.

El sábado por la mañana, durante el desayuno, se alegró cuando le confirmaron que aquél sí era día de mercado. La suerte continuó de su lado y nadie interfirió en sus intenciones, por lo que pudo salir a dar un paseo por Reading. Y, dado que miró al cielo y vio que las escasas nubes no suponían una amenaza para estropear la soleada mañana, quedó convencida de que en esta ocasión le iría bien. En primer lugar se asomó a la librería ambulante, donde devolvió el libro que ya había leído y escogió otro. Luego paseó por los puestos del mercado hasta dar con el de salazones. Lo regentaba una mujer pequeña y delgada, de facciones muy marcadas, ojos pequeños y arrugas repartidas por rostro y cuello por igual. Jane esperó a que terminara de atender a un cliente y, tras darle los buenos días, le preguntó si se trataba de la señora Smith.

—Señorita Smith —matizó ella, como si presumiera de su soltería o esperara a esa edad que aún le lloviera alguna oferta matrimonial—. ¿Nos conocemos?

—No todavía, pero es posible que tengamos alguna relación en común —respondió la joven—. Me llamo Jane Austen y soy de Steventon, mi hermano es Henry Austen y ha estudiado en Oxford.

La señorita Smith la miró desconcertada, no entendía a qué venía tanta información.

—Espero que el señor Henry Austen se encuentre bien de salud —comentó, sin mostrar más interés.

—Se encuentra perfectamente, gracias, pero tiene un amigo que se llama Jack Smith, ¿lo conoce usted?

—¿A su hermano? —preguntó, desconcertada—. ¡Ah, se refiere usted a Jack! ¿Cómo no voy a conocerlo? Es mi sobrino.

Jane sonrió. Por la edad de la mujer, bien podría tener un sobrino con la edad del Jack Smith que ella buscaba.

—¿Y su sobrino Jack estudiaba en Oxford el curso pasado?

—¿En Oxford? —preguntó extrañada—. No, no. La familia no se puede permitir esas dispensas, ni tampoco él ha tenido mucha cabeza para los latines. Es marino. Se embarca en Southampton, pasa varios meses fuera y, cuando regresa, trae un carro lleno de pescado —comentó, al tiempo que señalaba hacia los productos de bacalao, atún y maruca que guardaba en las cajas que exhibía.

—En ese caso, me temo que no se trata del mismo Jack Smith —hubo de admitir Jane, y de inmediato preguntó—: ¿Conoce a otras familias Smith de Reading?

—Conozco a muchos Smith de Reading y a otros Smith que no son de aquí y que vienen sólo para comprar mis productos. ¿Cuál de ellos quiere que le sirva a usted? Le recomiendo que pruebe el atún —añadió, centrando ahora su interés en hacer alguna venta.

—No voy a comprar nada, gracias, sólo quería saber...

No pudo terminar la pregunta porque la señorita Smith ya había comenzado a servir a otra mujer que sí estaba interesada en comprar. Jane se apartó, sabía que interferir en su negocio no le facilitaría las cosas. Tras dudar un momento, decidió no marcharse. Se quedó esperando a que la señorita Smith volviera a quedar libre, aunque no fue de inmediato, porque tuvo que aguardar el turno de varias personas más y algunas de ellas, aparte de comprar, parecía que se acercaban allí a confesarse. Cuando por fin la salazonera quedó liberada, la joven se acercó de nuevo y, antes de que pudiera hablar, la mujer se le anticipó.

—¿Por qué no pregunta a los Smith de la granja? No tienen a nadie estudiando en Oxford, pero están emparentados con dos Jack Smith.

—¿Y no conoce a unos Smith que sí puedan tener a alguien que recientemente haya terminado sus estudios en Oxford? —preguntó, procurando evitar la granja si no era necesario ir. No sabía si se encontraba cerca o lejos de la localidad, así que primero tenía que agotar las opciones de Smith que residían en el mismo Reading—. ¿Alguno que sí haya podido permitírselo?

La mujer permaneció pensativa durante unos segundos en los que apretó los ojos medio cerrándolos, como si así pudiera hacer fuerza para recordar mejor, hasta que al fin comentó:

—Creo que el rector de Bracknell tiene un hijo que se llama Jack Smith. No estoy segura, no puedo prometérselo, pero es posible que así sea, puesto que creo que lo he oído mencionar al señor Walling-Richards, o tal vez al señor Bourne. Ahora bien, no me pregunte nada más de él. Ni siquiera sabría decirle su edad.

—¿Dónde está la rectoría de Bracknell? ¿Se encuentra muy lejos de aquí? —preguntó, verdaderamente esperanzada con esta nueva oportunidad. El hecho de que su Jack Smith fuera hijo de un rector se hallaba entre las posibilidades que Jane había contemplado.

—A unos doce millas al sureste.

¡Doce millas! Imposible caminar doce millas de ida y doce de regreso para un destino de resultado incierto. El rostro de Jane se desilusionó y la señora Smith pareció adivinar sus pensamientos.

—Hay mucha gente que con frecuencia va en carro de aquí para allá. Y un coche de postas que pasa por allí una vez a la semana.

—¿Qué días?

—Los viernes. Tendrá que esperar a la semana que viene.

Le explicó también dónde podía cogerlo y Jane le preguntó por el horario de ida y el de regreso.

—El horario de ida deberá preguntarlo, yo nunca he cogido esa línea. Pero sé que luego no vuelve.

Jane se sintió decepcionada. Media hora después, estaba de nuevo en la Abadía con el horario del coche de línea anotado en un papel, por si acaso. No paraba de darle vueltas a cómo podría regresar, si se atrevía a ir, ni a qué pretexto podría servirle para ausentarse de la escuela, puesto que, aunque el viernes por la mañana el vehículo partía a las nueve, una hora totalmente conveniente para ella, era posible que tuviera que hacer la vuelta andando, y eso suponía una ausencia muy larga. Pero por mucho que trataba de forzar una idea, no le venía ninguna a la cabeza.

Cuando regresó, aún le dio tiempo a tomar un baño antes de la hora del té. Aquel día habían llenado la bañera para los señores St. Quentin y también la aprovecharon ella y la señorita Gibbons en distintos turnos. Mientras Jane aún pensaba en cómo justificar su visita a Bracknell, se acercaba el momento en el que la joven profesora debería enfrentarse a sus propios fantasmas.

16

La señora St. Quentin estaba tan impaciente por llegar puntual a Basildon Park que adelantó la cena para poder salir antes. Finalmente, no fue necesario alquilar un carruaje, puesto que el matrimonio Valpy los invitó a compartir el suyo. Eso sí, se vieron obligados a apretarse en las dos filas de asientos. Monsieur Pictet faltaba en el vehículo, pues una jaqueca le impedía acudir al baile. Jane se acomodó junto a los St. Quentin y quedó frente a Louise Gibbons, que apenas había cenado, y con la que entrecruzaba miradas de complicidad mientras el resto del pasaje hablaba emocionado de lo feliz que se prometía la noche. Basildon Park se hallaba a unas ocho millas de Reading y ya había anochecido cuando se pusieron en marcha, lo que ralentizó un poco la velocidad del carruaje y, sobre todo, los privó de las vistas de la zona durante el trayecto. Aun así, no tardaron en llegar y pronto la imagen espectacular del palacio se ofreció ante ellos. El señor St. Quentin, tan dado a presumir de sus conocimientos, no pudo callar:

—Basildon Park fue diseñada por John Carr y fue construida con piedra traída de Bath para este propósito entre los años 1776 y 1783. Como pueden apreciar, es de estilo paladiano. La fachada principal da al oeste. Observen que, de los tres pisos, los dos superiores están presididos por unas enormes columnas jónicas, que son las que sujetan el gran frontón. Los dos pabellones que hay a cada uno de los lados no están unidos al principal, aunque a simple vista lo parezca, puesto que en realidad sólo se trata de un alargamiento del muro inferior del edificio principal. Cuando entremos, podrán observar que en realidad eso da lugar a un juego de patios interiores.

Su voz sonaba tan monótona como el traqueteo del carruaje. Desde las ventanas laterales, la oscuridad insinuaba zonas ajardinadas y un gran parque que se extendía alrededor del palacio. Atrás dejaban el avance manso de las aguas del Támesis que ni siquiera llegaba a intuirse. A Jane le habría gustado haber llegado en horas de luz para poder apreciar la belleza en todo su esplendor.

Cuando entraron, lo hicieron a un amplio recibidor de doble altura, con una gran escalera principal que llegaba hasta una galería del piso superior. El exceso de celo hizo que fueran de los primeros grupos en llegar y, excepto sir Francis Sykes, ninguno de los anfitriones de Basildon Park había bajado aún a atender a los invitados. El hecho de que ningún Kirby se hallara a la vista alivió instantáneamente a la señorita Gibbons, pero luego la perspectiva de la espera aumentó aún más su tensión. El interior de la mansión perdía la simetría y regularidad del exterior, había más salones de los que se usaban y en la decoración se observaba una tendencia hacia el estilo clásico romano.

—Pueden observar —prosiguió el señor St. Quentin con su perorata— que hasta el mínimo detalle está cuidado para asegurar una sensación de unidad: los muebles han sido fabricados a medida, las alfombras se han tejido para combinar con todos los accesorios y se han personalizado los apliques, espejos y picaportes. Todo luce en perfecta armonía.

Aunque había un claro salón de baile, el hecho de que las estancias no fueran enormes y algunas se comunicaran entre sí fue algo que, según pensó Jane, favorecería que la señorita Gibbons pudiera evadirse de la vigilancia de la señora St. Quentin. Se acercaron a la mesa del ponche y el señor St. Quentin se encargó de ir llenando los vasos y servirlos a su grupo y, en ese momento, unos conocidos del doctor Valpy se sumaron a ellos. Esto propició una ocasión idónea para que Jane agarrara a la señorita Gibbons del brazo y comentara:

—Me ha parecido ver que en ese salón las ventanas dan a un jardín iluminado, ¿le apetece acompañarme?

Louise Gibbons accedió encantada por la idea de Jane y ambas dejaron a sus conocidos en mejor compañía.

—Está usted temblando —le dijo la joven Austen a la profesora en cuanto se hallaron lejos de su grupo—. Es mejor que se beba el ponche y se sirva un poco más.

—Creo que le haré caso —accedió, como hubiera accedido a emprender el camino a la guillotina si se lo hubiera pedido, pues se sentía fuera de control.

Sin embargo, los nervios le mantenían el estómago tan cerrado que incluso le costaba beber. Ni siquiera pudo acabarse la copa que le había ofrecido el señor St. Quentin.

—¿Quiere que vaya a buscar algún licor de mayor graduación? —se ofreció Jane.

—No, no se moleste. Si al menos tuviera la suerte de pasar el mal momento sin la presencia de la señora St. Quentin...

Pero no tuvo suerte. A pesar de que transcurrieron diez minutos en los que consiguieron esquivar a la directora pasando de una estancia a otra, al final apareció por una de las puertas observando a su alrededor y demostrando con su actitud que las estaba buscando. Cuando por fin las vio, se dirigió rápidamente hacia ellas.

—Váyase por ese lado —le recomendó Jane a la señorita Gibbons mientras ella le salía al paso para interceptarla con un pretexto.

Su intentona fue estéril: este nuevo gesto tampoco sirvió de nada. La señora St. Quentin la esquivó, dejándola con la palabra en la boca, y de inmediato agarró una mano de la señorita Gibbons, que había sido incapaz de moverse, para tirar de ella.

—¿Qué hace aquí tan apartada? Tiene que venir —dijo con gran excitación—. Nos acaban de presentar a la señorita Kirby, es preciso que venga a conocerla.

Jane no habría sabido describir el rostro de la señorita Gibbons mientras la arrastraban hacia el temido encuentro. Apenas le dio tiempo a dejar la copa de ponche sobre una mesa y se dejó llevar como si no pudiera ser de otra manera. Palideció y enrojeció a un tiempo, moría y su corazón se agitaba como nunca, los ojos muy abiertos eran incapaces de ver nada. Jane las siguió pensando en cómo ayudar a la joven profesora. Cuando llegaron, ya tenía decidido que iba a verter lo que le quedaba de ponche sobre el vestido de la señorita Kirby, pese a que eso le costara una buena reprobación por parte de los demás y mucha vergüenza por la suya. Sin pretenderlo, el doctor Valpy se giró y se interpuso entre Jane y el grupo, por lo que se vio frenada durante unos segundos y, cuando pudo acercarse a ellos, la señorita Kirby y la señorita Gibbons acababan de ser presentadas. Aunque la señora St. Quentin expresaba la feliz coincidencia de que se encontraran dos muchachas de Crawley, las dos protagonistas se limitaron a intercambiarse una reverencia silenciosa. La señorita Gibbons no se había atrevido a mirar a los ojos a la señorita Kirby, mientras que esta última los tenía muy abiertos con una señal de alarma.

—¡Discúlpenme! —adujo de pronto—. He recordado que... Debo decirle a... —Y, notablemente nerviosa, a continuación se apartó de ellos y desapareció entre otros invitados.

—Pero... —La señora St. Quentin se quedó con la miel en los labios—. ¿Qué le ha ocurrido a la señorita Kirby?

—Ha dicho que tenía que dar un recado urgente, pero yo creo que ha visto algo o a alguien que la ha inquietado —comentó Jane, mientras miraba al grupo que se hallaba detrás de la señorita Gibbons, tratando de descubrir cuál de sus miembros había originado esa reacción y deseando que la señora St. Quentin creyera tal farsa.

—¡Oh, pero...! Tenemos que hacer que vuelvan a encontrarse —comentó la directora, mirando a la señorita Gibbons.

—Ahora ya han sido presentadas, creo que habrá muchas ocasiones a lo largo de la noche —comentó Jane de nuevo, para evitar que persiguieran a la señorita Kirby.

—¿Lo hará usted? —le pidió la directora a la señorita Gibbons—. ¿Tratará de familiarizarse con ella cuando vuelva a verla? Es más —continuó con su insistencia—, ¿hará lo posible por volver a encontrársela?

—Sí, señora St. Quentin —respondió la señorita Gibbons, recuperando la voz y notando que poco a poco iba tranquilizándose—, así lo haré.

—Ya sabe lo importante que es para el internado que podamos ampliar nuestras relaciones...

En aquel momento la señora Valpy interrumpió a la señora St. Quentin con una propuesta que le interesó de inmediato.

—Sir Francis Sykes y el señor Sykes están justo ahí —comentó—, deberíamos saludarlos y agradecerles la invitación.

Así lo hicieron y, como los directores de ambos internados se habían introducido en otra conversación de caballeros, la señorita Gibbons y Jane volvieron a gozar de cierta intimidad.

—¿Cómo se encuentra?

—¡Oh, Jane! ¿Ha visto cómo me ha evitado?

—Y ha sido lo mejor que ha podido ocurrir. De lo contrario, habría demostrado que ambas ya se conocían.

—¿Qué estará pensando de mí? ¿No he sido una mala persona al acceder a venir aquí para afear su celebración? Seguro que he estropeado lo que para ella debería haber sido un día feliz.

—¿Otra vez se está culpando usted?

Louise Gibbons no respondió. Su mirada se quedó paralizada en un punto y nuevamente perdió el color. Jane buscó el objeto de tal impresión y vio a una pareja que hablaba y se sonreía con buen humor.

—¿Es el señor Kirby? —le preguntó a su compañera.

No hizo falta que respondiera. En aquel momento el caballero también la vio y ella desvió la mirada primero y dio media vuelta después. Enseguida, se acercó a la mesa donde se hallaba el ponche. Jane no la siguió de inmediato. Se quedó para observar la reacción de él y vio que con la mirada seguía a la señorita Gibbons mientras la turbación se expresaba en su rostro. Pareció que dudaba, cesando por un momento de escuchar la conversación de la dama que lo acompañaba y que, extrañada de su reacción, también buscó qué podía estar llamando la atención del señor Kirby. Enseguida la duda se borró de la expresión del caballero y sus rasgos se endurecieron. Retomó la actitud cortés hacia su acompañante y Jane, desde su posición invisible, pues a ella no la conocía de nada, trató de adivinar qué tipo de familiaridad existía entre ambos. De que la joven acompañante le sonreía embelesada no cabía ninguna duda, pero los sentimientos que pudiera albergar él resultaban mucho más ambiguos. Le devolvía la sonrisa complaciente, pero estaba tenso. De vez en cuando levantaba la mirada en busca de la persona que había captado su atención instantes antes. La señorita Gibbons ya no se encontraba junto a la mesa del ponche. Jane se disponía a buscarla cuando la señorita Kirby llegó hasta su hermano y, todavía nerviosa, lo reclamó para sí. Ambos se apartaron de la damisela de sonrisa perenne y ella le susurró al oído. El señor Kirby cerró los ojos y asintió, luego dijo algo y en esta ocasión fue la hermana la que pareció sorprendida. Jane se acercó hacia ellos y, aunque no fue discreta, la suerte quiso que no estuvieran pendientes de su persona y pudo oír a la señorita Kirby decir:

—¿Tú sabes qué puede estar haciendo aquí? No sabía que mi suegro la conociera. ¿Formará parte de su círculo?

—Sabes que no sé nada de ella desde aquel día. Pero no te alarmes por mí, Margaret, la indiferencia es el único sentimiento que Louise me provoca.

Jane no se quedó a escuchar más para no levantar sospechas. No obstante comprendió de inmediato que el recado que la señorita Kirby debía dar no era otro que el de advertir a su hermano de la presencia de la señorita Gibbons en Basildon Park, sólo que él ya lo había descubierto por sí mismo. Cambió de salón para buscar a la profesora, pero se encontró otra vez con la señora St. Quentin y la señora Valpy.

—El baile va a empezar —le comentó la primera—. ¿Dónde está la señorita Gibbons?

—La he dejado buscando a la señorita Kirby.

—La señorita Kirby está en el salón de baile, acaba de llegar.

Comenzó a sonar la música, un minueto que interpretaban un violín, una viola y un contrabajo, y, a pesar de lo mucho que le gustaba bailar, Jane habría preferido permanecer apartada y poder observar cómo se desarrollaba la noche desde una posición más tranquila, pero el doctor Valpy la invitó y hubo de aceptar la deferencia. Ése iba a ser su primer minueto y agradecía a las Lloyd que le hubieran enseñado los pasos. Al menos doce parejas más bailaban, entre las que se hallaban la señorita Kirby y su prometido y Edmund Kirby y la dama que lo acompañaba anteriormente. El hecho de que no estuvieran cerca de ella hizo que no tuviera que cruzárselos durante la danza. Al minueto, de escasa duración, siguió una contradanza y el doctor Valpy la emplazó a quedarse con él. La señora St. Quentin, que habría deseado bailar, observaba cómo su marido tenía cuidado de llenar la copa cuando ésta se vaciaba y, tras haber encontrado a la señorita Gibbons, la mantenía a su lado mientras la entretenía en una conversación que ella no parecía escuchar. Jane tardó casi media hora en liberarse y, en cuanto pudo, se acercó a la profesora para proponerle un paseo por el jardín. Pero el doctor Valpy se le anticipó, y esta vez fue la señorita Gibbons la que bailó con él. Sir Francis Sykes era la nueva pareja de la señorita Kirby y su hermano se había incorporado a un grupo de caballeros que pronto cambiaron de salón. La joven con la que acababa de bailar se había emparejado con otro caballero y Jane pasó a convertirse en la nueva víctima de la señora St. Quentin, que no paró de hablar hasta que el doctor Valpy también la solicitó a ella. El director del internado de muchachos parecía interesado en bailar con todas las damas menos con su esposa.

—Tengo lastimado un tobillo —comentó esta última en una ocasión, pese a que no se supo si era verdad o se trataba de un pretexto para justificar la conducta de su marido hacia ella.

A mitad del baile ocurrió lo inevitable. Y ya fue mala suerte, puesto que el señor St. Quentin apenas cruzó unas palabras con el hijo mayor de sir Francis Sykes, pero justo cuando lo hacía, Edmund Kirby pasó junto a ellos y fueron presentados. La señora St. Quentin, en cuanto oyó su nombre, se añadió al grupo y, al cabo de unos momentos, ya lo tenía agarrado y lo acercaba hacia la señorita Gibbons, que observaba la escena horrorizada.

—Señorita Gibbons, le presento al señor Kirby, hermano de la señorita Kirby y, por supuesto, natural de Crawley.

Se saludaron con los ojos y la frialdad de ambos apenas se notó porque la señora St. Quentin ya estaba diciendo:

—Nuestra nueva profesora también es de Crawley y sería una pena que ella y su hermana no se hicieran amigas. Estoy segura de que la señorita Kirby celebrará encontrar aquí a alguien con quien tiene tanto en común. Espero que haga el honor de visitarnos algún día en la Abadía. Usted también, por supuesto, nos agradaría mucho tenerlo a usted entre nosotros. ¿Verdad que sí, señorita Gibbons? Dígaselo usted igualmente.

Louise Gibbons se limitó a tratar de justificarse con la mirada cuando notó que los ojos de Edmund Kirby se posaban en ella.

—Yo regresaré a Crawley tras la boda —comentó él, sorprendido tanto por las palabras que escuchaba como por la situación.

—En ese caso, hay tiempo más que suficiente. ¿Por qué no vienen mañana a tomar el té?

—Creo que la nueva familia de mi hermana tiene otros planes.

—No importa el día, pero que sea pronto, que no pase de la semana entrante, ¿me lo promete? —insistió la señora St. Quentin.

—No puedo prometer lo que afecta también a otras personas —comentó él, viéndose abocado a un compromiso que no deseaba y, mirando a la señorita Gibbons, añadió—: Cuando uno se compromete, ha de ser porque está convencido de que no habrá retroceso.

—¡Oh, un hombre de palabra! —exclamó el señor St. Quentin, que se había unido a ellos—. Ya no quedan hombres así, sepa usted que lo aplaudo, señor Kirby. ¿Qué digo aplaudo? Brindo por usted —añadió, llevándose la copa a la boca.

Para alivio de alguno de los presentes, el caballero hizo un gesto de despedida y los dejó. A Jane no le hacía falta mirar a la profesora para saber cómo se sentía. Pero no hubo tregua para que pudieran intercambiar unas palabras, ya que el hijo mayor de sir Francis Sykes les presentó a otros caballeros y tanto ella como la señorita Gibbons fueron arrastradas de nuevo al baile. En esta ocasión, Jane tuvo más suerte, pues su nueva pareja era joven y buen bailarín, por lo que se dejó llevar y relajó la observación de cuanto ocurría a su alrededor. El temido encuentro ya se había producido y eso necesariamente habría traído consigo que el miedo de la joven profesora se atemperara. La noche transcurrió entre danzas, conversaciones insípidas y algún desatino que provocó el señor St. Quentin a medida que su alma se iba achispando. A Jane le habría gustado tener con ella a Cassandra y a Martha para intercambiar algún comentario mordaz sobre el director del internado. La familia anfitriona, pese a que los había incluido en la invitación, no los consideraba invitados importantes y poco más se relacionaron con ellos.

Cuando subieron al carruaje para regresar a la Abadía, Jane estaba convencida de que la señorita Gibbons había salido victoriosa de la prueba a la que la habían sometido, sin embargo, cuando ambas pudieron hablar un momento a solas antes de retirarse a sus dormitorios, supo que había ocurrido algo más, pero tendría que esperar para averiguar de qué se trataba.

17

Esther Pomerance había estado luchando contra el sueño para someterla a todo un interrogatorio sobre la fiesta y, cuando comenzó a hacerle preguntas, incapaz de moderar su interés, despertó al resto de compañeras de dormitorio. Jane prometió contarlo todo en otro momento con pelos y señales, excepto lo que afectaba a la señorita Gibbons, que se lo reservaría para ella. Aun así, se vio obligada a dar un pequeño anticipo, lo que supuso perder más horas de sueño y, cuando se despertó, lo hizo con el tiempo justo para llegar puntual a la mesa.

A pesar de que ése era su deseo, ni antes ni durante el desayuno consiguió un momento de intimidad con la señorita Gibbons. El señor St. Quentin no bajó al comedor, pero debía de estar despierto, puesto que una de las criadas hubo de subir a llevarle un café. Aquel día permitieron que las internas que pagaban la tarifa para compartir mesa con el profesorado desayunaran con sus compañeras por lo que, de las presentes, sólo madame Latournelle no había asistido al baile. El ama de llaves llevaba en sí toda la curiosidad juvenil más la propia de una persona interesada en la prosperidad del internado. La señora St. Quentin estaba satisfecha, alababa todos los detalles de la mansión, las telas de los vestidos de la familia Sykes, la exquisitez de la sopa que se había servido a medianoche y las piezas escogidas por los músicos para la ocasión.

—Una gran fortuna no implica siempre buen gusto, pero le aseguro que en el caso del barón ambos van de la mano.

—¿Y cómo es mademoiselle Kirby? —quiso saber madame Latournelle.

—Es una joven bonita… Está por ver si también es hermosa por dentro. Lo sabremos al comprobar si se muestra interesada o no por nuestras internas. La señorita Gibbons puede explicárselo mejor, las vi hablando pasada la medianoche —añadió complacida.

Esa alusión sorprendió a Jane, que no sabía que hubieran vuelto a tratarse.

—La señorita Kirby me pareció una joven muy amable —se vio comprometida a decir la profesora de dibujo.

—Seguro que sí. Y estoy convencida de que su carácter, señorita Gibbons, supuso un aliciente más para ella. Mañana encargaré que compren té verde y hoy pediré al servicio que se dediquen a hacer galletas de mantequilla.

El señor St. Quentin llegó a tiempo para asistir al oficio religioso, aunque Jane lo sorprendió bostezando en más de una ocasión y luchando por no cerrar sus ojos enrojecidos. El reverendo, que ya debía de conocer los últimos sucesos en la Abadía, centró su arenga en los difuntos, asegurando que sólo regresarían a la tierra el día del juicio final. Añadió que la creencia en espíritus que se pasean entre los vivos era una ofensa a Dios y pidió que no se removiera la tierra con el fin de dejar a los muertos en paz.

Cuando cesaron las obligaciones, Jane salió al patio con sus compañeras de dormitorio, que estaban deseosas de que les contara más detalles sobre la fiesta de los que había dado la noche anterior. Como era buena narradora y adornaba sus palabras con toques de humor, mantuvo el interés de las cuatro, incluso de la pequeña Sophie, hasta que vio cómo la señorita Gibbons se acercaba a ellas.

—Señorita Henthrone, ¿le gustaría que saliéramos a buscar algún paisaje que le resulte atractivo? La señorita Austen puede acompañarnos si lo desea. ¿Quiere que vaya a por el caballete y las pinturas?

—Muchas gracias, señorita Gibbons, pero me temo que, hasta que no me sepa el papel completo de Beatrice, no podré volver a salir.

—No tengo ninguna duda de que preferirías dedicar tu tiempo a pintar que a la obra, Nell —comentó Jane—. No sabes lo agradecida que te estoy por tu esfuerzo.

—Victoria me está ayudando —apuntó la joven—. Es una lástima que no se presentara voluntaria, recita muy bien.

—Con público, me sería incomodísimo tener que actuar —admitió la joven—. Sin embargo, ayudar a Nell no me supone ningún esfuerzo; es más, lo encuentro divertido.

—Mi gratitud también para Victoria —la extendió Jane.

—A pesar de que la señorita Henthrone tiene otros planes, yo voy a aprovechar el buen día para dar un paseo —añadió la señorita Gibbons—. ¿Desea acompañarme, señorita Austen?

Jane recibió con alegría la propuesta, estaba deseando saber qué otras cosas habían ocurrido la noche anterior y comenzaba a pensar que, si permanecía en el internado, no se le brindaría ninguna ocasión.

Un sol delicado las acompañaba y, nada más pisar el parque Forbury, antes de que Jane le preguntara cómo se encontraba, fue Louise Gibbons quien comentó:

—Volví a hablar con Margaret Kirby.

Jane, que sabía que eso había ocurrido porque lo había mencionado la directora durante el desayuno, añadió:

—Fue muy valiente si se atrevió a buscarla. Y demasiado complaciente con los deseos de la señora St. Quentin.

—Se equivoca, yo no habría tenido valor… En esta ocasión fue ella quien se acercó a mí. Se disculpó por haber sido tan abrupta durante nuestro primer encuentro, aunque se justificó con una excusa que las dos sabíamos que no era cierta.

—No puede odiarla tanto como cree si fue ella la que se acercó a usted —trató de consolarla, al ver que, incluso a la hora de contarlo, parecía revivir el nerviosismo que le había producido aquella situación.

—Se equivoca, Jane. —Tal era la desesperación que la trató con confianza sin darse cuenta—. Su disculpa tenía otras intenciones. Se filtraba algo de aflicción en ella cuando lamentó la muerte de mi hermano, a pesar de haber ocurrido hace dos años y medio, y, tal vez, también fue sincera cuando dijo que se alegraba de ver que yo me encontraba bien de salud. Sin embargo, el motivo que la había llevado a acercarse hasta mí era bien otro. Sin que yo preguntara, porque, como supondrá, apenas decía palabra, y sin venir a cuento, comenzó a halagar las virtudes de la señorita Rickman, que, al parecer, son muchas.

—¿La señorita Rickman es la joven que hablaba con el señor Kirby cuando usted lo vio?

—Sí, y con la que abrió el baile, y no sólo eso, no sé si usted se fijó, pero más adelante volvió a bailar con ella. ¡Dos veces, Jane, bailaron juntos dos veces! ¿Sabe lo que significa eso?

—¿Acaso están prometidos ella y el señor Kirby? —se atrevió a preguntar—. ¿Eso fue lo que le dijo la señorita Kirby?

—No, no lo están aún. Sin embargo, se espera que se comprometan en breve. Y Margaret Kirby la ve con buenos ojos para acogerla como hermana, así me lo hizo saber. Cierto que habló con elegancia y como quien no quiere la cosa, pero las dos nos entendimos muy bien.

Jane la observó detenidamente. El sol hacía brillar la humedad que se había acumulado en sus ojos y, aunque no lloraba, permanecían ciegos a la felicidad que ofrecía el paisaje. Hacía unos minutos que habían abandonado la Abadía.

—¿Cómo cree que recibí esa noticia? —preguntó la profesora de dibujo tras una pausa que extendió mientras se torturaba por el recuerdo—. ¿Acaso alguien es capaz de disimular su mortificación en un momento así?

Jane suspiró, no sabía qué decir, y la señorita Gibbons añadió:

—Con expresión triunfal, Margaret Kirby se despidió de mí dejándome sumida en la más profunda desolación.

—Supongo que durante estos tres años usted se habrá hecho a la idea de que el señor Kirby podría casarse con otra... —se atrevió a decir por fin.

—Sí, Jane, claro que me he hecho a esa idea por muy dolorosa que resulte. Después de descubrir mi error, nunca albergué esperanzas de recuperar su cariño. Y, tres años después de haberlo liberado de mi mano, incluso he llegado a preguntarme si ya estaría casado, si habría visto nacer a su primogénito... —De nuevo hizo una pausa, a ella también le costaba expresarse—. En mi imaginación, eso siempre ocurría lejos de mí... No estoy preparada para ser testigo de su felicidad. No me entienda mal, se la deseo, por supuesto, con todo mi corazón, Edmund ya sufrió por mi causa sin merecerlo. Es el mejor hombre del mundo y, del mismo modo, espero que también sea el más feliz, pero no puedo soportar ver con mis propios ojos cómo esa felicidad es motivada por el cariño de otra mujer.

—La señorita Kirby fue cruel al manifestarle su esperanza de emparentar con la señorita Rickman —admitió Jane—. Se habría mostrado más elegante si se hubiera abstenido de volver a acercarse a usted.

—La perdono, Jane. Puedo entenderla perfectamente, como puedo entender la indiferencia que Edmund mostró hacia mí... Pero la comprensión no alivia el dolor.

Caminaban evitando los pequeños riachuelos que se formaban a su paso, pues se dirigían hacia el punto de confluencia entre el Támesis y el Kennet y unos brazos fluviales se extendían serpenteando por toda la campiña.

—No, no lo alivia... La herida cicatrizará con el tiempo.

—No, Jane, la herida ha vuelto a abrirse y la actitud de la señora St. Quentin sólo le echa puñados de sal. Espero que

Margaret Kirby no haga caso de sus insistencias y nunca visite el internado.

—No tengo ninguna duda de que a ella le disgusta la idea tanto como a usted —comentó Jane, que sólo deseaba consolarla—. Al fin y al cabo, ya logró su pequeña venganza mortificándola a usted y el ajetreo de la boda es un buen pretexto para no hacer esa visita. No tema, estoy segura de que no se acercará a la Abadía —dijo, tratando de parecer convincente.

—Dios quiera que lleve razón.

—En el peor de los casos, dé por seguro que el señor Kirby no la acompañará, porque me parece entender que ése es su peor temor.

—¡Ay, Jane! ¡Cómo me dolió su indiferencia! —exclamó, rememorando su encuentro—. ¡Qué frialdad anidaba en sus ojos!

—La misma que mostró usted —le recordó ella—. Y el señor Kirby tiene más motivos aún para pensar que le es del todo indiferente...

—Tiene razón. Ayer no ocurrió nada que no merezca. ¡Y qué egoísta soy pensando sólo en mí! Supongo que para usted la fiesta de ayer supuso todo un acontecimiento... Cuénteme, ¿disfrutó del baile?

—Sobre todo cuando estuve emparejada con el doctor Valpy —bromeó—. Fue la danza más movida de todas.

—Siempre logra hacerme reír, incluso en el peor de los momentos —sonrió la señorita Gibbons—. Conocerla a usted ha supuesto una bendición, Jane, no sé cómo podré pagarle el calor de su amistad. ¡Oh, la he llamado ya Jane en varias ocasiones! ¿Será tan amable de llamarme Louise a partir de ahora?

—Me resultará fácil complacerla.

—También la vi bailando con el que creo que era el mejor bailarín de Basildon Park. Oí decir que está soltero.

—Eso compensó los bailes con el doctor Valpy, pero su estado civil me fue y me es indiferente —admitió Jane.

—Oí decir que tiene una buena renta. Tal vez sea un poco mayor para usted, pero tenía buena planta. A mí me lo presentaron poco después de que bailara con usted, junto al señor Smith.

—¿Había un señor Smith en Basildon? —se sorprendió Jane, cambiando su interés de un caballero a otro.

Louise asintió, ya había olvidado que la joven Austen buscaba a un amigo de su hermano que se llamaba así.

—¿Y podría decirme qué edad tenía? ¿Era joven, era mayor? —continuó mostrando su interés Jane.

—No creo que sobrepasara los veinticinco.

—¿Averiguó su nombre de pila? ¿Por casualidad se llamaba Jack?

—No, no lo averigüé. Deduzco que no ha encontrado aún al amigo de su hermano, ya no recordaba que buscaba a un Smith. ¿No le preguntó al señor Drood?

—Sí, lo hice, pero no conocía al Smith que yo busco —comentó. Hizo una pausa en la que estuvo tentada de confesarle la verdad, dado que Louise Gibbons le había confiado lo más recóndito de su corazón, pero Jane se sentiría ridícula si abría el suyo, por lo que no lo hizo.

—Lamento no poder decirle si se llamaba Jack o no —respondió Louise—. Sólo sé que su padre y sir Francis Sykes se conocieron cuando este último vivía en la India y que el señor Smith con el que yo hablé había regresado a Inglaterra para cursar sus estudios en Oxford. Me pareció entender que ya los había terminado.

18

Jane había recibido carta de Cassandra. Estaba fechada en Ibthorpe el anterior jueves, por lo que, antes de que se lo expusiera, ya dedujo que había alargado algún día más su estancia allí. Y así empezaba la carta, explicando que finalmente se quedaría toda la semana porque, al fin y al cabo, qué iba a hacer ella en casa con Jenny en la isla de Wight y Jane en Reading.

—¡Vaya! Mi hermana quiere que tenga remordimientos por haberla dejado sola —le comentó a la señorita Gibbons, que no tenía clase hasta media hora después—. Por suerte, me tranquiliza diciendo que todos están bien y que, excepto un estornudo de Mary Lloyd, que no se ha repetido, no han sufrido otro motivo de alarma. Y también gozan de buena salud los gatitos —sonrió, recordando el cariño que les había cogido.

—No querrá que tengas tantos remordimientos si no te dice lo afligida que se encuentra —sonrió la profesora.

—Por suerte, los Fowle continúan ayudando a las anfitrionas a entretenerla y, por lo que cuenta, al menos Tom es un buen bailarín. A mi hermana también le encanta bailar.

—¿Y a qué mujer no?

Al final de la carta, había unas líneas que firmaba Marta Lloyd, en las que, además de afecto, se notaba el tono humorístico que tanto las unía. Jane respondió a la misiva con el mismo sentido del humor que esta última; por suerte, a ella no le revisaban la correspondencia y, después de entregar la carta a madame Latournelle, se centró en el libro que había pedido prestado, quería terminarlo pronto para devolverlo y comprobar si ya habían devuelto el que le interesaba.

Aunque madame Latournelle había comprado té verde, lo había hecho con la intención de reservarlo para visitas solemnes, por lo que, cuando llegó el mediodía, a las internas y al profesorado les fue servido té negro como siempre.

—¡Monsieur St. Quentin! ¡Qué placer tenerlo con nosotras! —ironizó la antigua actriz cuando lo vio llegar a la mesa.

A poco de servirse la infusión, de cuyas tazas emergía un humo hechizante que aromatizaba el comedor, una criada vino a avisar al director de que el doctor Valpy acababa de llegar.

—Lo he invitado a pasar al comedor, pero lo acompaña otro caballero y han preferido que le pida que salga. Quieren hablar en privado con usted. Han dicho que era urgente.

Fue madame Latournelle la que se preguntó en voz alta quién sería el caballero que acompañaba al doctor Valpy y, mientras la señora St. Quentin y ella empezaban a especular de quién podría tratarse, Jane se creó la esperanza, tal era su optimismo, de que fuera Jack Smith. Bien podría el doctor Valpy haberlo conocido en Basildon, o igual ya eran amigos de antes, por lo que no le pareció extravagante tal posibilidad.

—Quizá el doctor Valpy ha venido a decir que esta tarde no puede enviar a los muchachos al ensayo —comentó Louise Gibbons a Jane en un momento dado, menos optimista en sus presagios.

Madame Latournelle se apresuró a desdecirla:

—En ese caso, no haría falta tanta reserva. Dios quiera que haya venido con sir Francis Sykes —añadió, cruzando una mirada de complicidad con la señora St. Quentin.

—O con el hermano de la señorita Kirby —deseó la señora St. Quentin, palabras que hicieron estremecer a la profesora de dibujo—. Me pareció un caballero muy agradable.

De vez en cuando, todas miraban hacia la puerta a la espera de que el señor St. Quentin regresara acompañado de los dos visitantes y, si lo hacía sin ellos, deseaban que volviera al menos con un afán locuaz que lo emplazara a compartir el motivo de tal interrupción y a explicar quién era el misterioso acompañante del doctor Valpy.

Pero el señor St. Quentin no regresó, por lo que, cuando terminaron el té, la curiosidad ya se había multiplicado y madame Latournelle se levantó con prisas para salir del comedor y averiguar cuál era la razón de tan larga ausencia. Para su insatisfacción, comprobó que el señor St. Quentin se hallaba en el salón privado con la puerta cerrada, puerta que tardó casi una hora en abrir. Por aquel entonces, ya habían llegado los muchachos del otro internado y Jane empezaba a ocuparse de los ensayos y a olvidarse de si algún Smith moraba o no por la Abadía, y no fue hasta poco antes de la cena, cuando terminó con su tarea escénica, que Louise Gibbons le comentó:

—El doctor Valpy se ha marchado del internado sólo, sin nadie que lo acompañara. He pensado que el otro hombre se había ido antes que él, pero luego he visto cómo llevaban unas mantas y un cojín al salón privado y no se nos permite la entrada, por lo que creo que sigue aquí y se va a quedar a pasar la noche.

—¿Quiere decir que va a dormir aquí?

—Eso creo. Hay un sofá en el salón.

—¿Y se sabe quién es?

—Desde luego, yo no lo sé. Y conviene que las internas no se enteren —le comentó, bajando la voz—. Si llegara hasta las familias el rumor de que un hombre duerme aquí sin su esposa, en el caso de que la tenga, pondrían el grito en el cielo.

—Sea como sea, parece que el caso se está llevando a cabo de un modo muy misterioso.

Ambas callaron la pregunta que interiormente se hacían, puesto que la sospecha de que podía tratarse de un fugitivo de la justicia apareció en el pensamiento tanto de una como de la otra, pero ninguna de las dos quiso asustar a su interlocutora haciéndola partícipe de su temor.

Nadie mencionó el asunto durante la cena y Jane pudo notar que había cierta inquietud en la señora St. Quentin. También madame Latournelle estaba incómoda, no así el director del internado, ya que es sabido que el licor, cuando no los enerva, ayuda a calmar los nervios. Ocurriera lo que ocurriera, supo que nadie iba a decirle nada, pero no por ello Jane podía evitar fantasear con posibles historias que hubieran traído a aquel desconocido hasta la Abadía. Aunque la imaginación era poderosa, poco a poco fue descartando que se tratara de un asesino: no consideraba a ninguno de los St. Quentin tan imprudentes como para jugarse así el prestigio, y sin duda el misterio fue aumentando. Después de cenar intentó centrarse en la lectura, pero notaba que esa incógnita no le permitía mantener la concentración, por lo que, cuando vio que Esther y Victoria se encontraban con Nell y empezaban a contarle alguna anécdota divertida, pues las tres comenzaron a reír, dejó el libro y se acercó a ellas. No le vendría mal participar de esas risas.

—¿Cuál es la broma? —les preguntó.

—¿Broma? —preguntó Victoria—. ¡Oh, sí, es una broma, no podría ser otra cosa! O así, al menos, es cómo he decidido tomármelo.

—¿Y puedo saber de qué se trata?

—El protagonista de la broma es el estirado Adler Percy —respondió también Victoria—, el inalcanzable Adler Percy, don Perfecto, por el que tantas suspiran, como si no existiera otro muchacho más sobre la tierra.

Jane miró a Nell, puesto que, al ser la única de las presentes que participaba en los ensayos, imaginó que la anécdota había partido de ella.

—¿Ha ocurrido algo con Adler Percy sin que yo me diera cuenta? —le preguntó, más intrigada que antes.

—Nada que no sea habitual —respondió la joven—. Por supuesto, Caroline y Lydia no han dejado de coquetear, pero creo que eso ya has podido verlo tú misma. De hecho, he notado que estabas a punto de llamar su atención. Victoria se refiere a lo que ha ocurrido antes de que el ensayo empezara, justo al momento en que los muchachos llegaban a la Abadía.

Jane observó ahora a Victoria, esperando que le contara lo que ella se había perdido.

—El ilustrísimo señor Percy, supongo que sería de su agrado que lo llamaran así, considera que mis ojos azules no merecen su atención, algo que yo, como comprenderás, no puedo otra cosa que celebrar, puesto que su atención me merece el mismo interés que saber si en estos momentos llueve o no en la India.

—¿Cuándo te ha dicho eso? ¡Qué poca galantería! —exclamó Jane.

—No me lo ha dicho a mí, sino a Alfie Williams, el que tiene el papel de Leonato, y es obvio que no sabía, ni sabe aún, que yo lo estaba escuchando.

—¿Y a cuento de qué ha dicho eso, si puede saberse? Algo habrá motivado ese desplante…

—Ha sido cuando ellos entraban. Justo en ese momento yo me dirigía a la biblioteca, ya que ahora que voy a cartearme con sir Phillip quiero mejorar mi estilo y ampliar mi léxico. Alfie Williams, con quien bailé en una ocasión, me ha dedicado una sonrisa afectuosa nada más verme. Yo también le he sonreído, me habría parecido de mala educación no hacerlo, pero he seguido mi camino sin detenerme y enseguida he desaparecido de su vista. Estoy prometida y no quiero que nadie piense que mi conducta no es la adecuada. Luego he recordado que ya tenía un libro en el dormitorio y he vuelto atrás. Ha sido entonces cuando he podido escuchar que Alfie Williams decía que yo le parecía bonita y Adler Percy ha contestado: «No soy de los que se distraen por unos ojos azules, Alfie».

Al imitar su voz, trató también de imitar sus gestos, a los que imprimió una buena dosis de desdén y de altivez y las demás volvieron a reír. También Jane sonrió.

—Es una suerte que te sea indistinto si llueve en la India o no, si le llega a ocurrir eso a Caroline o Lydia, esta noche sus llantos no nos dejarían dormir —comentó—. Sin embargo, debo admitir que Adler Percy es un personaje extraño. Otros, en su lugar, se sentirían adulados y envanecidos y, sin duda, aprovecharían ese poder que les otorga su éxito con algunas internas. Puede que se trate de vanidad, es cierto que está orgulloso de sí mismo. Posee buena educación y, por lo que he oído, es muy aplicado. El papel de Benedicto lo hace realmente bien. Toda la severidad hacia el prójimo la mantiene consigo mismo, se exige la perfección y no sé si eso es algo recomendable. Yo no lo tacharía de virtud. Y si estuviera en tu lugar, me quedaría con que has encontrado un admirador en Alfie Williams.

—No les demos más importancia de la que tienen ni a una cosa ni a la otra, me basta con que admire mis ojos sir Phillip. ¡Ay! ¡Espero que no tarde demasiado en responder a mi carta!

Tras asegurarle todas que así sería, Nell propuso que se acercaran al pianoforte, donde una de las internas se hallaba interpretando una melodía pegadiza. Jane se disponía a acompañarlas, pero en ese momento vio que la señora St. Quentin, después de que una criada le dijera algo, salía con prisas del salón, como si estuviera alarmada, por lo que se disculpó con sus compañeras y, con la curiosidad bien despierta, siguió a la directora.

19

Toda la intriga de la joven Austen se desinfló cuando vio que se trataba de un asunto menor. Una riña entre dos internas había provocado que se dieran empujones y se tiraran del pelo la una a la otra, por lo que madame Latournelle las mantenía bien firmes mientras les dedicaba una severa arenga. Jane apenas reparó en ellas, puesto que no participaban en la obra y debían tener unos doce años aproximadamente. Cuando la señora St. Quentin llegó, las dos ya se encontraban pidiendo perdón y prometiendo que la escena no volvería a repetirse y, aunque no existía ninguna prueba de que su arrepentimiento fuera sincero, la directora, que estaba cansada, se limitó a ponerles un castigo sin previo sermón aleccionador. Jane, que se mantenía oculta tras el resquicio de la puerta, iba a regresar al salón cuando vio que el director del internado salía del salón privado y entrecruzaba una mirada con su esposa. Madame Latournelle se llevó a las niñas a las cocinas para que ayudaran a limpiar mientras que los mandamases del internado se quedaban a solas. Fue la señora St. Quentin quien primero habló:

—¿Necesita algo más?

El director negó con la cabeza.

—Partirá al amanecer, antes de que se despierten las internas, pero no es su seguridad la que me preocupa, sino su salud. Se halla en un estado lamentable y lo he encontrado tiritando.

—¿Y podrá viajar en ese estado?

—Es del todo necesario. Lo que cuenta es alarmante y la vida de otros depende de que se los avise a tiempo.

En este punto en que la curiosidad de Jane creció, se apartaron un poco de ella y ya sólo pudo oír la mitad de cuanto decían. Sin embargo, escuchó lo suficiente para entender que el hombre que se hallaba en el salón era un familiar del director que huía de Francia. La persecución ya no se daba únicamente contra miembros del clero o de la aristocracia, sino que todo aquel que no apoyara de forma abierta la Revolución, es decir, no tomara las armas o no colaborara con dinero, cosechas o propiedades, caía bajo sospecha y sufría todo dipo de atropellos y represalias. Descubierto el misterio y sustituida una inquietud por otra, la joven regresó al salón y la melodía del pianoforte la recibió para tranquilizarla un poco.

Al día siguiente, la normalidad parecía haber regresado al cuerpo de la señora St. Quentin, y también el hambre, pues cada vez que cogía un panecillo se lo untaba con más mantequilla de la habitual. Por la expresión relajada y la demora en el desayuno, Jane dedujo que el francés ya no se encontraba allí, algo que comprobó cuando vio que ya se podía acceder de nuevo al salón privado. Decidió que a partir de aquel momento estaría pendiente de las conversaciones sobre el país vecino, aunque sólo fuera por deferencia a Eliza. Luego terminó la novela y decidió ir a la biblioteca itinerante a cambiarla por otra. Un cielo nublado impedía que el sol acariciara el pavimento irregular de las históricas calles de Reading, por donde transitaban peatones y más carromatos que carruajes en un día de agitación laboral. Devolvió su ejemplar y escogió otro y, como siempre que le ocurría antes de empezar a leer un libro, sintió un entusiasmo nuevo y su imaginación se disparó proyectando lo que encontraría en su interior.

Ese día había salido un carruaje de la plaza al que le habría gustado subir. Le estuvo dando vueltas a la idea de visitar la rectoría de Bracknell, pero todas las excusas que se le habían ocurrido para ausentarse un día entero le parecieron débiles. Deseaba que el destino le brindara una oportunidad, pero empezaba a temerse que no lo tenía de su parte. La meteorología había respetado su salida puesto que, a pesar de estar nublado, no había llovido, pero de pronto empezó a hacerlo y Jane aceleró el paso para regresar lo antes posible a la Abadía. Madame Latournelle, tras lamentar que no hubiera podido alargar su paseo, le comentó que esa tarde perdería a una de las actrices durante los ensayos.

—¿Y puedo saber cuál de ellas?

—A la señorita Choudhury, espero que pueda prescindir de su intervención, sólo será por esta vez.

—¿Está indispuesta?

—No, no —acompañó sus palabras con un movimiento de cabeza que enfatizaba tal negación—. Su padre está de paso en Reading y ha venido a buscarlas a ella y a su hermana hace un rato para pasar el día juntos. Son unas jóvenes afortunadas.

Jane se preguntó si Caroline Choudhury se sentiría igual de afortunada al perderse un ensayo con Adler Percy, pero la idea de que no fuera así no la conmovió. Acompañó a madame Latournelle a la cocina, donde ésta dio instrucciones para la cena, y luego ambas fueron a la lavandería, lugar en el que se acumulaba la ropa medio mojada que habían tenido que recoger a toda prisa cuando empezó la lluvia. Precisamente ese día no se encontraban allí las mujeres que se dedicaban a hacer la colada y madame Latournelle ayudó a la criada a doblar la ropa de tal manera que luego no hubiera que esforzarse más de la cuenta en plancharla. Había que ahorrar en almidón. Jane se ofreció a colaborar y conversó con ella hasta media hora antes del mediodía, momento en el que apareció la señora St. Quentin. Antes de hablar, mostró una sonrisa extraordinaria, lo que demostraba que estaba de buen humor.

—Acaban de llegar el señor y la señorita Kirby —anunció—, y han venido acompañados de otras dos damas a las que han presentado como la señorita Rickman y la señora Pettigrew.

Louise Gibbons aún estaba en clase en ese momento y Jane, tan sorprendida como las otras, se preguntó si se quedarían el tiempo suficiente como para que llegaran a encontrarse con la profesora de dibujo o se trataba de una mera formalidad que despacharían en cinco minutos. Enseguida lo descubrió, puesto que la señora St. Quentin pidió a madame Latournelle que adelantara la hora del té, aunque eso supusiera a las internas perder media hora de clase. La joven Austen pensó que, para lo que aprendían, tampoco suponía una grave carencia.

—Y envíe a una criada a comprar bollitos de coco, esperemos que aún no hayan desmontado el puesto del mercado.

Jane se acicaló el cabello antes de ir al comedor. Quería estar presente cuando se diera el encuentro entre los hermanos Kirby y Louise y no perder detalle de la reacción de ninguno de ellos. Sólo los señores St. Quentin se hallaban allí cuando llegó y, al presentarle a los ilustres visitantes, la pusieron de ejemplo de lo que el internado ofrecía a sus pupilas.

—*Et elle parle un parfait français* —añadió la señora St. Quentin, ignorante de que no lo había aprendido gracias a ella—. *N'est pas, mademoiselle Austen?* Además, es la encargada de dirigir la obra que representaremos dentro de tres semanas, siempre supe que sería un modelo de virtudes, así que, por deferencia a su esfuerzo, espero que acudan —añadió.

—Si alguien ha de mencionar mis virtudes, es porque éstas no son tan extraordinarias —respondió Jane, molesta con tanta adulación, pero sin dejar de sonreír.

Margaret Kirby le causó buena sensación. Era una muchacha de cabello castaño que sabía distinguirse sin necesidad de abalorios y no había en ella ningún rasgo que hiciera sospechar que se daba aires por su posición. Se hallaba, sin embargo, algo tensa, por mucho que lo disimulara con elegancia. Edmund Kirby, a sus treinta y dos años, se veía tan apuesto como su hermana. Rebasaba el metro ochenta de altura y tampoco había afección en sus gestos, pese a que no acababa de encontrar una postura en la que se sintiera del todo cómodo, o eso parecía, dado que no paró de removerse ligeramente en su silla durante todo el rato que permaneció allí. La señorita Rickman, a su pesar, también le gustó. Se sentía predispuesta a no simpatizar con ella, pero le agradó que no se mostrara caprichosa ni fatua. Se desenvolvía de forma natural, tenía la mirada transparente y lo miraba todo con inocencia. La señora Pettigrew, una mujer achaparrada y que le recordaba a su madre por la sonrisa desdentada, era tía de la joven y a Jane le sonaba haberla visto hablar durante el baile con la señora St. Quentin. De los recién llegados, estas dos últimas eran las únicas que no estaban nerviosas.

—Prefieren té verde, ¿verdad? —les preguntó la señora St. Quentin—. Sí, claro que sí —se respondió ella misma sin dejar que lo hicieran los invitados y dedicó una señal a madame Latournelle para que fuera a la cocina a encargarlo—. También tenemos galletas de mantequilla. —No sabía si llegarían a tiempo los bollitos de coco.

—Sir Francis Sykes y toda su familia se disculpan por no haber podido venir y me han pedido que les transmita sus más cordiales saludos —comentó la señorita Kirby.

—Espero que sir Francis encuentre otra ocasión para visitarnos, seguro que las internas se alegrarían mucho de tal deferencia. Gozan del privilegio de la juventud, pero su vida es a veces muy rutinaria y cualquier novedad, y más si se trata de la visita de un barón, es muy aplaudida.

—Hace usted un trabajo encomiable, debe de ser muy bonito ver cómo las niñas van mejorando sus modales día a día —la alabó la señorita Kirby.

—¡Y muy triste cuando nos vemos obligados a despedirnos! —suspiró la directora y, sin duda, en algunos casos era verdad—. A la mayoría no las volvemos a ver, pero hay algunas de ellas que nos escriben.

A pesar de lo que pensaba Jane sobre la enseñanza y la labor que realmente se desarrollaba en los internados de señoritas, no se sentía incómoda. Lugares como la Abadía, si bien no cultivaban, tampoco cerraban las puertas a que alguna muchacha con curiosidad por el conocimiento pudiera formarse por su cuenta. Claro que la inquietud tenía que partir de ella.

—Es una labor sacrificada —añadió el señor St. Quentin—, y no siempre rentable. Procuro que la subida de los precios que estamos sufriendo no impida que estén bien alimentadas. Como comprenderá, nos vemos obligados a hacer muchos esfuerzos —comentó, exagerando su grado de afectación—. No es de nuestro gusto no ser autosuficientes, pero las donaciones nos han ayudado en muchos momentos.

—Seguro que también tiene mucho de gratificante —comentó la señora Pettigrew.

El profesor Weaver fue el primero en llegar y a continuación lo hizo Louise Gibbons, acompañada de madame Latournelle, a quienes seguían las seis alumnas que compartían mesa con el profesorado. Nell Henthrone, al igual que las otras muchachas, miraba con interés a los invitados. La señora St. Quentin las presentó una a una y también al profesor Weaver.

—A la señorita Gibbons ya tuvieron oportunidad de conocerla durante la celebración en Basildon Park. Nos sentimos muy afortunados de que decidiera formar parte de nuestro profesorado, las alumnas le han tomado mucho cariño en el poco tiempo que lleva a aquí.

—¿Y a qué se dedicaba antes, señorita Gibbons? —preguntó la señorita Rickman, sin ninguna doble intención—. Tengo entendido que abandonó Crawley hace dos años y medio.

—Vivía en Guildford con mi tía, pero por desgracia falleció la primavera pasada. Yo también me siento afortunada de haber encontrado un lugar aquí.

Aunque Louise no lo miraba, Jane sí pudo comprobar el punto de sorpresa en los ojos de Edmund Kirby. Ahora bien, si sentía curiosidad, se abstenía de preguntar.

—Sin embargo, a pesar de lo que pueda parecer —añadió la señora St. Quentin—, la señorita Gibbons fue criada en un ambiente similar al de la señorita Kirby. El señor Gibbons era un importante terrateniente de Crawley y brindó a su hija una educación y unos modales que no sólo hacen que no desentone en los lugares más elegantes, sino que se conduce maravillosamente en ellos. Cuando su hermano tuvo la mala fortuna de fallecer, la herencia pasó a manos de su primo, y ya sabe cómo son a veces de desagradecidos algunos familiares…

—La señora St. Quentin estaba tan ansiosa por reclamar la atención de los visitantes que no era consciente de que rebasaba con creces la privacidad de la profesora. Pensaba que de esta forma la compadecerían y se mostrarían más generosos con ella—. En fin, no voy a juzgarlo, cada cual conoce sus motivos y sé que la señorita Gibbons no disfruta escuchando hablar mal del hombre que le ha robado su fortuna, pero estoy convencida de que, si su hermano hubiese vivido un poco más, ella habría hecho un buen matrimonio y no hubiese tenido que trabajar.

El rubor se apoderó del rostro de Louise Gibbons y fue incapaz de levantar la mirada. Edmund Kirby volvió a removerse en su silla y esta vez pareció encontrar el punto de comodidad ideal, puesto que a partir de ese momento se mostró hierático. Jane ni siquiera lo vio parpadear: o luchaba por parecer indiferente a cuanto escuchaba o en efecto lo era.

Margaret Kirby, en cambio, sonreía, pese a que se trataba de un gesto forzado que tremolaba bajo su fina nariz. La humildad de sus gestos había desaparecido en ella y ahora mantenía un porte distante y superior.

La señora St. Quentin continuaba hablando:

—Si vuelven otro día, les ofreceremos bollitos de coco. ¿Han probado en alguna ocasión los bollitos de coco de Reading? Es sorprendente que los haya aquí, nunca he visto un cocotero, pero estoy segura de que es una planta preciosa. Deberían recomendarle a sir Francis Sykes que plante alguno en los jardines de Basildon, así podrán hacer bollitos de coco cuando tengan capricho.

—Creo que no entonarían con el resto de plantas, sin embargo, su recomendación será transmitida —respondió la señorita Kirby.

—¿Le gusta Reading, señor Kirby? —preguntó ahora al hermano.

—Apenas conozco la localidad, pero está rodeada de campiña y la naturaleza siempre me gusta.

—¿No prefiere la ciudad?

El cuerpo de Edmund Kirby había dado por finalizada la quietud y, de nuevo, no encontraba la postura adecuada.

—No si puedo evitarla. Me inclino más por la sencillez, tanto en los lugares como en las personas.

La señorita Rickman se sintió aludida y sonrió.

—Unas palabras inteligentes —admiró el señor St. Quentin—. Como verá, aquí somos gente sencilla, una de las normas que tenemos es educar en la modestia. La compasión y el amor al prójimo han de encontrarse siempre por encima del propio interés.

—A veces pienso que a mi hermano no le gustaría ser un propietario y que habría preferido ocupar una parroquia rural —añadió la señorita Kirby contemplando con admiración al protagonista de sus palabras.

—Mi hermana se equivoca —se defendió él—. Las comodidades que me da mi posición no podría encontrarlas en la actividad que se le exige a un párroco.

La señora St. Quentin, que no estaba dispuesta a desperdiciar la oportunidad, añadió:

—Yo creo que no puede irse de aquí sin conocer Reading. El domingo que viene, si no tienen otro compromiso, les enseñaremos lo más notable y, después, si quieren, podemos adentrarnos en la campiña. Hay algunos parajes cercanos realmente hermosos, la señorita Gibbons lo sabe bien, pues es una gran aficionada a los paseos. Tanto ella como mi marido y yo podemos acompañarlos.

—Estoy segura de que sería una excursión estupenda, pero en estos momentos me veo obligada a atender otras obligaciones —respondió Margaret Kirby—. Sin embargo, es posible que la señorita Rickman y la señora Pettigrew acepten la invitación, puesto que creo que a veces se aburren por culpa de mi descuido. Menos mal que mi hermano las atiende como es debido —sonrió, y Jane pudo percibir que su mirada se desviaba un instante para fijarse en Louise.

—Yo sólo conozco lugares a los que se puede ir andando desde aquí —matizó Louise—. Seguro que con el carruaje pueden descubrir mejores parajes y, en ese caso, yo no puedo ayudarlos.

—La idea de un paseo es caminar, señorita Gibbons —insistió la señora St. Quentin—. Así que no se hable más. El domingo que viene, el señor Kirby, la señorita Rickman y la señora Pettigrew conocerán nuestra modesta, pero hermosa, localidad. Es una lástima que ahora llueva tanto, porque lo primero que me gustaría mostrarles es nuestro patio, en el que aún quedan vestigios de la antigua abadía.

20

La ausencia de Caroline Choudhury dejaba vacío el personaje de Hero y fue Nell la que sugirió la solución:

—Estoy memorizando el papel de Beatrice gracias a Victoria y he podido ver que declama muy bien. Creo que no le importará sustituir a Caroline por un día.

—Buena idea —aceptó Jane, agradecida por la propuesta—, siempre que a ella no le suponga una molestia.

Victoria no dudó en aceptar, predispuesta a ayudar como respondía a su carácter. Lydia Claridge, que había tenido esperanzas de ocupar ese lugar, se sintió decepcionada y no la vio con buenos ojos desde un primer momento. La animadversión primera fue aumentado a medida que se percataba de que Alfie Williams se alegraba de que aquella belleza rubia se hallara allí. El muchacho ponía más énfasis en sus frases que los días anteriores y, pese a eso, no lo hacía mejor, sino todo lo contrario. Los nervios lo traicionaban y a veces cambiaba palabras o se veía obligado a recurrir al apuntador, pero no perdía el entusiasmo. Victoria, por el contrario, resultaba una Hero más dulce e inocente de lo que hasta ahora había logrado Caroline Choudhury. Jane pensó que era una lástima que no se hubiera presentado voluntaria, ya había comprobado que no era amante de la competitividad. Lejos de envanecerse, Jane observó que la joven Durrant halagaba al resto de participantes por sus actuaciones y animaba, quitando importancia, a quienes aún balbuceaban durante su intervención. Sólo hubo un actor que no recibió una felicitación de su parte y no fue justa, puesto que Adler Percy era el único que se desenvolvía francamente bien encarnando a Benedicto. Nell, por su parte, salvaba sus intervenciones, pese a que en los últimos días había perdido concentración. Jane se planteaba si no se habría equivocado al darle el papel tan deprisa.

Ni siquiera llegaron a ensayar el primer acto completo. Un muchacho, que en la tercera escena encarnaba a Borracho, insistía en que le dieran tres copas de clarete para poder representar mejor su papel y, aunque la propuesta había empezado a modo de chanza, adquirió tal firmeza entre la juventud que dividió a los actores, posicionándose unos a favor de aquella idea y otros, en contra.

—Tal vez ese personaje lo pueda interpretar mejor el señor St. Quentin —dijo uno de los jóvenes. Aquello consiguió que estallaran las risas y aparecieran nuevos comentarios que alargaban la broma.

A partir de ese momento, fue imposible recuperar el orden y ya no pudieron continuar. Jane no se desesperó. Ella misma, si no estuviera dirigiendo la obra, habría participado de las carcajadas. Sabía que quedaba mucho trabajo por hacer, pero todavía tenían tiempo por delante. El jolgorio se había disparado. Las gesticulaciones que hacía uno de los muchachos acabaron golpeando, contra su voluntad, a Sebastian Percy en la cabeza, lo que logró que el niño se desestabilizara y estuviera a punto de caer de la tarima. Victoria, que fue rápida de reflejos, se precipitó para agarrarlo y, al tiempo que lo salvaba, trastrabilló y quedó tumbada en el suelo. Sintió todo el ridículo que le cabía y fue torpe a la hora de levantarse. Las risas volvieron a sucederse y la joven se marchó a toda prisa muy avergonzada.

Dieron por terminado el ensayo y Jane fue consciente de que no había podido pensar ni un minuto en cómo se sentiría Louise tras la visita de aquéllos a quienes no quería ver. Una vez hubo acompañado a los muchachos al vestíbulo, donde los esperaba un profesor del internado del doctor Valpy, llevaba la idea de buscarla, puesto que creía que tendría la necesidad de hablar. Pero cuando se despedía de los actores, la interceptó la señora St. Quentin, que se hallaba junto a un hombre de atuendo y porte elegantes que enseguida presentó como el señor Choudhury. Después de pasar el día con sus dos hijas, acababa de devolverlas al internado.

—La señorita Austen le podrá contar cómo se desenvuelve la señorita Choudhury en los ensayos —comentó a continuación la directora.

—Apenas estamos empezando… —respondió Jane, viéndose en un apuro ante esa cuestión—. Aún no hemos sobrepasado el primer acto, así que por el momento no puedo opinar. Espero que, con esfuerzo y buena disposición, su hija defienda el papel de Hero con dignidad —dijo, consciente de que Victoria lo había hecho mucho mejor.

—Le aseguro que encontrará esa buena disposición por parte de mi hija. Durante todo el día no ha hecho otra cosa que hablar de ello. Está muy ilusionada. Y es muy testaruda, doy fe; cuando quiere algo, pone todo su empeño. Por eso mismo, pienso que tal vez sería más acertado darle el papel de Beatrice, o eso piensa ella. ¿No lo considera usted?

—Los papeles ya están repartidos y creo que de un modo acertado. Hero es uno de los dos personajes femeninos más importantes, no creo que pueda quejarse.

El empeño del que habló el señor Choudhury no tenía nada que ver con los conceptos a los que ella había aludido, vinculados a la voluntad y la disciplina, pero alejados del capricho y la testarudez. Caroline parecía haber heredado el carácter de su padre. Pensó que era una lástima que la condescendencia de los progenitores malograra el carácter de algunos hijos, algo que el señor Choudhury corroboró a medida que contaba anécdotas sobre sus hijas en las que parecían ser unos ángeles. La interrupción duró hasta la hora de la cena, y eso impidió que Jane pudiera gozar de la intimidad que deseaba con la señorita Gibbons. Cuando llegó a la mesa junto a la señora St. Quentin, era madame Latournelle quien estaba hablando con la profesora de dibujo.

—Está usted pálida. ¿Tiene algo que ver con la carta que ha recibido? —le preguntó.

La joven Austen sintió curiosidad ante la mención de la misiva. Ignoraba que Louise hubiera recibido correspondencia y miró de inmediato hacia ella. Tal como había dicho madame Latournelle, estaba muy pálida y parecía que hubiera sufrido otra impresión. Enseguida se preguntó si sería Edmund Kirby quien la firmaba.

—No era una carta que deseara recibir —admitió. Y, a pesar de que fueron obvias sus reticencias a hablar del tema, para que no insistieran, añadió—: El señor Gibbons desea verme. Dice que en breve pasará por Reading.

—¿Se refiere al primo que la dejó en la calle? —preguntó de nuevo la señora St. Quentin.

Louise asintió, pese a que ella no lo habría expresado así.

—No sé qué tendrá que decirme… Espero que se trate de una visita breve y que no interfiera en mis clases.

—Puede que haya cambiado de opinión sobre usted —planteó la señora St. Quentin—. Tal vez los remordimientos lo han llevado a recapacitar sobre la situación en que la dejó.

—¡Oh! Esperemos que no sea así. No nos gustaría nada perderla… —añadió madame Latournelle, que enseguida recapacitó—: Bueno, quiero decir que la echaremos de menos, pero entiendo que sería bueno para usted y que le abriría nuevas oportunidades, así que, si ése ha de ser el motivo de su visita, bienvenido sea.

—No creo que sea el caso —expresó ella—. Conozco bien a mi primo y seguro que la razón de este encuentro es muy distinta.

Las dos mujeres la observaban sin entender que ella no se planteara esa posibilidad.

—Es posible que se equivoque, no ha de perder la esperanza —comentó madame Latournelle.

—¿Esperanza? —preguntó, incapaz de entender el deseo del ama de llaves—. No espero nada y, aunque me lo ofreciera, no podría aceptarlo —dijo convencida.

—Debería hacerlo. Por supuesto que la extrañaremos, pero ya encontraremos a otra profesora de dibujo. ¿Verdad que sí, señora St. Quentin? ¿Verdad que no pondremos objeciones a que se vaya, si ha de ser por su bien?

—Les aseguro que no me iré —insistió—. Y les pediría que, si el señor Gibbons se atreve a venir aquí, no lo agasajen ni se muestren amables más allá del mínimo que exige la corrección.

—No parecía usted una persona orgullosa —apreció madame Latournelle—. Hace mal, no debe permitir que ese orgullo la prive de un futuro.

Jane no se atrevió a intervenir. Consideraba que a Louise Gibbons no le apetecía que siguieran hablando del tema, pero la señora St. Quentin volvió a él con una nueva especulación:

—Es posible que su primo sí conozca a los Kirby.

—No estoy al tanto de las relaciones de mi primo —adujo, temerosa de esa expectativa—. En casi tres años, es la primera vez que se comunica conmigo. Además, no sé qué importancia ha de tener si conoce o no a los Kirby.

Jane se preguntó cuándo había perdido la señora St. Quentin su delicadeza y rogó para que ni ella ni madame Latournelle continuaran mortificando a la profesora, a la que ya consideraba su amiga. Por suerte, una discusión pueril entre dos de las internas que se sentaban a su mesa logró que así fuera y la directora dedicó sus esfuerzos a regañarlas y sermonearlas sobre la buena conducta.

—¿No es ésa la voz de Esther? —preguntó Jane cuando ya habían terminado de cenar.

Efectivamente, las internas ya habían abandonado la mesa y una de ellas se sentó al pianoforte. Esther cantaba una melodía triste y de difícil interpretación, y lo hacía como si no le supusiera un esfuerzo. La pequeña Sophie, que siempre permanecía apartada de los grandes grupos, también se había acercado para escuchar a su hermana y, acompañada de Mary Butts, la observaba embelesada.

—Me ha comentado Sophie Pomerance que usted escribe —le dijo esta última cuando Jane se acercó a ellas.

Jane suspiró. Ya no le apetecía hablar de su obra, no tenía nada de lo que presumir.

—Por diversión, no tenga usted otras expectativas —respondió—. Sophie me recuerda a mí cuando tenía su edad. Ha tenido mucha suerte de conocerla, un carácter tímido como el suyo siempre agradece una buena amiga.

—Tiene a su hermana y, aunque sean muy distintas, la quiere muchísimo. Yo también tengo aquí a la mía, pero es cierto que Sophie me conmueve de un modo especial.

—Sé que le gusta mucho cómo le narra los cuentos.

—Los personajes de los cuentos infantiles carecen de profundidad. Parece que quienes los escriben desprecian tanto la inteligencia como la sensibilidad de los niños. Yo sólo procuro subsanar ese defecto, y creo que consigo que la historia arraigue de otro modo en Sophie.

Jane supo que se hallaba ante una muchacha inteligente y, tal vez, al recordar las palabras de Eliza, hizo que magnificara esa inteligencia y le hiciera sentirse pequeña.

—Yo no consigo esa profundidad —confesó, doliéndose al admitirse a sí misma tal verdad—. Quizá no sea capaz y mi imaginación no llegue a ese punto.

—Claro que lo es. No tiene más que fijarse en su entorno, en los dramas cotidianos y en cómo afectan a cada uno de quienes la rodean. No hay más secreto, la imaginación no nace de la nada.

Jane estaba tan interesada en las palabras que oía que ni siquiera se dio cuenta de que Sophie se había acercado a ellas.

—Había un hombre —comentó la niña mirando a Mary.

—¿Un hombre? ¿Dónde? ¿Qué hombre?

—Estaba en el salón del señor St. Quentin ayer por la noche. Emily Choudhury lo vio.

—Sería un proveedor —respondió nuevamente Mary.

—No, era un hombre extraño. Emily buscaba a la señora St. Quentin, pero él la agarró de los hombros y la obligó a salir de malos modos. Emily se asustó mucho.

Jane pensó que debía de tratarse del francés que había dormido allí, pero se abstuvo de hacer ningún comentario.

—Seguro que tú habrías sido más valiente que Emily —le sonrió Mary.

Como Esther volvió a cantar, Sophie cogió la mano de Mary para acercarse más al pianoforte y Jane se quedó, a pesar de estar rodeada de otras muchachas, a solas con el consejo que aquella joven acababa de ofrecerle. Las palabras se repitieron en su interior como pájaros que buscan refugio en la noche y no lo encuentran. No halló la iluminación, pero ese revuelo de ideas se quedó en ella, generando inquietud y despertando a la vez cierto optimismo que no acertaba a canalizar. Sin embargo, cuando a través de una ventana vio que la señorita Gibbons se apostaba sobre un muro del patio interior, se olvidó de la escritura y se dirigió hacia ella, no sólo para acompañarla en su tortuosa agitación, sino también para preguntarle sobre el señor Smith que había acudido a la fiesta de Basildon Park. Ése era el hilo del que tirar y en el que tenía esperanza.

—Va a coger frío —le dijo en cuanto se acercó.

La profesora se hallaba tan distraída que se sobresaltó con el comentario. Al ver un rostro amigo, sus ojos se humedecieron y, con gesto compungido, por mucho que luchara por no mostrar su vulnerabilidad, tomó la mano de Jane en un momento de espontaneidad. Y fue entonces cuando la joven Austen supo que Louise Gibbons escondía más de lo que había contado.

21

—Hay algo que motiva mi inquietud —le confesó la señorita Gibbons— y, si no lo conoce, no podrá entenderme.

—¿Teme que el señor Gibbons la vincule aún más con los
Kirby?

Louise negó con la cabeza e inspiró a conciencia para que,
con el aire, la tranquilidad llegara a su interior.

—Tiene que ver con el propio Archibald Gibbons. Verá,
no sé cómo contarle esto, me violenta aún recordar aquello…

—¿No sería mejor que me lo contara dentro? Buscaremos
un lugar apartado, aquí hace mucho frío y usted está temblando.

—¿Y cómo no hacerlo? —preguntó; la miró fijamente
mientras trataba de hacerse entender—. No, no quiero expo-
nerme a que otros escuchen lo que quiero decirle… No es el
frío lo que me mantiene estremecida. Recordará que le dije
que, a la muerte de mi padre, mi primo se desentendió de mí,
pero eso no es del todo cierto. —Jane la observaba inalterable,
procurando transmitirle un sosiego del que ella también carecía—. Archibald Gibbons se ofreció a ocuparse de mí siempre y cuando yo aceptara… ¡Oh, Jane, qué vergüenza me da
admitirlo! ¡Él quería que yo me convirtiera en su amante!

Louise bajó la cabeza al tiempo que con una mano se cu-
bría los ojos, como si así lograra ocultarse a sí misma la imagen de aquella proposición.

—Quería que me hospedase con él y su esposa, ¿se imagina? ¡En su propia casa! —continuó diciendo, olvidada de la prudencia—. ¡Me proponía mantener la conducta más indecorosa de todas bajo el mismo techo en el que se hallaba aquélla a la que había entregado sus votos!

—Una vez traspasado el decoro, es difícil hallarle los límites —respondió Jane y, tras apretar su mano, añadió—: Usted rechazó esa posibilidad y prefirió vivir en la pobreza con su tía. Una vez más no tiene nada que reprocharse, todo lo contrario.

—Se excusó diciendo que me amaba, pero yo no creo que el amor sea capaz de faltar a la propia dignidad —añadió, y esperó una confirmación que el gesto de Jane le ofreció—. Cierto que había notado una inclinación hacia mí cuando yo tenía su edad... —añadió, refiriéndose a la de su amiga—. Le aseguro que yo pensaba que se trataba del cariño de un familiar cercano. No sabe cuántas veces me he preguntado si, inconscientemente, pude haber hecho algo para alentarlo. Una sonrisa cariñosa, una palabra amable... Era mi primo y yo lo tenía en estima. Luego me prometí con Edmund y él dejó de visitarnos a mi hermano y a mí. Nunca simpatizó con mi compromiso y al poco tiempo se casó con la que se convirtió en la señora Gibbons. Yo no sospeché nada, tal vez porque el egoísmo impedía que viera más allá de mi propia felicidad, pero cuando murió mi hermano, recuerde usted que por entonces yo ya había roto mi compromiso con Edmund —apuntó—, fue cuando me dijo que siempre había estado enamorado de mí. Su esposa se hallaba en estado de buena esperanza y en ningún momento aludió a la intención de divorciarse. Por supuesto, yo lo habría rechazado también, mi corazón era indiferente a la manifestación de sus deseos y, aunque nunca llegué a intimar con la señora Gibbons, ya que nos vimos en pocas ocasiones, sería incapaz de provocar la ruptura de un matrimonio. ¡Oh, pero quizá estoy contando cosas demasiado violentas para una muchacha como usted!

—Tengo muchos hermanos mayores y muchos más primos aún —dijo, recordando que incluso en su familia se habían producido fugas a Gretna Green—. Por si eso fuera poco, vivo en un lugar pequeño en el que todo se comenta. Tal vez haya algo que aún no he oído... Pero estoy convencida de que, si es así, por lo menos lo he leído —la tranquilizó Jane—. ¿Piensa que tiene intención de repetir su proposición?

—No lo sé... No puedo saberlo, pero no espero nada bueno de él.

—Usted ya lo rechazó en una ocasión, puede hacerlo una segunda.

—¿No ha oído a la señora St. Quentin? Estoy segura de que si Archibald Gibbons se presenta aquí, ella no desaprovechará la oportunidad de pedirle una donación. ¡Qué bochorno si eso ocurriera! ¡En qué situación más comprometida me vería! E imagínese que Archibald decidiera acceder... Sin duda, se sentiría con poder sobre mí, pues fue dinero lo que me ofreció a cambio de someterme a sus inmoralidades.

—La señora St. Quentin está tan cambiada...

—Además, recuerde que mi primo y el señor Kirby se conocen. Me preocupa lo que pueda pensar este último sobre mí, él siempre sospechó del carácter de Archibald. Edmund sabía que, si hubiera estado en su mano, el señor Gibbons nos habría separado. ¡Oh, Jane, parece que todo Crawley haya llegado a Reading a la vez!

—¿Y cuándo dice que viene el señor Gibbons?

—No lo determina, pero anuncia que en breve.

—En ese caso, no se precipite. Es posible que para entonces el señor Kirby ya no se encuentre aquí. ¿No dijo que se iría tras la boda de su hermana?

—Para la boda aún faltan más de tres semanas.

—Louise, ¿es posible que fuera su primo quien enviara aquella carta anónima que tan mal influyó en usted?

—Lo he llegado a pensar, pero por entonces mi hermano aún estaba vivo y mi primo no tenía ninguna influencia sobre mí. —Tras meditarlo un momento, añadió—: No, no me cabe duda de que esa carta se escribió con buena intención y que quien la envió estaba tan equivocado como después lo estuve yo.

Jane coincidió con el razonamiento. Había salido con la intención de preguntarle si sabía algo más del señor Smith que acudió a Basildon Park, pero comprendió que en aquel momento ni para ella misma resultaba importante esa cuestión. Soplaba un aire frío y Louise, que no llevaba mantón, después de varios intentos por evitarlo, acabó estornudando.

—Será mejor que regresemos, necesita fuerzas para afrontar todos los acontecimientos que están por venir y se está levantando viento —le sugirió Jane.

La profesora aceptó la recomendación y ambas entraron en el edificio.

El miércoles por la mañana llegó una carta de Cassandra y Jane procedió a leerla ansiosa. Su hermana le anunciaba que nuevamente había alargado su estancia en Ibthorpe, y Jane dejó de sentir pena por haberla abandonado. Por el tono de sus palabras, parecía que no se aburría tanto como habría podido suponer. Seguro que ella, de estar ausente Cassandra, también preferiría pasar más tiempo en Ibthorpe que en Steventon. Jane procedió a responder y dedicó casi dos horas a la escritura de su carta. Casi había terminado cuando se vio obligada a interrumpirla. La de Cassandra no era la única misiva que había llegado a la Abadía y, entre otras varias, una de ellas iba dirigida a su compañera de dormitorio, Victoria Durrant. Como siempre, la señora St. Quentin repartió la correspondencia entre las alumnas antes de servir el té y, mientras Jane escribía las últimas frases, vio que Victoria se acercaba hacia ella con paso alegre.

—¡Me ha escrito, Jane! ¡Me ha escrito! —casi cantó.

No hizo falta que le dijera quién la firmaba. La joven Austen dejó de escribir, jugó con la pluma en su mano y se dedicó a observar a la muchacha mientras comenzaba a leerla. Daba gusto ver su expresión en aquel momento. Una felicidad contagiosa inundaba su rostro, pero, a medida que sus ojos avanzaban sobre el papel, desapareció para convertirse en un gesto de perplejidad que dio paso, primero, a la consternación y, después, a la aparición de unas lágrimas que quedaron suspendidas en sus pupilas.

22

—¡No es posible! ¡No puede ser posible! —balbuceó con la voz rota. Y, a continuación, echó a correr con la carta hacia el pasillo que conducía a la zona de dormitorios.

Jane colocó la pluma en el tintero y se levantó deprisa para ir tras ella. No necesitó llegar a la habitación, la encontró derrumbada en una de las escaleras y se sentó a su lado.

—¿Qué ocurre, Victoria? ¿Qué puede ser tan terrible? —le preguntó, temiéndose que se tratara de un tema de salud o incluso vital.

Victoria no sabía responder. Las lágrimas se resistían a caer y hacían que sus ojos parecieran vidriosos. Su mano incrédula mantenía agarrada la carta a la que miraba de vez en cuando como si necesitara confirmar que aquello era realidad. Jane quería pedírsela, pero no se atrevió. La abrazó para que la muchacha se sintiera arropada y ella, nerviosa, aguantó poco el gesto y pronto se separó.

—¡Qué vergüenza! —fue lo único que se atrevió a decir, mirándola con ojos y nariz enrojecidos y sin dejar de parpadear—. ¡Quiero desaparecer, Jane, quiero desaparecer!

En aquel momento, otras muchachas se habían acercado para averiguar qué ocurría y Jane temió que su amiga se sintiera violentada por la exposición pública de su estado. Le ofreció su mano y le dijo:

—Ven.

Victoria agradeció el auxilio y Jane la ayudó a evitar a aquellas que también querían averiguar qué había motivado tal reacción. Llegaron al dormitorio y, cuando iban a cerrar la puerta, Esther entró precipitadamente tras ellas.

—¿Qué ha sucedido? —preguntó, mostrando preocupación no sólo en la voz, sino sobre todo en la expresividad de sus gestos.

—No lo sé, pero, por su estado, se trata de algo grave —respondió Jane al tiempo que le indicaba que cerrara la puerta.

Victoria las miró a las dos, bajó los ojos hacia la carta que continuaba agarrando con fuerza y exclamó:

—¡Muy grave!

Y al fin dejó de retener el llanto.

—¡Oh, Victoria! Dinos de qué se trata, tal vez podamos ayudarte —se ofreció Esther—. Sabes que te queremos.

—Aquellos que más me quieren son quienes me han traicionado —comentó y, rendida, abrió la mano y dejó que cogiera la carta.

Esther se apresuró a aprovechar la oportunidad y la leyó. Jane, más prudente, se mantuvo al margen, pero pudo observar los mismos cambios en el rostro de la joven Pomerance que antes había apreciado en Victoria. La perplejidad también se apoderó de ella, dejó la carta a medias y mirando a la joven que intentaba secarse las lágrimas, dijo:

—¡Oh, Victoria! ¡Cuánto lo siento!

La curiosidad de Jane no aguantó más. Cogió la carta y también la leyó. En efecto, quien abajo firmaba era sir Phillip y, tras confirmar que se encontraba bien de salud y desear que la señorita Durrant se hallara en el mismo caso, pasaba a agradecer la carta que con tanto cariño le había enviado. A continuación manifestaba su sorpresa al haber descubierto en sus líneas que la joven permanecía ignorante de los últimos acontecimientos. Aseguraba que la señora Durrant le prometió que iba a escribirle para poner en su conocimiento los cambios que se habían producido y que afectaban a su relación. Viendo que las cosas no eran así, él mismo sentía la responsabilidad de comunicarle que el próximo mes de diciembre iba a unirse en matrimonio a la señora Durrant. Lamentaba mucho que ella tuviera que enterarse de este modo y confesaba que, aunque le costaba escribir esas palabras y lo hacía con verdadero pesar, se veía en la obligación de exponer esa información para que no se mantuviera más tiempo engañada. Jane no podía verse a sí misma, pero estaba segura de que su rostro también había cambiado desde el inicio de la lectura, y se dibujaban en él cada vez sensaciones muy distintas. No terminó la carta, por lo que no leyó el párrafo en el que decía que seguro que la señora Durrant, que pronto cambiaría de apellido, tendría alguna justificación para que aún no le hubiera escrito. Jane dejó la cuartilla sobre una mesita y se sentó junto a Esther, que era quien ahora abrazaba a Victoria mientras ella se apoyaba, sin llorar, pero ahogada entre hipidos sobre su hombro. Esperó a que se calmara, sabía que necesitaba asumir lo que acababa de conocer y, cuando Esther la liberó, no dudó en decir:

—Enhorabuena, todo esto ha sucedido a tiempo.

—¿Enhorabuena? —preguntó Victoria, sorprendida ante tal manifestación de falta de empatía.

—No es momento para el sarcasmo, Jane —la reprendió Esther.

—No se trata de sarcasmo, soy muy sincera, y Victoria pensará de igual modo cuando logre calmarse y reflexionar sobre lo ocurrido.

—¿Mi prometido va a casarse con mi madre y yo debo celebrarlo? —preguntó nuevamente Victoria, en esta ocasión mirándola aún más extrañada—. ¡No se me ocurre nada más terrible!

—Por supuesto que debes celebrarlo —insistió, realzando la determinación de sus palabras—. El hecho de que esto haya ocurrido ahora y no una vez casada es una buena noticia. Además, no estás enamorada, no puedes estarlo porque, como bien dijiste, sólo lo has visto dos veces en tu vida. Lo has idealizado, cierto, y estabas ilusionada con la idea que te habías hecho de él, pero no se trataba de una realidad. La realidad es que sir Phillip se ha comprometido con otra, nada más y nada menos que con la viuda de tu padre, cuando te había ofrecido su mano a ti. ¿Es ése el tipo de hombre que quieres como compañero?

Victoria le esquivó la mirada y no respondió.

—Llevas razón, Jane, pero quizá éste no sea el mejor momento para hablar así —comentó Esther.

—Disculpa mi sinceridad, Victoria, no puedo callarme lo que pienso —insistió a pesar de la advertencia—. Y cuanto antes pienses así tú también, antes recobrarás el ánimo.

—¿Qué ánimo, Jane? ¿Puede haber humillación mayor? No sólo me siento traicionada por sir Phillip, sino que también la señora Durrant ha sido muy desleal... ¿Es así como actúa una madre?

—El carácter de la señora Durrant me fue muy bien definido por ti cuando me hablaste de ella, por lo que también lo conocías tú —le recordó—. Entiendo que te sientas humillada, te han traicionado aquéllos en quienes tenías depositada la confianza, pero no tienes el corazón roto porque, insisto, no se lo habías entregado a sir Phillip, sino a la idea que tenías de él.

—¿Y qué puedo hacer ahora?

—¿Sentirte liberada de un mal matrimonio?

Esther observaba asombrada la severidad con la que hablaba Jane y dudaba de si debía o no intervenir.

—¿Crees que me sentiré liberada cuando salga del internado y vuelva a casa? —protestó Victoria—. ¿Crees que será fácil convivir con aquellos dos que tanto he estimado y ahora tanto debo aborrecer?

Jane suspiró. Victoria tenía razón, pero debía hallar algún modo de consolarla.

—No, no será fácil, y dependerá en gran parte de tu actitud. Si cuando regreses a casa has asumido que no has perdido nada, sino ganado, te resultará más fácil. Eres libre, Victoria, ahora eres libre. Te viste abocada a un compromiso con un desconocido, ahora podrás elegir.

—Sí, Victoria, eres muy bonita, la más bonita de la Abadía —añadió Esther—. Seguro que no te faltan candidatos.

En aquel momento se abrió la puerta y entró Nell, lo que creó un momento de silencio y expectación.

—Madame Latournelle me manda a buscaros para... —se interrumpió cuando notó el ambiente enrarecido y la huella que el llanto había dejado en el rostro de Victoria—. ¿Qué ocurre? ¿Qué te ha pasado, Victoria?

—Sir Phillip se va a casar con la señora Durrant —respondió Esther.

—No puede ser cierto... —comentó la recién llegada, que miró a Victoria para que confirmara o desmintiera esas palabras. Pero no tuvo necesidad de que lo hiciera, su expresión lo decía todo.

—Le diré a madame Latournelle que Victoria está indispuesta —se ofreció Jane—. Convendría que una de las dos se quedara a acompañarla.

—Me quedaré yo —determinó Nell—. A mí no me espera ninguna hermana.

Jane y Esther se dirigieron cada una a su correspondiente comedor y, cuando disculpó las ausencias de Eleonor y Victoria, madame Latournelle comentó:

—Ya imaginaba yo que la señorita Durrant se sentiría muy afectada. Sin duda, habrá supuesto para ella un gran desengaño. Luego le subiré una taza de caldo, no vaya a desfallecer.

A Jane le molestó como nunca que se espiara la correspondencia de las alumnas y sintió que Victoria ni siquiera dispusiera de intimidad para su dolor. Louise le dedicó una mirada compasiva, sintió pudor por el comentario y comprendió que se había faltado a la consideración debida. La señora St. Quentin hizo una señal a madame Latournelle para que se abstuviera de mencionar alguna indiscreción delante de las internas que compartían mesa, pero Jane pudo notar que ya estaban intrigadas por lo que hubiera podido pasarle a Victoria. Al fin y al cabo, la curiosidad se había despertado al ver su reacción. No obstante, ninguna se atrevió a preguntar y el tema no se mencionó más en la mesa.

Poco después no tuvo más remedio que recibir a los muchachos del internado vecino y dirigir los ensayos. Cada vez que Caroline Choudhury intervenía, no podía menos que recordar lo bien que había defendido Victoria aquel papel el día anterior y en la pena que le inspiraba su situación. Cuando terminó, Nell y ella subieron rápidamente a verla, pero, para su sorpresa, encontraron que se estaba vistiendo con intención de bajar a cenar. Si se había pasado la tarde llorando, apenas se le notaba.

—¿No prefieres que te suba la cena? —le preguntó, temerosa de que volviera a derrumbarse.

—No. Tenías razón, debo sentirme afortunada —respondió, mientras mostraba cierta altivez en su entonación.

Jane y Nell miraron a Esther, que acababa de abrocharle el corsé y esperaba una explicación. La joven Pomerance les evitó la mirada y no dijo nada.

—Me alegro de que te lo tomes así, pero ¿no has cambiado de parecer demasiado rápido? —preguntó Nell.

—Yo diría que he perdido demasiado tiempo fantaseando con sir Phillip. Tenía razón Jane, sólo se trataba de un fantasma. Y ese tipo de espectros son los que deben asustarnos, Esther, no otros —dijo dirigiéndose a la mayor de las Pomerance—. Y si tengo que decir todo lo que pienso, te pregunto, Nell, ¿en serio estás dispuesta a casarte con un hombre que no has elegido?

—Tú y yo somos muy distintas —respondió la aludida, sin querer dar más explicación.

—Tú y yo somos víctimas de los caprichos de otros y eso nos iguala. Aunque esos otros actúen con buena intención, pues sé que mi padre pensaba que prometerme a sir Phillip era lo mejor para mí, al igual que supongo que lo piensan los tuyos.

—No, nuestra situación no es la misma, Victoria, ni nuestro carácter —respondió.

Jane ya había escuchado en boca de la señora St. Quentin que la rebeldía de Nell sus primeros años en la Abadía respondía a una llamada de atención hacia aquellos que deberían amarla por encima de todo y parecían haberla apartado de su lado. Nunca la recogían en Navidad, no la visitaban y ni siquiera se dignaban escribirle, sino que un administrador del señor Henthrone se comunicaba directamente con el internado para los pagos. Por la señora St. Quentin supo también que nunca habían mostrado interés en conocer su progreso. Aun así, Nell se sometía a su voluntad y estaba dispuesta a casarse con un hombre al que no amaba y con el que se comprometería en público el sábado siguiente. Nell, más conciliadora que necesitada de discutir por esa cuestión, añadió:

—Me alegro de que, visto el desarrollo de los acontecimientos, pienses así. ¿Quieres que te ayude a peinarte?

Jane no pudo ver cómo se desenvolvía Victoria a la mesa, pues ella cenaba en el otro comedor, pero sí pudo apreciar que durante la velada no se refugiaba en su dormitorio, sino que se dedicaba a ayudar a Nell a memorizar el papel de Beatrice como si nada la hubiera afectado. Y cuando sonó la música del pianoforte, fue la primera en salir a bailar.

Sin embargo, al llegar la noche, a la hora de acostarse, a Jane le pareció que volvía a llorar.

23

Victoria mantenía el mismo gesto hermético a la mañana siguiente que había mostrado la tarde anterior. Ni ella volvió a mencionar el tema ni lo hicieron sus compañeras de dormitorio. En un momento dado, madame Latournelle intentó sonsacarla, pero supo evitarla con elegancia. Algunas de las internas que presenciaron su reacción a la carta también le preguntaron y ella se limitó a responder que cierto asunto la había asustado, pero aclaró que luego comprendió que no era tan grave. Lamentaba haberlas preocupado y agradecía su interés. En ningún momento se la notó azorada, pero Jane ya sabía que era buena actriz. Tampoco el viernes dio muestras de desánimo, ni siquiera cuando, antes del té, madame Latournelle le entregó otra carta dirigida a ella. Tanto Jane como sus compañeras de dormitorio estuvieron muy pendientes de su expresión mientras la cogía para leerla y todo parecía indicar que sentían más curiosidad ellas mismas que la destinataria. Vieron que se mostraba pausada, que abría la carta sin prisas y que mantenía una expresión fría al hacerlo. Ni siquiera se apartó en busca de intimidad, demostrando que sólo esperaba algo de lo más trivial. Mientras sus ojos pasaban por las líneas escritas no hubo cambios en su rostro, en el que predominaba más el desinterés que la atención. Cuando plegó la hoja, la guardó en un bolsillo como si nada. Puesto que ella no parecía dispuesta a soltar palabra sobre el contenido si no era requerida, Esther, muerta de curiosidad, se apresuró a preguntar:

—¿Se ha arrepentido? ¿Quiere volver a casarse contigo?

Nell le estiró de una manga para que se callara y la joven Pomerance, molesta por la llamada de atención, se defendió:

—¿Por qué no debo preguntar? ¿Acaso no puede sir Phillip haber recapacitado después de comprobar que la señora Durrant no se lo había contado a Victoria? A mí me parece un buen motivo para reconsiderar su decisión.

Victoria, que se mantenía serena, respondió:

—No es sir Phillip quien me escribe, sino mi madrastra. —No pensaba añadir nada más, creía que con esa explicación bastaba, pero las miradas de sus amigas hablaban por sí mismas y no tuvo más remedio que explicar el contenido de la misiva—: No hay nada nuevo en la carta, dice que se disculpa por no haber sido ella quien me comunicara lo ocurrido. Afirma que tenía intención de venir a Reading para contármelo en persona, pero que, con los preparativos de la boda, ha ido retrasando el viaje hasta que, visto lo ocurrido, ha sido demasiado tarde. Aclara también que ya no vendrá, puesto que ya no hay nada que deba comunicarme. Eso es todo.

Los rostros de sus amigas continuaban a la espera de algo más y Esther no pudo frenar su impulso de decir lo que pensaba.

—¡Qué desfachatez! ¿No te parece? ¿No opinas igual? ¿Qué piensas tú de esta carta? —preguntó de un modo insistente, a pesar de que Nell la regañaba con la mirada.

—¿Mi opinión de la carta? —repitió Victoria, aparentando indiferencia—. Admito que está bien escrita, sobre todo puede apreciarse un gran cuidado en el párrafo en el que menciona lo mucho que le ha hecho sufrir la lucha que se ha visto obligada a mantener contra sus propios sentimientos. Me pide que me ponga en su lugar, el de una pobre viuda sin expectativas de futuro. ¿No es conmovedora? ¡Ah, mi querida señora Durrant, qué afortunada fue la elección de mi padre! —ironizó. Pero por mucho que procurara utilizar un tono solemne, no podía evitar que se filtrara el desdén.

—¿Pide que te pongas en su lugar? —preguntó Esther, como si la ofensa fuera dirigida a ella—. ¡Cuánta desvergüenza por su parte! ¿Y qué harás cuando se sepa, Victoria? ¿No te preocupa lo que puedan decir de ti?

En esta ocasión, Nell no se limitó a un pequeño tirón de manga, sino que le dio un codazo a Esther por su falta de consideración.

—¿Y qué han de decir de ella? —se anticipó a responder Jane, que se había mantenido al margen, atónita por el modo de desenvolverse de la joven—. Ninguna tacha hay por su parte en lo ocurrido, son otros dos quienes deben cuidarse de su reputación.

Victoria escuchó sus palabras y se las agradeció. No volvieron a mencionar el tema durante el resto del día, y cuando en la cena de esa noche madame Latournelle insinuó algo, Jane se apresuró a reconducir la conversación hablando de lo bien que habían avanzado los ensayos a lo largo de la semana, con lo que consiguió su objetivo de que se olvidara de lo que ya llamaban «el caso Durrant». La que no pudo librarse de cierto protagonismo fue Nell, puesto que la señora St. Quentin tenía mucho interés en cierto encuentro que estaba próximo a producirse.

—Señorita Henthrone —le dijo, con voz animada—, debe usted de estar ansiosa por volver a ver al señor Stornoway e imagino que aprovechará la ocasión para hablarle de los avances en su pintura.

—Ha invertido en ello, espero que le satisfagan mis lienzos —respondió la joven, sin mostrar el mismo entusiasmo, pese a que tampoco había rechazo en su tono.

—No tengo ninguna duda —consideró la señorita Gibbons, más amable y comprensiva que el resto de adultos—.

No conozco a nadie a quien no puedan gustarles, ya le he dicho muchas veces que tiene un talento extraordinario. Si no participara en la obra de teatro, le aseguro que nada me habría gustado más que acompañarla los días sin lluvia para retratar nuevos paisajes.

—No se olvide de ofrecerle al señor Stornoway té verde y bollitos de coco cuando venga a buscarla —apuntó la señora St. Quentin—. Ni tampoco de decirle que sería una lástima que no tuviéramos dinero para reparar los daños que ocasionó la tormenta de hace unas semanas en el tejado de la lavandería. ¡Y si pudiéramos comprar más aves, tendríamos garantizados carne y huevos para todo el invierno! Estoy segura de que su prometido es consciente de lo que han subido los precios con el tema francés y lo mucho que subirán si finalmente Inglaterra se implica en la guerra.

—¡Y si pudiéramos cambiar las velas de sebo por otras de cera! —exclamó madame Latournelle.

Jane, más que desear conocer al señor Stornoway, sentía cierta necesidad de observar las reacciones de Nell cuando ambos se encontraran. La joven Henthrone continuaba resultando un misterio para ella, pero eso no había impedido que le tomara cada vez más cariño. Si de algo no tenía ninguna duda era de que su fondo era noble.

Mientras pensaba en ello, la profesora de dibujo le preguntó si le gustaría acompañarla al paseo que tenía acordado con el señor Kirby y la señorita Rickman el próximo domingo. A la señora St. Quentin le pareció bien la idea y, aunque la joven Austen no sentía tal deseo, acabó aceptando al ver la solicitud de auxilio en la mirada de Louise Gibbons. Casi de inmediato se alegró de la propuesta, a pesar de que eso le impidiera ver al señor Stornoway, ya que pensó que así podría provocar alguna conversación sobre el señor Smith que había acudido a Basildon Park y averiguar algo más sobre él. Estaba convencida de que ése, y no otro, era el Smith que buscaba y no podía demorar más el propósito por el que había aceptado la invitación a la Abadía. Los días pasaban más rápidamente de lo que en un principio hubiese imaginado.

El tema del que más hablaron a la mesa fue el de la salud de Emily Choudhury, pues la niña había perdido ánimo y fuerzas desde el día anterior, y se temió que durante la salida del internado con su padre hubiera estado expuesta a alguna dolencia infecciosa. Sin embargo, ella manifestaba encontrarse mejor de lo que aparentaba y, como cada noche, permaneció junto a Sophie mientras Mary les contaba las historias que nunca se cansaba de inventar. Fue Louise Gibbons la que observó que Emily, por muchos esfuerzos que hiciera por prestar atención, cerraba los ojos de vez en cuando como si fuera presa de un malestar general y el tono de su piel languidecía bajo la luz parpadeante de las velas. La señora St. Quentin, alertada por la profesora de dibujo, se acercó a ella para poner una mano en su frente y se alarmó al notar el exceso de calor. De inmediato la emplazó a que se acostara y la acompañó a su dormitorio para asegurarse de que así lo hacía. Caroline, que al principio se preocupó por su hermana, continuó en el salón al ver que alguien ya se ocupaba de ella.

El sábado el día invitaba a salir. El sol asomaba entre nubes ligeras, el viento había amainado y el cielo no mostraba amenaza de lluvia. Así que Jane no lo dudó y aprovechó la mañana para ir a la biblioteca del mercado en busca de un nuevo libro. Cuando regresó, el señor Stornoway ya había recogido a Nell, por lo que no pudo conocerlo. La señora St. Quentin acompañaba a la joven Henthrone y su ausencia permitía que reinara un desorden extraño en el internado, como si todas supieran que la supervisión de madame Latournelle era menos rígida que la de la directora. Jane no dedicó la mañana a la nueva lectura como había pensado, sino que, al ver que el pianoforte estaba libre, prefirió ejercitarse un poco. En el atril, descubrió nuevas partituras y decidió que, antes de regresar a Steventon, copiaría algunas de ellas. Fue durante el té cuando se enteró de que, además de Emily Choudhury, a quien le había subido la fiebre, también Sophie se sentía mal y, más tarde, al salir de los ensayos, supo que apenas se tenía en pie, que la obligaron a acostarse y que Esther permanecía en el dormitorio con ella. Jane, preocupada por tal noticia, subió veloz para ver cómo se encontraba.

—¿La ha visto un médico? —preguntó a Esther en cuanto entró.

—El señor St. Quentin ha dicho que mañana vendrá el doctor Valpy para verlas a ambas. Emily tiene fiebre, pero Sophie sólo sufre un fuerte dolor de cabeza y, cuando duerme, parece descansar bien —respondió con voz preocupada a pesar de que lo que decía no era tan grave.

Durante los ensayos, Jane pensó varias veces en ella y, cuando terminó, vio que madame Latournelle le subía una taza de caldo y decidió acompañarla. La estampa que se encontró era la misma que había visto unas horas antes, pero ahora en el dormitorio el olor estaba enrarecido.

—Yo me quedaré con ella, Esther, es mejor que tú descanses un rato y bajes a cenar —se ofreció Jane.

—No, también Victoria y Nell querían quedarse, incluso Mary Butts se ha ofrecido a estar un rato con ella, pero yo no soportaría separarme de mi hermana.

—Tengo frío —dijo la pequeña al tiempo que buscaba la mano de Esther.

La pequeña Sophie miraba a su hermana con ojos suplicantes para que no la dejara sola y Jane recordó la necesidad que ella sentía de Cassandra cuando enfermó en el internado de Southampton.

—El caldo calentito la reconfortará, mademoiselle Pomerance —le dijo madame Latournelle—. Tómeselo todo. Lo más probable es que se trate de un resfriado y ha de poner todo de su parte para que no se convierta en neumonía. Ha refrescado bastante los últimos días, cuando vuelva a levantarse, abríguese bien.

Pero cuando llegó la hora de acostarse y las jóvenes regresaron, encontraron a Esther muy pegada a su hermana, que temblaba entre sus brazos y tenía la frente sudada. Entre hipidos, la joven les dijo:

—Está muy caliente.

Lo que prometía ser una noche agitada y febril hizo que madame Latournelle determinara que tanto Emily Choudhury como Sophie Pomerance durmieran en una habitación aparte, y eso obligó a redistribuir a algunas internas y a cambiar a otras de dormitorio. Esther no quiso separarse de su hermana y, a pesar de toda la insistencia del ama de llaves, no hubo manera de que accediera, por lo que se decidió que compartiría cuarto con las dos afectadas. Se le prohibió, no obstante, que durmiera con su hermana, algo que Jane no estaba segura de que fuera a cumplir.

El domingo, una vez finalizado el oficio religioso, el señor St. Quentin permitió que madame Latournelle fuera a buscar al doctor Valpy, pero Jane ya no pudo conocer su diagnóstico, puesto que el carruaje con el señor Kirby y sus dos acompañantes llegaba poco después.

24

Louise Gibbons también temblaba, pero no era de frío ni tenía fiebre, a pesar de sentirse estremecida y acalorada a la vez. Se vistió discreta y se cubrió con un abrigo gastado que había vivido tiempos mejores. Cuando llegó al vestíbulo, quedó extrañada de hallar sólo a Jane, por ningún lado se veía a los visitantes a los que tanto temía.

—El señor St. Quentin está enseñando el jardín al señor Kirby y a las dos damas —le comentó la joven Austen y, con un gesto de resignación, la invitó a que ambas salieran también.

Louise, cuya tregua había sido un espejismo, accedió resignada. Al fin y al cabo, de un momento a otro tendría que enfrentarse a sus miedos, así que no tenía sentido demorar el encuentro.

—¿Cómo está la pequeña Sophie? —le preguntó a Jane mientras se dirigían a la puerta—. ¿Sigue igual?

—No ha habido cambios. Esther está demacrada, no ha dormido en toda la noche y diría que ha llorado parte de ella. Espero que la cosa no se agrave. Me gustaría escuchar lo que dice el doctor Valpy, pero tendré que esperar a saberlo al regreso de la excursión. Tampoco hay cambios en el estado de Emily.

Entraron en el patio y, a poco que se adentraron en las ruinas, encontraron que el grupo ya regresaba, por lo que les salieron al paso.

—En sus mejores tiempos, la abadía llegó a poseer hasta doscientas treinta reliquias, entre las que se encontraban las manos del apóstol Santiago —explicaba el director del internado, con mucho énfasis en sus palabras. Caminaba junto a Edmund Kirby mientras su esposa lo hacía al lado de las damas.

—Ahí aparecen la señorita Gibbons y la señorita Austen —comentó la señorita Rickman en cuanto las vio e hizo un gesto con uno de los brazos para que se unieran a ellos.

Los miembros del grupo y las recién llegadas intercambiaron saludos, y luego estas últimas se mantuvieron en un aparte tras las damas.

—La disolución de los monasterios en Inglaterra por encargo de Enrique VIII fue la causante del declive de la abadía y a su último prior, Hugh Cook Faringdon, se lo juzgó por traición y se lo condenó a la horca. Su cuerpo fue exhibido fuera de los muros después de haber sido descuartizado —contaba el señor St. Quentin, ajeno a otras intenciones que no fueran las de deslumbrar a sus invitados.

Entraron en el edificio y, antes de volver a salir, Jane y Louise cogieron un paraguas. No llovía, pero estaba nublado y era mejor prevenir, aunque el señor St. Quentin dio por hecho que la suerte los acompañaría y obvió tal complemento. De lo que sí se preocupó fue de que todos los excursionistas tomaran una copa de clarete antes de partir.

—Tengo comprobado que esto es mejor para combatir el frío que la más caliente de las chaquetas.

Efectivamente, el día era frío y la falta de sol auguraba que así iba a continuar. Caminaron hacia la zona del mercado y se detuvieron en un primer momento ante la iglesia de San Lorenzo.

—¿Qué les parece la torre de tres pisos? ¿No es impresionante? —preguntó el señor St. Quentin, orgulloso del edificio—. Es una de las tres parroquias medievales de la ciudad.

A continuación recrearon el recorrido que Jane ya había hecho varias veces desde su llegada, aunque al ser domingo no estaban los puestos del mercado y las calles se encontraban menos concurridas, por lo que desaparecía un tanto lo pintoresco del lugar. El señor St. Quentin seguía llevando la voz cantante, contando algunos de los productos que se podían encontrar en él tal como le había recomendado su esposa e ignorante de que no despertaba la admiración de sus oyentes, por mucho que no lo interrumpieran. Si aparentaban atención, lo hacían más guiados por el peso de la educación y el decoro que por el de un verdadero interés.

—Y ésta es la iglesia de Santa María que, como pueden comprobar, es aún más bonita que la anterior. Luce así gracias al señor Kendricke, su gran benefactor.

Se asomaron a ver el vetusto cementerio que había a su lado. Allí, la señorita Rickman y la señora Pettigrew manifestaron su deseo de ver los ríos, algo que acabó con el monólogo que el director del internado efectuaba sobre la historia del edificio. Desde aquel punto podía verse el Kennet y, con cuidado de no pisar humedales, se acercaron hasta él.

—¡Ay! —exclamó de pronto la señora Pettigrew, que había apoyado mal un pie y se detuvo, resentida del tobillo—. ¿Les importaría parar un momento? No sé si voy a poder continuar...

El señor St. Quentin le ofreció su brazo para que se ayudara de él, puesto que, al volver a reiniciar el paso, cojeaba un poco.

—Me han dicho que es usted escritora, ¿tiene alguna novela? —comentó la señorita Rickman a Jane.

—No, no tengo ninguna. Sólo he escrito relatos sin importancia. Yo me definiría más como lectora.

—¡Qué feliz coincidencia! ¡Yo también soy una gran lectora! ¿Ha leído a Frances Burney?

Entre ambas comenzó una conversación en la que mencionaron sus novelas favoritas y Edmund Kirby comprendió que se había quedado sin más acompañante que Louise Gibbons. Se hallaban los dos unos pasos por delante del resto y Louise, que fue incapaz de mirarlo a los ojos, hubo de aceptar, temerosa, su compañía. En un primer momento, él tampoco dijo nada, pero después se sintió en la necesidad de llenar el silencio e hizo un comentario trivial sobre el tiempo.

—Estamos de suerte, con estas nubes, parecía que de un momento a otro empezaría a llover, pero no ha sido así.

Como la señorita Gibbons se limitó a asentir y él no parecía sentirse cómodo si no hablaban de algo, añadió un par de palabras sobre la belleza del paraje. Su compañera continuó respondiendo con monosílabos, a pesar de la evidente invitación a hablar, por lo que finalmente él decidió romper el hielo pasando a algo más personal.

—Fue una sorpresa encontrarla aquí, cuando ya pensaba que no volvería a saber de usted. La hacía en Londres… Supongo que fue un problema de comprensión por mi parte. Su primo, el señor Gibbons, me contó que la familia se ocupaba de usted, pero ni de lejos habría imaginado que fuera al revés y que usted era quien cuidaba a una tía en unas condiciones muy modestas.

En esta ocasión, las palabras de Louise superaron con creces a todas las que había pronunciado hasta el momento.

—Le informaron bien, mi tía me ofreció compartir su hogar conmigo, y eso que poseía una renta ajustada. Si la cuidé durante su enfermad, no fue porque nadie me lo exigiera, sino porque la gratitud y el cariño me empujaron a ello.

Edmund Kirby asumía despacio lo que escuchaba, pues todo lo que había imaginado sobre Louise Gibbons resultaba muy distinto a tal como había ocurrido en realidad.

—¿Y el empleo en el internado? ¿Debo pensar que escondía una vocación que nunca manifestó o que no le quedó otra opción? ¿Acaso su primo se desentendió de usted?

—El señor Gibbons no se desentendió en absoluto. Me ofreció que viviera con él y su esposa —dijo sin mentir, pero sin confesar la verdad—. Las decisiones que he tomado desde la muerte de mi hermano han sido desde la libertad, en absoluto porque fueran la única opción que se me ha brindado.

—Me sorprende usted, pero no es la primera ocasión en que lo hace. A veces, y éste es uno de esos momentos, pienso que nunca llegué a conocerla…

Ella deseaba pedirle perdón por el daño que le había hecho, disculparse por haber pensado mal de él, confesarle que no había conocido la paz desde aquel momento, pero sentía que ya era tarde y sólo deseaba que el apuro pasara rápidamente. También pensaba que nadie la conocía mejor.

—Ahora ya lo sabe todo de mí. Y espero que me crea si le digo que me alegro de que las cosas le vayan bien y de que su hermana esté próxima a realizar un matrimonio feliz.

—Margaret está enamorada, de eso no tengo ninguna duda —sentenció él de forma ambigua.

Mientras Louise se preguntaba con qué fin había dicho esas palabras, Jane salió en su ayuda, se giró hacia ellos y dijo:

—La señorita Rickman y yo tenemos muchas coincidencias en nuestras lecturas. Me ha comentado que, además de a Frances Burney, también admira a Charlotte Smith, Mary Edgeworth y Hannah More. ¿No es una feliz coincidencia?

Era consciente de que esa coincidencia no les interesaba en absoluto, pero al escuchar la palabra «enamorada» sintió la urgencia de interrumpir su conversación. La señorita Rickman lo celebró, puesto que le permitió volver al lado del señor Kirby. Un puerco espín salió al camino de entre unos setos y, cuando vio al grupo, regresó a los arbustos. Las parcelas de cultivos se interrumpían en ocasiones para dejar espacio a un campo de verdes y amapolas o zonas repletas de hayas. El señor St. Quentin y la señora Pettigrew, que iban delante, se detuvieron y el director del internado comentó:

—Tenemos que interrumpir el paseo, la señora Pettigrew cada vez se resiente más del tobillo. ¿Le importaría, señor Kirby, regresar al internado y traer el carruaje? —preguntó.

—No me importa si me indica cómo llegar.

El señor St. Quentin iba a ofrecerse a acompañarlo, pero pensaron que no convenía que se quedaran cuatro mujeres solas en medio del campo, por lo que fue el mismo director quien propuso que lo acompañara la señorita Gibbons.

—Ella conoce el camino.

La señora Pettigrew no vio con buenos ojos que fueran sin ningún acompañante, por lo que emplazó a la señorita Rickman a que se añadiera a ellos. Jane los vio marcharse con cierta pena mientras el señor St. Quentin buscaba un lugar seco y algo alto para poder esperar sentados. La señora Pettigrew, que al principio le pareció una persona callada, ya había cogido confianza y se mostraba verdaderamente locuaz. Jane no era el objetivo de sus palabras, sino el director del internado, que asentía con cortesía mientras deseaba que el carruaje llegara cuanto antes. Por un momento, pensaron que tendrían que buscar refugio, ya que cayeron un par de gotas y la única que llevaba paraguas era Jane, pero por suerte fue una nube pasajera y no llegó a llover. La señora Pettigrew dejó de hablar de su sobrina, a la que no había cesado de alabar, y pasó a hacerlo sobre Basildon Park. ¡Qué gran mansión!, ¡qué hermosos alrededores!, ¡qué buen gusto en la decoración! y ¡qué gran baile ofrecieron!, fueron varias de las exclamaciones que hizo, pues parecía que no podía hablar de aquel lugar y limitarse a un tono enunciativo. Jane decidió aprovechar tal locuacidad y procuró dirigirla hacia sus intereses.

—He oído que sir Francis Sykes hizo fortuna en la India. Mi tía Philadelphia se casó con Tysoe Saul Hancock, quien, pese a ser originario de Kent, todavía permanece en el país asiático. Por desgracia, mi tía falleció el pasado invierno.

—No sé si sir Francis conoce a su pariente, sólo llevo en Basildon dos semanas. Se lo preguntaré si así lo desea.

—Creo que en el baile que celebraron había más personas vinculadas a la India. Al menos, me pareció entender que un joven Smith tiene a su familia allí, aunque él regresó hace tiempo a Inglaterra para estudiar en Oxford.

—Conocí a un joven llamado Smith durante el baile, pero no recuerdo de dónde era.

—¿Y cómo era? —preguntó, incapaz de controlar la curiosidad.

—Muy agradable, tanto en apariencia como en formas, y sir Francis le tiene gran afecto. Es posible que sea como usted dice y fuera amigo de su padre en la India. ¿Por qué le interesa su aspecto?

—Lo preguntaba por si vuelvo a verlo. Tal vez él también conozca a mi tío.

—¡Qué tremendo calor hace en la India! ¡Qué incomodidad vivir bajo ese sol espantoso! —dijo, regresando a las exclamaciones—. Me agobio sólo de pensarlo, y eso que nunca he estado allí. Pero todos los que regresan lo dicen, todos se quejan de las altas temperaturas. No entiendo por qué algunos valoran tanto el sol.

—¿Y sabe si volverá por Basildon el señor Smith? ¿Tiene idea de si reside en Reading o alrededores?

La señora Pettigrew no respondió tan rápidamente como en la anterior ocasión. Antes, miró con mucha atención a Jane y volvió a exclamar:

—¡Cuánto interés! —profirió, aunque por suerte no insistió en esa curiosidad y contestó—: No puedo responder a sus preguntas, señorita Austen, pero se las trasladaré a sir Francis y saciaré su curiosidad cuando vuelva a verla.

El señor St. Quentin se levantó y comenzó a caminar de un lado a otro frente a ellas. Cada poco miraba en la dirección por la que tenía que aparecer el carruaje y la impaciencia que demostraba provocó más inquietud en Jane, que ya se había puesto nerviosa ante las expectativas de saber algo más de su Jack. Sin embargo, otro Jack iba a compartir protagonismo en su cabeza en muy breve tiempo, ya que cuando por fin el vehículo hizo aparición y llegó hasta ellos, el señor St. Quentin los sorprendió con una nueva propuesta:

—Estaba pensando, señor Kirby, que ya que continuaremos el paseo en carruaje, si sería muy atrevido pedirle que nos acercáramos a la rectoría de Bracknell. Hay allí un comerciante con el que tengo pendiente negociar unos precios y me vendría muy bien aprovechar la ocasión. Por supuesto, el trayecto tiene bonitas vistas y supongo que ninguno de ustedes tiene interés en tomar otro rumbo.

No sólo Louise Gibbons se avergonzó por el atrevimiento, también lo hizo Jane, pero la señorita Rickman opinó que la propuesta estaba bien y el señor Kirby no puso objeción. Así que subieron todos al carruaje mientras Jane notaba que su corazón palpitaba con más fuerza. Por fin se acercaría a Bracknell y, con suerte, podría conocer al hijo del rector: Jack Smith. ¿Sería el que había mencionado Henry?

25

La señorita Rickman, la señora Pettigrew y el señor Kirby se sentaron en una fila de asientos y el señor St. Quentin, Louise y Jane quedaron frente a ellos. La mayor de las damas se quejaba del dolor del tobillo y, cuando conseguía la atención de todos, le quitaba importancia a su tortura. Para la desdicha de su protagonismo, el director del internado, que ahora estaba más animado, sintió la necesidad de hablar de los cultivos y animales de granja que se veían a medida que avanzaban, y también de quejarse de la subida de los precios, por lo que la señora Pettigrew hubo de callar.

—E imagínense lo que ocurrirá si Inglaterra entra en guerra. No sólo subirán los precios, apenas quedarán manos para dedicarse al cultivo y a la ganadería y habrá que mantener a un ejército del que regresarán, los que lo hagan, hombres lisiados e inútiles para el trabajo.

—Mi hermano se alistó el año pasado, espero que no se vea en la necesidad de entrar en combate —expresó la señorita Rickman, con ojos de desaliento y voz nerviosa—. Sólo tiene catorce años.

—Es mejor que hablemos de otro tema —propuso Edmund Kirby—, no preocupemos a la señorita Rickman con lo que únicamente son especulaciones. No hay nada seguro y Francia ya está en guerra con varios países, además de consigo misma. No le conviene enfrentarse a un ejército tan potente como el nuestro.

Esa no fue la única muestra de consideración de Edmund hacia la joven. Era un hombre atento, pero hacia la señorita Rickman desplegaba una especial cortesía que tanto la señora Pettigrew como ella recibían dichosas. Louise Gibbons procuraba mirar por la ventana mientras Jane se preguntaba si tal dedicación era sincera o respondía a distintas intenciones. La joven Austen tenía, además, otros pensamientos que exigían con fuerza ser sus favoritos y estaba deseosa de llegar a Bracknell y ver qué le deparaba el destino. El día se oscurecía a medida que avanzaban y resultó inevitable que de pronto empezara a llover. Eso desinfló la imaginación de Jane, que pensó que si también llovía en Bracknell, tal como parecía, sus acompañantes no querrían pasear por el pueblo y le sería difícil averiguar algo sobre cualquier Smith. Fue la señora Pettigrew la que propuso regresar. Al fin y al cabo, ni habían pasado por zona de lagos, ni de megalitos ni de extensos bosques, a pesar de que el director del internado había mencionado el Quelm Stone y asegurado que en el bosque de Windsor abundaban los ciervos. Y, si lo habían hecho, la lluvia había impedido ver más allá de un par de yardas desde el carruaje.

—¡Cuánto daría por estar sentada ahora junto a una chimenea! ¿Es muy urgente su conversación en ese sitio al que nos dirigimos, señor St. Quentin?

—Estamos sólo a un par de millas, sería muy poco provechoso dar ahora media vuelta —consideró el aludido.

Jane se alegró por primera vez de que el director pensara más en sí mismo que en los demás. No sabía cuándo tendría otra oportunidad de visitar aquel lugar y si las circunstancias la llevaban hasta allí, no podía ser casualidad. Lo cierto es que temía que se dirigieran a alguna granja cercana y no llegaran a entrar en la villa, pero celebró aún más su suerte cuando el señor St. Quentin pidió que se detuvieran en la calle principal, que prácticamente era la única calle del pequeño pueblo. En ella había varios comercios, entre los que destacaba Old Manor. Junto a él se hallaba una taberna llamada Hind's Head. El director la señaló:

—Dicen que aquí solía beber Dick Turpin. Pueden esperarme mientras toman una cerveza, no tardaré más de una hora.

Siguiendo la recomendación, entraron en la taberna y pidieron vino caliente para todos. Jane se preguntó si habría algún modo de encontrar a su Jack Smith y repasó con la mirada todas las mesas por si había algún caballero que respondiera a la idea que se había hecho de su candidato.

—Lamento que la excursión tenga tan poco que ver con las expectativas que les habíamos creado —se disculpó Louise Gibbons.

—No es culpa suya que llueva —la dispensó la señorita Rickman—. Mi otra opción era pasarme el día bordando.

—O leyendo, puesto que me ha parecido entender que es una gran lectora.

—Me entretiene mucho la lectura, pero hay tantas ocasiones para dedicarse a ella que salir un poco de Basildon me ha venido bien. Tanto mi primo como todos los Sykes están muy ocupados con los preparativos de la boda.

—¿Cómo tiene el tobillo, señora Pettigrew? —se preocupó nuevamente Louise, decidida a que no se notara el nerviosismo que le producía la situación.

—Cada vez lo noto más inflamado. Si estuviera en la intimidad de un hogar, me quitaría las botas.

—Quizá sea bueno que lo ponga en alto y, aunque no se lo quite, sería recomendable que se desabrochara el botín —le sugirió Edmund Kirby al mismo tiempo que le ofrecía un taburete para que levantara la pierna.

—Lo siento, Fanny —dijo la mujer a su sobrina—, voy a ser un lastre durante unos días, pero confío en que el señor Kirby te entretenga de algún modo.

—Haré todo lo posible para que la señorita Rickman no se aburra —sonrió el aludido y la señorita Rickman se ruborizó. La joven recibía las atenciones complacida, pero con recato y bastante modestia. Era difícil no admirarla en este punto. Jane observó que Louise hacía todo lo posible por mostrarse tranquila, sin embargo, sabía que la congoja la dominaba por dentro. Pensó que tal vez el amor no debía ser tan celebrado como hacían tantas adolescentes, puesto que, si no era correspondido o el matrimonio no resultaba viable por cuestiones económicas, podía hacer mucho daño. Ahora que lo tenía tan cerca, se planteó si no sería mejor no llegar a conocer a Jack Smith. Pero de inmediato se quitó esa duda de encima: si quería ser una buena escritora, debía conocer todas las caras del amor.

Les trajeron el vino caliente y la señora Pettigrew contó algunos de los detalles sobre la futura boda y, de ésta, pasó a relatar la suya, que se había celebrado veinticuatro años atrás. Luego se dedicó a halagar algunas de las virtudes de su difunto marido.

—Recibí una carta del coronel de su destacamento —añadió veinte minutos después, sin haber hecho ni una decorosa pausa—, informándome de que mi esposo había muerto heroicamente defendiendo las Trece Colonias americanas. La idea de que estuve casada con alguien tan valiente hace que pese menos mi viudedad, pero no me consuela de su ausencia.

Por fin se dio un breve silencio, en el que Jane aprovechó para proponer:

—No deberíamos irnos de aquí sin conocer algún edificio notable. Seguro que la iglesia puede visitarse.

—Me ha parecido ver una cerca cuando llegábamos, lástima que el señor St. Quentin nos haya pedido que lo esperemos aquí —recordó la señorita Rickman.

—¿Caminar yo? ¡En absoluto! Haré un esfuerzo para alcanzar al carruaje, pero no quiero que empeore mi tobillo —se negó la señora Pettigrew—. Vayan ustedes, cuando llegue el señor St. Quentin, le informaré de su pequeña excursión.

—No puedo dejarla sola, tía —objetó la señorita Rickman.

—Yo me quedaré con la señorita Pettigrew —se ofreció Louise—, vaya usted con los demás. Yo tendré otras ocasiones.

A Fanny Rickman le pareció bien y Edmund Kirby, al ver que la idea era de su agrado, accedió gustoso. Salieron de la taberna y de inmediato desplegaron los paraguas. La lluvia fina caía de forma constante y perpendicular, y tenían suerte de que no hiciera nada de viento. Al cabo de unos minutos, en los que avanzaron en la dirección que había señalado la joven, llegaron a una iglesia. Estaba algo apartada de otras edificaciones y rodeada de hierba y setos irregulares. Los alrededores parecían más obra de la naturaleza que de la mano de un jardinero. A la joven Austen le habría gustado bordear el edifico, pero el mal tiempo hizo que buscaran la protección de los soportales.

—Está abierta, seguro que puede visitarse —comentó Jane, que no quería perder la única oportunidad que tendría de averiguar lo que deseaba saber—. El señor St. Quentin ha dicho que tardaría una hora y sólo ha pasado media; además, con este tiempo, no dudo de que también le apetecerá un vino caliente.

Kirby las invitó a entrar y Jane cruzó el pórtico con el deseo de encontrarse con algún Smith. Nada más sentir la protección de los muros, la señorita Rickman estornudó. Primero fue un estornudo aislado, pero al cabo de un minuto le siguieron tres más.

—Tal vez no haya sido buena idea exponerla —se preocupó el caballero mientras le ofrecía su pañuelo.

Ella lo cogió agradecida y se giró para usarlo con algo de intimidad.

—Creo que estoy temblando —respondió después, como si pidiera perdón con la mirada por suponer un problema.

—Lleva usted un vestido demasiado fino, aunque la chaqueta apenas se ha mojado —procuró tranquilizarla Jane.

—Espérenme aquí, iré a buscar el carruaje —se ofreció de nuevo Kirby.

—No es necesario —rechazó la joven afectada—. Estamos cerca y camino bien.

—¿Puedo ayudar en algo? —preguntó otra joven, que se asomó en ese momento—. Soy la señorita Smith, mi padre es el rector de Bracknell —se presentó y, mirando a la señorita Rickman, añadió—: ¿Tal vez le apetece un té bien caliente?

—Gracias, pero nos están esperando en otro sitio —respondió con modestia la muchacha.

—Seguro que al señor St. Quentin no le importa esperar si es por su salud —apuntó Jane, que notaba que todo su cuerpo se había tensado—. Algo caliente le sentará bien. Yo soy la señorita Austen y me acompañan el señor Kirby y la señorita Rickman —añadió mirando a la señorita Smith, deseosa de que no se le escapara la ocasión de saber algo de su hermano.

—Pueden acompañarme a la rectoría —volvió a invitarlos ella tras los saludos pertinentes—. En cuanto ha terminado de oficiar la ceremonia, mi padre ha partido a ver a un feligrés que está enfermo, pero no creo que tarde en llegar. La señora Smith está en casa y supongo que también estará correteando por ahí alguno de mis hermanos.

La generosidad era sincera y Jane pensó que era posible que, en un día de lluvia como aquélla, la hija del rector estuviera aburrida o, tal vez, le apeteciera hacer nuevas amistades. Fuera como fuera, se alegraba de lo que consideraba una gran suerte.

—No quisiera resultar una molestia —volvió a decir la señorita Rickman y ésa fue la primera ocasión en que Jane no simpatizó con ella.

Pero la animadversión le duró sólo un momento, porque de inmediato la joven volvió a estornudar y eso hizo que la señorita Smith insistiera en su amabilidad.

—Al menos pasen un momento y caliéntense junto a la chimenea.

—¿Tiene muchos hermanos? —preguntó Jane y, al darse cuenta de que su pregunta no era oportuna, añadió—: Mi padre también es párroco en Steventon y tengo cinco hermanos mayores y uno menor. —Su madre le decía que nunca mencionara a George, pues su discapacidad supondría un obstáculo para que ella o Cassandra lograran un buen matrimonio—. Además de eso, tiene alumnos internos y ya puede imaginar usted qué pocas veces nuestro hogar está en silencio.

—Nosotros somos cuatro y yo soy la única chica. Los dos gemelos son de la tercera esposa de mi padre, sólo tienen siete años. Mi hermano Jack es mayor que yo, y es de su primera esposa. Pueden pensar que el señor Smith ha tenido muy mala suerte al enviudar dos veces, o que ha sido muy afortunado porque se le han concedido tres oportunidades de conocer el amor, lo dejo a su criterio —añadió, levantando los hombros y permitiendo que la audiencia decidiese por cuál de ambas posibilidades se inclinaba.

—Dos de mis hermanos han estudiado en Oxford —añadió Jane, deseosa de que dijera que su hermano mayor también.

Pero un nuevo estornudo de la señorita Rickman hizo que la señorita Smith no añadiera nada más sobre su familia y, con un gesto, los emplazó a seguirla.

—La iglesia se comunica con la rectoría por aquel camino.

—Vayan ustedes dos —volvió a decir Kirby—. Yo volveré a por el carruaje y no me importa que protesten.

Mientras las dos jóvenes acompañaban a la señorita Smith, una de ellas notaba que la sangre recorría acelerada cada pedazo de su cuerpo. La expectación había aumentado cuando llegaron a la puerta de la rectoría y el corazón de Jane se aceleró en el momento en que se abrió y las invitó a pasar.

—Señora Smith, le presento a la señorita Rickman y a la señorita Austen —dijo a su madrastra, que estaba cosiendo una camisa en una silla junto a la ventana en una pequeña y acogedora salita—. Están heladas y les he ofrecido calentarse en la chimenea. Sólo estarán aquí lo que tarde su amigo en ir a por el carruaje, pero no deseamos que cojan un resfriado, ¿verdad? Le diré a Maggie que ponga agua a hervir, creo que un té nos vendrá bien a todas.

—Bienvenidas —dijo la mujer, dejando la costura y mirándolas con ojos afables—. Espero que no se asusten si ven entrar a dos niños iguales corriendo, no consigo que se comporten como toca cuando tenemos invitados.

—Son niños, señora Smith —sonrió la hija del rector—, y muy enérgicos, algo que deberíamos agradecer.

—Jack ha llegado hace un momento, ha subido a su dormitorio a cambiarse. No sé dónde se ha metido, pero las botas han dejado embarrada la entrada principal. Dile a Maggie que también ponga una taza para él y que luego friegue el suelo del vestíbulo.

26

Se oían voces de niños, pisadas como si corrieran y algún gritito que venía de una estancia cercana, pero los gemelos no llegaron a aparecer. Jack Smith, en cambio, lo hizo dos minutos después. Mientras su hermana se dedicaba a las presentaciones, la desilusión se adueñó de Jane. Un joven de escasa estatura y ojos de sapo mostraba una sonrisa fina y cordial bajo una nariz algo más que ligeramente torcida. Cuando habló, la voz sonó demasiado aguda y, aunque parecía tan amable como su hermana, no poseía ningún tipo de atractivo. Jane supo de inmediato que no se trataba de su Jack. No hizo falta que le preguntara si había estudiado en Oxford para confirmarlo, pues él mismo dijo que nunca había salido de Berkshire cuando supo que ninguna de ellas era de este condado, y expresó que se hallaba tan unido a su familia que le resultaría poco reconfortante tener que abandonarla por unos días. Poco más despertó el interés de Jane durante aquel cuarto de hora, que fue lo que el señor Kirby tardó en regresar y, agradecidas por la hospitalidad, las dos jóvenes se despidieron de los Smith de la rectoría.

—Me gustaría saber cuántos Smith hay por hectárea en toda Inglaterra —comentó Jane en cuanto subieron al carruaje—. Tengo entendido que en el baile de Basildon Park también había alguno.

—Cierto —sonrió la señorita Rickman—. A mí me presentaron por lo menos a dos. Imagino que entre el servicio, tan numeroso allí, habrá alguno más. Pero debo decir que he asistido a reuniones más pequeñas donde la proporción de *smithis* era muy superior.

—Creo que uno de los señores Smith de Basildon había estudiado en Oxford —insistió Jane, poco dispuesta a que cambiaran de tema tras la decepción que se había llevado en la rectoría—. Mi hermano Henry, que aún estudia en esa universidad, tiene un amigo que se llama Jack Smith y que viene de la zona de Reading. Tal vez se trate del mismo.

—Sería una feliz coincidencia —respondió la señorita Rickman, que no había vuelto a estornudar—. Tengo dos amigos, que no se conocían entre sí, que coincidieron en Florencia el año pasado. ¡Y pensar que los habría podido presentar en tantas ocasiones y tuvieron que conocerse de un modo tan fortuito y tan lejos de aquí...! Igual les ha ocurrido a usted y a su hermana, ¿no es así, señor Kirby? Reencontrarse con la señorita Gibbons en un lugar inesperado... No es lo propio.

—Espero que ella y la señora Pettigrew no se hayan cansado de esperar —respondió el aludido, sin querer entrar a valorar los juegos del azar y cambiando, tal como temía Jane, el rumbo de la conversación—. Con este tiempo, lo mejor que podemos hacer es devolver a las damas a la Abadía y regresar a Basildon.

Jane pudo observar que la educación y los buenos modales continuaban imperando en Edmund Kirby, incluso había tenido la atención de ofrecer su pañuelo a la señorita Rickman, pero también notaba que ahora la miraba con mayor indiferencia y que había desaparecido aquella inclinación que mostraba cuando Louise se hallaba delante. Eso le hizo pensar que el interés por la dama no era tal como en un principio había pensado. De hecho, cuando su antigua prometida, la señora Pettigrew y el señor St. Quentin también subieron al carruaje, renovó sus consejos para velar por la salud de la señorita Rickman, dando instrucciones a la señora Pettigrew de que no le permitiera exponerse al frío y la humedad.

—Ninguno de los dos querría verla indispuesta, ¿no es cierto? —le preguntó a la tía de la joven como si ambos mantuvieran un vínculo con ella más allá de la amistad.

—Me pregunto cómo se encontrarán Emily y Sophie —le comentó, preocupada, Louise a Jane, y ambas desearon encontrarse con buenas noticias al regresar a la Abadía.

Media hora después pudieron comprobar por sí mismas que nada había cambiado a este respecto. Las dos niñas no mostraban ninguna mejoría, pero tampoco empeoraban. El doctor Valpy les recomendó unos cuidados generales, aunque no les recetó ningún medicamento en especial. Sus respectivas hermanas y madame Latournelle se hallaban fuera del dormitorio en el que descansaban cuando se acercaron a preguntar.

—El doctor Valpy ha dicho que hay que esperar, pero el tiempo pasa tan despacio... —les contó Esther, visiblemente desmejorada por la preocupación y la falta de sueño.

—No desespere, señorita Pomerance, ni usted tampoco, señorita Choudhury —procuró animarlas Louise Gibbons—. El reposo hará que todo salga bien, han de ser pacientes y no perder la esperanza.

Madame Latournelle, al ver que ya había regresado el señor St. Quentin, las dejó y, casi de inmediato, Louise también se retiró. Jane habría querido disponer de unos minutos y permitir que se desahogara si sentía esa necesidad, pero decidió que ya la buscaría después, cuando decidiera si debía contarle o no la sensación que había tenido de que el señor Kirby interpretaba un papel en su interés hacia la señorita Rickman. En esos momentos, había otra cuestión que consideraba más importante.

—¿Ha regresado Nell? —le preguntó a Esther.

—Sí, hace muy poco. El señor Stornoway todavía está aquí, la señora St. Quentin ha insistido en que tomara un té.

Fue decirlo y oír la voz de la directora que llegaba desde la planta principal, junto con el sonido de unos pasos. Parecía que en aquel momento varias personas se dirigían a la salida.

—Aún voy a tener la oportunidad de verlo —se alegró Jane, al tiempo que se despedía de su amiga y se dirigía a las escaleras.

En el vestíbulo se encontraban los St. Quentin, madame Latournelle, Nell Henthrone y un caballero que, sin duda alguna, debía de ser el señor Stornoway, y al que sólo pudo ver de espaldas. Visto así, era alto y tenía buen porte, pero cuando se giró y tuvo la oportunidad de ver su rostro, admitió que no era guapo. Sin embargo, no resultaba tan desagradable como Jack Smith de la rectoría y tan sólo podría decirse de él que no llamaba la atención. No obstante, la diferencia de edad era evidente. Además, mantenía un rictus que lo afeaba y sus gestos eran amanerados, como si de ese modo pudiera darse más importancia. Fue al sonreír y mostrar una dentadura amarilla cuando Jane decidió que no tenía nada de tentador. La joven Austen observó a Nell y vio que se mostraba tan opaca como siempre. Aunque parecía tranquila, no habría sabido decir si estaba aliviada porque el señor Stornoway ya se marchaba o complacida de haber protagonizado una fiesta. Temerosa de que la sorprendieran espiando, acabó de bajar las escaleras y se dirigió al salón. Allí encontró a Victoria, con el ceño fruncido y visiblemente ensimismada, a pesar de fingir que escuchaba la melodía que una interna arrancaba al pianoforte. Jane se imaginó que estaría pensando en sir Phillip.

—¿Cómo estás? —le preguntó después de saludarla y sentarse a su lado.

—Mientras Sophie no mejore, no podré estar tranquila —respondió.

—Está estable —comentó—. El doctor Valpy está pendiente, así que tenemos que ser optimistas.

—¡Oh, Jane! Esperemos que Sophie se ponga bien. Sé que Esther escribió a su familia y nadie ha venido a buscarla.

—Pensemos que eso es una indicación de que confían en la señora St. Quentin. Espero que el estado de ánimo que te ha dejado lo sucedido con sir Phillip no te merme la esperanza en el resto de cosas.

—Sir Phillip ya no tiene ninguna influencia sobre mí, Jane —comentó Victoria, mirándola a los ojos y la joven Austen pudo ver en ellos que era sincera—. Si pienso en ese asunto, debo confesar que estoy más decepcionada con la señora Durrant que con él.

—¿Pensabas en ella cuando he llegado? Parecías distraída.

—No, pensaba en alguien tan desagradable como ella: en Adler Percy. Esta mañana nos hemos cruzado con los internos durante el paseo. Justo se acercaban cuando a mí se me ha caído el pañuelo y Percy, que no se perdonaría a sí mismo no tener un gesto educado, se ha acercado a recogerlo. Pero yo he sido más rápida, me he agachado antes y, cuando me he levantado, le he dedicado una mirada en la que necesariamente tiene que haber leído mi desdén. Puede que mi gesto te parezca algo masculino —sonrió—. A mí me ha reconfortado hacerle saber que no necesito su ayuda. Él me ha mirado como si lo hubiera ofendido, y me alegro de que se haya sentido así.

Jane sonrió.

—Es cierto que no es un ejemplo de simpatía, pero yo no lo tengo en tan mala consideración como tú.

—A ti no te ofendió... —le hizo ver—. No quiero influir en tu opinión, lo importante es que responda en la obra. Pero cambiemos de tema: ¿cómo ha ido la excursión?

Jane le explicó la lesión de la señora Pettigrew y que no había parado de llover, por lo que tuvieron que regresar antes de lo previsto. Poco después vieron entrar a Nell en el salón y ambas le hicieron una señal para que se acercara.

—¿Cómo ha ido la celebración? —le preguntó Victoria—. ¿Te sientes satisfecha de haber anunciado tu compromiso con el señor Stornoway?

—Ayer me demostró que él es todo lo que busco —respondió sin sonreír ni explicar el porqué de sus palabras.

—¿Te sientes bien a su lado? ¿Es una persona que te da seguridad y en la que puedes confiar? —insistió la joven Durrant.

Nell cogió una silla y la acercó hasta ellas. Cuando se hubo sentado, tomó a cada una de una mano y dijo:

—Gracias por preocuparte por mí. Victoria, desde que te conozco me has regalado tu amistad sin pedir nada a cambio. No dudes de que la atesoro ni de que siempre tendrás un lugar en mi corazón. También te he cogido cariño a ti, Jane, a pesar de la brevedad de nuestra relación, y sé que, si tuviéramos más tiempo, seríamos grandes amigas. No quiero ser causa de vuestro sufrimiento. Sean cuales sean las decisiones que adopte, os aseguro que son meditadas y que tengo el convencimiento de que son lo mejor para mí. Por favor, no lo olvidéis nunca.

—Nell, hablas como si fueras a casarte mañana... —opinó Victoria—. ¿No iba a ser en verano?

—Señorita Henthrone —las interrumpió la señora St. Quentin cuando se acercó a ellas con gestos alegres—, ¿ya les ha enseñado a sus amigas el regalo que le ha hecho el señor Stornoway? ¡Qué hombre tan espléndido! ¡Qué fiesta más maravillosa le ofreció, y qué discurso! ¡Cuán afortunada es usted! Y ha prometido hacer un donativo para el internado en su próxima visita, que será en breve, puesto que piensa venir para verla actuar en la obra de teatro —comentó a las demás.

—¿Qué es eso tan espléndido que te ha reglado? —preguntó Jane a Nell—. ¿Otro caballete? ¿Nuevos colores?

—¿Una invitación a ver una colección privada de pintura? —preguntó también Victoria.

Antes de que pudiera responder, la señora St. Quentin lo hizo por ella:

—Un precioso collar valorado en cinco mil libras. ¿No están de acuerdo en que es un hombre muy generoso?

Jane y Victoria observaron a su amiga con ojos asombrados.

—Sí, es muy generoso —admitió Nell.

—Es de la colección familiar —añadió la señora St. Quentin—, y era el favorito de la señora Stornoway. Debería dejar que lo guardara el señor St. Quentin en su despacho bajo llave, no hay ningún lugar seguro en su dormitorio.

—Mañana se lo dejaré, señora St. Quentin, pero hoy me gustaría tenerlo conmigo. Quiero enseñárselo también a Esther y...

—Me imagino que lo contemplará una y mil veces, incluso querrá llevarlo puesto, pero yo no puedo consentir que presuma delante del resto de internas —la interrumpió la directora.

—No me lo pondré, señora St. Quentin. Sólo lo guardaré esta noche, se lo prometo.

—¡Oh! Veo que el detalle ha despertado su romanticismo.

Jane, por el contrario, se sorprendió del materialismo que escondía tal deseo y, desde luego, entendió que sólo un sentimiento como ése podía explicar su disposición a casarse con un hombre al que no amaba. Luego, emplazadas por la señora St. Quentin, que había consentido a su petición, subieron al dormitorio para que la agraciada pudiera mostrarles el collar y, en efecto, al verlo comprendieron que se trataba de una joya magnífica. Cada gema ya poseía un gran valor por sí sola y la labor de orfebrería lo multiplicaba. La directora la emplazó a que se lo probara y, aunque se lo colocó sobre el vestido de cuello alto que llevaba, no dejó de contemplarlo con admiración.

—Con un escote adecuado, será la envidia de todas —concluyó.

De alguna manera, Jane se sintió decepcionada al comprender que Nell Henthrone tenía un precio. Sentía por ella un gran cariño, que no respondía al poco tiempo que hacía que se conocían. Al conocer su afición a la pintura y, sobre todo, al ver la sensibilidad que había en sus lienzos, se había hecho otra idea de su carácter. No importaba que fuera una persona poco dada a mostrar sus sentimientos, la tenía por una joven generosa y desinteresada. Fue ella quien se ofreció a ayudarla en la obra cuando se encontró con dificultades, y sus compañeras de dormitorio decían que siempre tenía palabras de ánimo y que daba buenos consejos. Sabía escuchar y entender y era más complaciente que egoísta. Sólo conocía su lado amable y todo eso a pesar de que sus padres no se habían mostrado nunca cariñosos con ella.

Sin embargo, el deleite que le producía ser la poseedora de aquella joya demostraba que Nell hablaba de una joven totalmente distinta a la idea que se había formado.

27

Jane se dispuso a escribir a su hermana. La suponía ya en Steventon o, al menos, cercana a llegar. No fue una carta extensa en la que le hablara de sus compañeras y días de internado, sino urgente, ya que el objeto de la misiva no era otro que Jack.

Reading, 18 de noviembre
Adoradísima Cassy:

Debería preguntarte si has llegado bien a casa, si todos gozáis de buena salud, y enviar abrazos y todo cuanto impone el protocolo epistolar, pero lo dejo para otra ocasión. De tu criterio dependerá que me disculpes o no, espero que comprendas la premura con la que escribo. Admito que fui una tonta y una orgullosa al no pedirle a Henry más datos sobre Jack Smith, así que debo suplicarte que lo hagas por mí…

Sabía que Henry tenía unos días libres en Oxford y suponía que los habría aprovechado para visitar a su familia. Por ese motivo, emplazaba a su hermana a hacer lo que ella no se había atrevido. No sólo le suplicaba que averiguara cuanto pudiera sobre Jack, también solicitaba que Henry le proporcionara un pretexto para poder conocerlo.

Dile que escriba un mensaje o te lo dicte, algo que me sirva para poder presentarme como la hermana de Henry Austen y que justifique que haya removido cielo y tierra para encontrarlo. Reíos de mí cuanto queráis, quedáis autorizados, y reñidme después por esta desesperación, pero no colaboréis con la dejadez de lo que os pido a que mis desvelos continúen mortificándome.

Poco más añadió. Confiaba en que su hermana suavizara el énfasis de sus palabras, tal vez no tanto como para que no resultaran eficaces. Le quedaban dos semanas de permanencia en el internado y, visto lo poco que había avanzado en las dos que ya llevaba allí, desconfiaba de su perspicacia y, sobre todo, de su libertad, pues sentía gran limitación de movimientos para encontrar a Jack sin más ayuda. Dobló el papel y decidió que enviaría ella misma la carta al día siguiente para asegurarse de que saldría en la propia diligencia. Tras la cena, durante la cual Nell se mostró más callada que nunca, buscó la compañía de la profesora de dibujo.

—¿Ha conseguido tranquilizarse? —le preguntó—. Si hubiera algo que pueda hacer por usted...

—No, Jane, no hay nada que pueda hacer por mí. Ni usted ni nadie. Estoy bien, no se preocupe. Bueno, no estoy bien, pero sí me encuentro mejor de lo que yo misma podía esperar dadas las circunstancias. No crea que me torturo con las atenciones de Edmund hacia la señorita Rickman. Es una buena muchacha y creo que puede hacerlo feliz. Les deseo lo mejor a ambos —añadió, procurando convencerse a sí misma.

—Da por hecho algo que no está confirmado —le recordó Jane—. Yo no estoy tan segura de que el señor Kirby tenga sentimientos profundos hacia la señorita Rickman, aunque, de los de ella, dudo menos.

—No importa si es la señorita Rickman u otra, Jane. No tengo ninguna esperanza con respecto a Edmund, no lo merezco y, si no es ahora, será tarde o temprano: él se casará y yo lo olvidaré. De hecho, sería deseable que lo hiciera cuanto antes, así terminaría este no sé qué que me mantiene tan inquieta.

—Este no sé qué y la manifestación de que no tiene ninguna esperanza se contradicen entre sí —observó la joven.

—No se equivoque. No tengo esperanzas de renovar los sentimientos que un día le inspiré, yo misma me encargué de matarlos tiempo atrás. ¡Pero desearía tanto que tuviera una buena opinión de mí...! Es lo único a lo que aspiro, a que no se marche de aquí pensando mal de mi persona —dijo, mirándola con ojos compungidos.

Durante la noche dejó de llover y Jane tuvo un sueño agitado. Le pareció que había movimiento en la habitación, pese a que no llegó a desvelarse del todo hasta que sonó la campana que despertaba a las internas. Victoria y ella vieron que Nell faltaba de su cama y pensaron que, a pesar de que como adulta estaba eximida de hacerlo, había acudido a los rezos matinales.

—O a lo mejor ha sentido la urgencia de dejar a resguardo el collar —especuló Victoria, extrañada de que a su compañera le entrara el arrebato religioso.

No la vieron tampoco cuando salieron a dar el paseo previo al desayuno, pero no se preocuparon hasta que la señora St. Quentin salió al jardín y se acercó a ellas.

—¿Dónde está la señorita Henthrone? —les preguntó, algo nerviosa.

—Se ha levantado pronto —respondió Jane—. Pensábamos que estaba con usted, guardando el regalo.

—Pues no la he visto hasta el momento, y eso que la he buscado en todos lados —comentó, mientras continuaba mirando alrededor por si la joven aparecía—. Subiré al dormitorio a por el collar, ¿saben dónde lo guarda?

—No estaba a la vista —contestó Victoria—, por eso hemos pensado que había bajado a entregárselo.

—Está bien, está bien, supongo que lo tendrá debajo de la almohada. Espero que no se pasee con él por el internado —la interrumpió—. Si la ven, díganle que la estoy buscando.

—A lo mejor ha ido a ver a las enfermas —sugirió Jane.

—No ha pasado a verlas. Además, están dormidas, y eso es una buena noticia. Es mejor que descansen, ya retomarán los buenos hábitos cuando se repongan.

Jane y Victoria ocuparon los minutos antes del desayuno en buscar a Nell entre los recovecos que las ruinas del jardín ofrecían para ocultarse. Fue una acción estéril, pues, como suponían, no estaba allí. Cuando regresaron al salón empezaron a preocuparse de verdad, ya que encontraron a madame Latournelle y a la señora St. Quentin cuchicheando con expresión de alarma.

—¡Señorita Austen! —la llamó la directora en cuanto la vio—. Acérquese, por favor.

Jane dejó a Victoria y se dirigió hacia ellas. A la joven Durrant bien le habría gustado acompañarla para averiguar lo que ocurría, ya que inevitablemente la agitación de las dos adultas se le había contagiado, pero no le quedó más remedio que dirigirse al comedor para desayunar con sus compañeras.

—Señorita Austen, ¿ha oído algo sospechoso durante la noche?

—No. ¿Qué debería haber escuchado?

—La señorita Henthrone no aparece por ningún lado, ni tampoco su collar —respondió, escrutándola por si ocultaba algo—. Tenemos que encontrarla antes de que la cosa vaya a más.

—¡La han secuestrado, tienen que haberla secuestrado! —exclamó madame Latournelle, en verdad muy alarmada.

La señora St. Quentin le hizo un gesto para que bajara la voz y Jane sintió miedo por lo que pudiera haberle ocurrido a su amiga.

—No tiene ningún sentido pensar que alguien la ha secuestrado. Si querían el collar, habría bastado con robarlo. ¿Sabe si dormía con él puesto? —preguntó a Jane.

—Lo dejó en la mesita envuelto en un pañuelo, pero no puedo decirle que no se lo pusiera una vez que yo me quedé dormida... —respondió la joven, tratando de recordar algún detalle más. Le extrañaba que aquellas dos mujeres tuvieran esa ocurrencia, seguro que Nell aparecería por algún sitio.

—Probablemente fue lo que hizo y los ladrones se vieron obligados a llevársela también a ella —consideró madame Latournelle, incapaz de aparentar tranquilidad—. ¡Y justo su esposo ha tenido que marcharse hoy! —le reclamó a la directora, puesto que el señor St. Quentin había partido hacia Londres esa misma mañana.

—Ya sabe que tenía que hacerlo. Quien usted y yo sabemos murió de sarampión y alguien tenía que ocupar su lugar. Además, si hubieran secuestrado a la señorita Henthrone, habría gritado, ¿no cree? —le hizo ver la señora St. Quentin, que tenía otra idea muy distinta de lo sucedido—. Señorita Austen, ¿le habló la señorita Henthrone en algún momento de su intención de fugarse?

—Nunca. No creo que... Pero ¿están seguras de que ha desaparecido? ¿Han buscado bien?

—Deberíamos averiguar si falta alguno de los internos del doctor Valpy... —la interrumpió de nuevo la señora St. Quentin—. ¿Observó usted, durante los ensayos, si se llevaba especialmente bien con alguno de ellos?

—No, señora St. Quentin. Y creo que si Nell hubiera querido escaparse, lo habría hecho en alguna de sus salidas con la señorita Gibbons y no en mitad de la noche.

—Cuando la señorita Gibbons la acompañaba, la señorita Henthrone no tenía en su posesión ningún collar valorado en cinco mil libras —le hizo ver.

—¿Y qué sentido tiene robarse a sí misma? —preguntó madame Latournelle.

La señora St. Quentin observó al ama de llaves sin dar crédito a que no entendiera nada, pero en lugar de responder, se dirigió a Jane:

—Avise a la señorita Gibbons, yo me acercaré al internado de varones, y finja delante del resto de internas que no pasa nada —ordenó—. Espero que no nos delate usted, señorita Austen.

—¿Y no sería mejor que las internas lo supieran? Tal vez alguna pueda decirnos algo... —la corrigió madame Latournelle.

—Nell es muy reservada —comentó Jane—, pero puede que alguna haya observado algo que sea de relevancia, aunque ahora mismo no lo sepa.

—No diremos nada a nadie hasta no agotar todas las posibilidades —insistió la señora St. Quentin. A continuación, les dio la espalda y se dirigió a buscar su abrigo para salir.

Madame Latournelle y Jane entraron en el comedor del profesorado, donde se hallaba Louise Gibbons, a la que condujeron al despacho y le contaron lo ocurrido.

—¿Están seguras de que ha desaparecido? —preguntó, incrédula—. Seguro que está en algún sitio, ¿no están todas las puertas cerradas durante la noche?

Le contaron que la habían buscado tanto dentro del internado como en el patio y madame Latournelle comentó que había una ventana mal cerrada en el pasillo de los dormitorios.

—¿Y cree que ha saltado por su propio pie? ¿A oscuras? No, la señorita Henthrone no se habría atrevido a hacer tal cosa —opinó.

—Yo tampoco lo creo. Lo cierto es que toda su ropa está en la habitación y no hay visos de que haya desaparecido otra cosa que el collar. Estoy segura de que alguien entró con intención de robar la joya y acabó llevándose también a la mucha-

cha —convino madame Latournelle, asustada por esa idea—.
Tal vez pida un rescate por ella.

—¿Y quién puede haber sido?

—Durante la celebración del compromiso había muchos
testigos del regalo de ese collar.

—¿Y qué dice el señor St. Quentin?

—¡Oh! Justo partió esta mañana hacia Londres antes de
que se supiera lo ocurrido. Y su esposa ha ido a buscar al
doctor Valpy, espero que él sepa lo que hay que hacer.

—¡Vamos a preguntar a las alumnas! —determinó Louise.

—La señora St. Quentin considera que es mejor que no
sepan nada.

—Pero Victoria ya sabe que no la encuentran —comentó
Jane—. Además, ella puede haber oído algo esta noche.

Madame Latournelle permitió que se informara a la señorita Durrant, y matizó que se limitaran a ella; Jane fue a
buscarla con cierta reserva delante de las demás. Media hora
después, llegaron el doctor Valpy y la señora St. Quentin.
Puesto que las alumnas aún se hallaban en el comedor, decidieron que era mejor que todas supieran lo ocurrido y, aunque
procuraron no alarmarlas, sí exigieron que contaran cualquier
detalle que pudiera resultar importante, y las hicieron partí-
cipes de la desaparición.

No se pudo evitar que las más pequeñas pensaran que era
obra del fantasma, mientras que otras creían que se había escapado con algún enamorado para no casarse con el señor
Stornoway. Por supuesto, también se oyó a alguna rumorear
que la había asesinado el señor Drood. Las que se inclinaban
por la teoría del secuestro absorbieron el miedo a que regresaran los secuestradores para llevarse a otras internas. Fuera
como fuera, la señora St. Quentin y madame Latournelle pusieron todos sus esfuerzos en calmarlas y al final pensaron
que había sido mala idea informarlas, puesto que nadie aportó nada fiable para entender qué podía haber sucedido.

—Hasta nuevo aviso, no podrán escribir a sus casas ni recibir visitas —ordenó la directora.

—Deberíamos avisar a su familia —le hizo ver madame Latournelle cuando regresaron a la privacidad.

—Lo haremos, pero a su debido tiempo. No debemos alarmarlos si podemos solucionarlo nosotros. Primero daremos aviso a las autoridades para que manden vigilar los coches de línea que esta mañana han partido de Reading, aunque sé que no servirá de mucho si se ha escapado con alguien o se la han llevado en un vehículo particular.

—¿Y si ha sido el propio señor Stornoway quien se la ha llevado? —se le ocurrió a Victoria.

—¿Y por qué debería haber hecho eso, mademoiselle Durrant? —le preguntó madame Latournelle, con cierto sarcasmo.

—Tal vez ella se retractó del matrimonio…

—La señora St. Quentin estuvo presente durante la fiesta de compromiso y no notó nada que indujera a pensar que fuera así. Además, si ella le hubiera expresado su inconformismo, él no le habría regalado la joya. Debemos dejar en paz al señor Stornoway, no vaya a pensar según qué y renuncie a casarse con ella. En ese caso, el internado cogería tal fama que sería su final. No, no se trata de eso, yo creo que la clave de todo está en el collar.

—Doctor Valpy —añadió la señora St. Quentin cuando éste ya se iba a dar parte de lo sucedido—, avise a sus chicos de que se suspenden los ensayos. No podemos estar ahora para frivolidades.

Esas palabras supusieron un nuevo golpe para Jane, pues ése era el pretexto por el que permanecía allí. Si no se representaba la obra, ya que Nell tenía un papel importante, ¿debería regresar a Steventon?

28

Ese día, caótico y lleno de inquietudes, hubo, al menos, una buena noticia. A las dos enfermas comenzó a remitirles la fiebre e incluso Emily Choudhury pudo levantarse durante un largo rato. Cuando la regañaban por eso, decía que estaba cansada de tanta cama. Madame Latournelle la notaba débil e insistía en que reposara un día más. Sophie, más obediente, permanecía acostada. Había desayunado, poco, pero eso ya era un avance, y estaba más despierta que los últimos días. Quien parecía desfallecida de tanto cuidado era Esther, que no había descansado velando a su hermana y apenas había comido, pues tanta angustia le cerró el estómago. El alivio que le supuso ver que la pequeña Sophie mejoraba se convirtió en un nuevo desaliento cuando supo que Nell no aparecía.

No hubo clases esa mañana. En su lugar, se mandó que las internas estuvieran ocupadas cosiendo, bordando o leyendo y se les pidió que ni cantaran ni tocaran, puesto que eso alteraría aún más el nerviosismo que imperaba. Jane, que se sentía intranquila en la pasividad, le comentó a Victoria:

—Tal vez entre sus cosas encontremos algo que pueda darnos alguna pista de lo que ha ocurrido.

—No entiendo a qué te refieres, ¿qué podríamos hallar si la han secuestrado?

—¿Y si se ha fugado con algún joven? Puede que encontremos alguna carta...

Victoria asintió y ambas subieron al dormitorio. Empezaron a rebuscar en el baúl que guardaba bajo la cama y en el que se hallaban sus cosas, pero no encontraron ninguna carta delatora.

—En muchas novelas se habla de compartimentos secretos dentro de los cajones... —comentó Jane, dejando inconclusa la frase para dirigirse hacia el escritorio que todas compartían.

Victoria también se acercó y juntas tantearon todos los fondos de cajón y los bajos de cualquier madera. La minuciosa inspección no dio frutos, pero ninguna de las dos se desanimó.

—Yo leí un relato donde escondían dinero bajo las baldosas —mencionó Victoria, animada por la imaginación literaria de Jane.

Tras comprobar, decepcionadas, que todas las baldosas del suelo estaban bien ajustadas, empujaron algunos puntos de los muros, por si había alguna cavidad oculta, pero todo fue en vano. Aunque les parecía demasiado obvio que Nell hubiese dejado algo escondido sobre el ropero que compartía con sus compañeras, lo revisaron igualmente, así como los bolsillos de las ropas que guardaba en él. También miraron debajo de la almohada y buscaron si había algún hueco en el colchón. Agotadas las ideas, Jane miró hacia la ventana como si pudiera recibir inspiración del exterior y fue cuando se dio cuenta de que los ladrillos que la rodeaban se hallaban colocados de forma irregular.

—¡Victoria, fíjate en esto! —exclamó.

Las dos jóvenes comenzaron a toquetearlos y, cuando notaron que uno de ellos estaba mal ajustado, se entrecruzaron una mirada. Lo movieron con esfuerzo y, poco a poco, lograron extraerlo del todo. Jane sonrió al descubrir una pequeña oquedad y metió la mano para comprobar el tamaño.

—Ten cuidado de que no te pique alguna araña —le advirtió Victoria, que había tenido recelo de ser ella quien metiera la mano.

Jane tanteó con prudencia, temerosa de encontrarse algo peor que una araña, y de pronto notó que tocaba algo. No era un animal, sino un objeto. Un objeto que, por el tacto, parecía un cuaderno. Lo extrajo despacio y se lo mostró a su compañera.

—*Les droits de la femme. À la reine, Déclaration des droits de la femme et de la citoyenne* —leyó Victoria, con acento francés.

—El libro de Olympe de Gouges —añadió Jane. Había oído a su padre mencionar ese título, pero ella no lo había leído.

—Hojéalo, por si hay alguna carta dentro —sugirió Victoria.

Lo hizo ella misma y, después de comprobar que no había nada escondido entre las hojas, preguntó a Jane:

—¿Has mirado si hay algo más en el hueco?

—Sólo estaba este libro.

—Tal vez ni siquiera sea de Nell, es posible que lo escondieran antes de que nosotras llegáramos. Pero ¿por qué lo hicieron? ¿Y quién?

—Este libro se publicó hace poco —añadió Jane—. Estoy segura de que es de Nell, no veo a Esther interesada en este tipo de lectura.

—¿Es un manual de conducta para señoritas?

—Más bien es todo lo contrario de lo que nos enseñan. No me extraña que lo oculte a la señora St. Quentin. Es un libro que exige para la mujer los mismos derechos que para los varones. Emplaza a la sociedad a darnos la misma formación y las mismas oportunidades. Me resulta extraño, Nell estaba dispuesta a casarse por conveniencia y no había en ella ninguna señal de rebeldía a convertirse en la esposa que exige la sociedad… —respondió, antes de quedarse pensativa.

—Nell hablaba poco de sí misma —recordó Victoria.

—¿Y si Nell se ha marchado voluntariamente?

—¿Sin avisarnos? No creo que se hubiera atrevido, sabe lo mucho que nos preocuparíamos y ella nunca nos haría eso.

Jane dejó el libro y rebuscó otra vez entre las ropas de Nell.

—Ya hemos mirado allí —comentó Victoria, sin entender por qué su compañera repetía la búsqueda.

Jane se percató de que no faltaba ningún uniforme, ni siquiera la capa del internado, ni tampoco la muda de ropa modesta que se les permitía a las alumnas los domingos. Sería extraño que se hubiera marchado sin ella. No, sin duda, Nell había desaparecido con el camisón, por lo que no había podido marcharse por su propia voluntad. Pero un nuevo descubrimiento vino a contradecir esto último.

—¡Faltan unos botines! —exclamó—. Si la hubieran secuestrado, ¿se habrían molestado en dejar que se calzara y correr el riesgo de que nos despertáramos?

—A lo mejor se calzó ella antes de salir del dormitorio, porque estoy convencida de que la secuestraron en el pasillo. Creo que alguna de nosotras se habría despertado si hubiera entrado alguien.

—¿Y por qué habría querido abandonar el dormitorio? Y, si lo hizo, ¿por qué se llevó el collar?

—Puede que quisiera llevárselo al despacho del señor St. Quentin para que se lo guardara… Y tuvo la mala suerte de encontrarse a un ladrón que, al ver la joya, la secuestrara, como dice madame Latournelle. Sí, eso es lo que tuvo que ocurrir. Se llevó consigo a Nell para evitar que lo delatara.

—Es una posibilidad —convino Jane—. Tal vez por eso salió del dormitorio, porque oyó pasos… No, no pudo ser por eso —reculó de inmediato—, no se habría llevado el collar si sólo hubiese salido a comprobar si había alguien… A no ser que se lo hubiera puesto para dormir.

—¿Y qué ocurrió luego? ¿Crees que Nell volverá, que sólo la va a mantener retenida hasta que se sienta a salvo? ¿Pedirá un rescate por ella? ¿O crees que...?

—No —negó Jane con más deseo que convicción—. Nell sigue viva, no puede haberla matado. ¿No decimos que sólo se trata de un ladrón?

Ambas se miraron interrogantes y con temor a que hubiera ocurrido lo peor. Continuaban llenas de dudas. Jane miró una vez más el libro de Olympe de Gouges.

—Además, ¿qué sentido tiene que Nell saliera durante la noche para ir al despacho del señor St. Quentin? Lo cierran con llave y no creo que se hubiera atrevido a despertar al director a esas horas. Sólo estamos especulando, a lo mejor todo es más sencillo de lo que parece. Y... —dijo, mientras miraba el libro que habían encontrado—. Estoy segura de que este hallazgo significa algo. ¡Tiene que significarlo! —exclamó, deseosa de que Nell se hubiera escapado por voluntad propia y continuara con vida.

—¿Se lo enseñamos a la señora St. Quentin?

—No. No traicionemos a Nell. Lo mejor será que lo dejemos donde lo hemos encontrado.

Después de la cena regresó el doctor Valpy con noticias que no aportaban gran cosa. Ninguno de los cocheros de los carruajes que habían salido de Reading había visto entre el pasaje a una muchacha que viajara sola. Incluso acompañada, ninguna respondía a la edad ni a la descripción de Eleonor Henthrone. Tampoco había rastro de ella en las posadas o alojamientos de la localidad, por lo que lo más probable, añadió, era que se la hubieran llevado en un vehículo particular. Era ésa la posibilidad más halagüeña, puesto que la idea de que la hubieran asesinado y ocultado su cadáver no la quiso ni mencionar. Por su parte, la señora St. Quentin y madame Latournelle habían interrogado a todas las internas, pero tampoco averiguaron a través de ellas ninguna información que pudiera conducirlas a alguna idea nueva. Fue entonces cuando Victoria se atrevió a hablar:

—Faltan unos botines...

Los adultos la observaron desconcertados en un primer momento, Jane temió que también contara lo del libro, pero enseguida parecieron olvidar su intervención y el doctor Valpy sugirió que no se demorara más el dar aviso a la familia.

—¿Y no podemos esperar unos días más a ver si aparece?

—No sólo es su responsabilidad informarlos, sino que también ellos pueden tener alguna idea que a nosotros se nos escapa. Tal vez la joven tenga algún *cómplice* residiendo cerca de aquí...

—No creo que se haya escapado, iba a realizar un matrimonio muy ventajoso. Pero ahora su honor ha sido cuestionado. Si la encuentran, es posible que el señor Stornoway no quiera saber nada más de ella.

Era cierto. Aunque Eleonor Henthrone no hubiera huido con nadie, su nombre ya había sido difamado y eso ahuyentaba a cualquier pretendiente que esperara que su esposa inspirara respeto, sobre todo a alguien tan bien posicionado como el señor Stornoway. Jane se preguntó si Nell se habría escapado por ese motivo, para obligarlo a romper su compromiso. Se esperanzó con tal idea, que fue ganando peso al recordar el libro oculto. Si era así, si simplemente se trataba de evitar un matrimonio sin amor haciendo que su reputación fuera cuestionada, era posible que ni siquiera hubiera abandonado el internado. Quizá estaba escondida en un hueco de alguna de las torres o muros en ruinas del jardín, en la lavandería o en alguna buhardilla, o incluso en el cuarto oscuro que se usaba como castigo y, a lo sumo, llevada por el hambre y el frío, tardaría unos días en aparecer.

—Las clases deben reanudarse —le hizo ver el doctor Valpy a la señora St. Quentin—. Su marido no querría que el resto de internas se vieran afectadas por esta incertidumbre y las familias buscarían de inmediato otro internado para continuar su formación.

—Supongo que es lo que debo hacer —respondió ella con poca voz—. Ya bastante frustrante es haber suspendido la representación teatral. Ese día, entre las entradas y las donaciones, se habría recaudado una buena suma para el mantenimiento de todo esto.

—Si quiere dar apariencia de normalidad, será mejor que tampoco la suspenda —le advirtió el hombre—. Además, vendrá bien para mantener el ánimo de las alumnas.

—Tiene razón —admitió ella—, no podemos prescindir de ese dinero...

—En ese caso, después de reconocer a las enfermas, las dejaré. Mañana parto para Londres.

La señora St. Quentin recibió la noticia con estupor.

—¿Usted también?

—Hay franceses que necesitan ayuda —se justificó, bajando la voz y cuidando de que nadie más los escuchara— y supongo que usted preferirá que su marido vuelva ante una circunstancia tan extraordinaria. Así que no me queda más opción que acudir en su lugar.

—¡Oh, muchas gracias doctor Valpy! *Merci beaucoup* —añadió, como si en francés el agradecimiento fuera mayor—. Emplácelo a regresar, por favor. Cuéntele lo que ha ocurrido y dígale que necesito su consejo. No le permita hacer otra cosa que regresar.

—Así lo haré, señora St. Quentin. Pasado mañana, su esposo estará con usted. Esperemos que para entonces no tenga peores noticias que las de ahora. Y asegúrese de que todas las ventanas y puertas quedan bien cerradas esta noche.

—Por supuesto, no quiero ni pensar qué podría ocurrir si desapareciera otra interna...

Jane, que había permanecido ajena a la última parte de la conversación porque estaba hablando con Victoria, se vio sorprendida cuando la señora St. Quentin se acercó a ella y le indicó que, a partir del día siguiente, retomarían los ensayos.

—He decidido no suspender la obra, estoy convencida de que es lo que querría el señor St. Quentin.

La joven Austen estuvo a punto de sonreír, pero lo sucedido no lo recomendaba, por lo que se guardó su pequeña alegría y asintió. De inmediato recordó que había un problema:

—Eleonor Henthrone tenía un papel importante y habrá que buscar a otra interna que lo defienda con un mínimo de dignidad y que sea capaz de memorizar todas sus intervenciones. No sé si estamos a tiempo...

—Jane —intervino Victoria—, yo me sé todas las intervenciones de Beatrice. Preferiría no participar, pero si no hay otra opción, lo haré —se ofreció, temiendo tener que actuar junto a Adler Percy.

Antes de que Jane pudiera decir nada, la señora St. Quentin decidió por ella:

—En ese caso, la señorita Durrant ocupará el puesto de la señorita Henthrone mientras ésta no aparezca.

Más tarde se supo que todavía no permitían regresar a la pequeña Sophie a su dormitorio, pero madame Latournelle aseguró que, si no había cambios, tanto ella como su hermana podrían hacerlo en breve. Esther continuaba durmiendo con las convalecientes, por lo que Victoria y Jane se sintieron extrañas aquella noche, sin más compañía que la desazón. Por mucho que la señora St. Quentin hubiera insistido en volver a la normalidad y, para ello, enfocara el asunto de la desaparición de Nell como si fuera algo transitorio que se resolvería de un momento a otro, ambas empezaban a pensar de otra manera.

—¿Recuerdas, Victoria, lo que nos dijo Nell después de la visita del señor Stornoway? —le preguntó Jane, que le había estado dando vueltas a esas palabras—. Dijo que no quería que sufriéramos por ella y que, fueran cuales fueran las decisiones que tomara, eran lo mejor para su persona. Esto y la desaparición de los botines apuntan a que nadie la ha secuestrado, sino que se ha marchado voluntariamente, ¿no crees tú lo mismo?

—¡Oh, Jane! —exclamó, notando que se le elevaba el ánimo—. ¡Espero que sea así! ¿Crees que deberíamos contárselo a la señora St. Quentin?

Jane, que en un principio dudó, acabó por responder con convicción:

—No. Ya le contaste lo de los botines y no hizo caso. Además, si Nell se ha escapado, la estaríamos traicionando al delatarla. Porque estoy segura de ello, Victoria —dijo, y cogió la mano de su amiga y la apretó—, Nell se ha marchado por su propio pie: ayer se despidió de nosotras y no nos dimos cuenta.

—¿Y adónde ha ido?

—No lo sé, pero recuerda que también ha desaparecido un collar valorado en cinco mil libras. Con ese dinero, puede ir adonde quiera.

—¿Crees que lo habrá empeñado y se habrá comprado un vestido? Porque no me encaja que se marchara en camisón.

—O no —la contradijo Jane, que se levantó de la cama y comenzó a rebuscar entre las ropas de Esther.

Victoria también se incorporó y, entre ambas, revisaron que no faltara algún atuendo que hubiera podido llevarse Nell, aunque no le perteneciera. Sin embargo, pronto comprobaron que no había tocado nada de sus compañeras. Eso desanimó a Victoria, pero no a Jane, que albergaba una sospecha que no quiso contar en aquel momento. Cuando se acostó, no dejaba de darle vueltas a tal conjetura. Nada más despertar, mientras todas daban el paseo matutino, se dirigió al cuarto en el que guardaban el vestuario que se utilizaba en el teatro y, tras un rato de exploración, confirmó que faltaban algunas prendas: en concreto, unos pantalones, una camisa, un chaleco y un abrigo masculino.

Ya no le quedaron dudas de que Nell se había escapado y, si así era, lo mejor que podía hacer era respetar su decisión y desearle la mayor de las suertes en su aventura.

29

Jane compartió su descubrimiento con Victoria y juntas fueron a contárselo a Esther, pero no pudieron hacerlo. Ahora que Sophie se había levantado y recuperaba fuerzas, la mayor de las Pomerance permanecía en la cama con fuertes temblores, atacada por el sarampión. Jane recordaba a la señora Lefroy, que desde que se había descubierto la vacuna contra la viruela, se había empeñado en vacunar a toda la vecindad. ¡Ojalá hubieran existido una vacuna del sarampión y muchas señoras Lefroy por toda Inglaterra!

—Le ha subido la fiebre —les comentó madame Latournelle—. Será mejor que no se acerquen, no vaya a haber más contagios. Parece como si la mala suerte se hubiera adueñado del internado. Ahora que las dos pequeñas se habían recuperado... —se lamentó, con voz cansada, sobrepasada por los últimos sucesos.

Victoria preguntó si habían avisado al doctor Valpy y madame Latournelle respondió que se hallaba en Londres, pero que pensaba que la señorita Pomerance no corría peligro, puesto que, si su hermana pequeña, que era más débil, había superado la enfermedad, esperaba que en este caso la cosa no se agravara. Insistió en que debía reposar y que lo mejor que podían hacer por ella era no molestarla. Entre este razonamiento y lo que habían averiguado de Nell, ambas quedaron más tranquilas.

Como tocaba clase de baile, Louise Gibbons tenía la mañana libre y se ocupaba en apuntar en su cuaderno de notas las mejoras o defectos que observaba en los últimos dibujos que habían hecho sus alumnas. Tenía la mirada triste por varios motivos y Jane decidió confiar en ella y aliviarla, al menos, de uno de ellos. Después de pedirle que prometiera no decir nada a los St. Quentin ni a madame Latournelle, le contó su convicción de que Nell se había marchado voluntariamente y lo argumentó con todo lo que había averiguado. Añadió, pues ahora estaba segura de que era suyo, el descubrimiento del libro de Olympe de Gouges.

—¿Vestida de hombre? —preguntó, con tanta sorpresa como alivio por lo que escuchaba—. Eso explicaría por qué todos los cocheros coinciden en que no vieron a ninguna muchacha que respondiera a su descripción.

—Yo pensaba que estaba dispuesta a casarse con el señor Stornoway —confesó Jane—, pero en el fondo me alegro de que no fuera así, a pesar de los peligros a los que se estará exponiendo en esta aventura.

—¿Y tiene usted idea de adónde ha podido haber ido? ¿Sabe si la ayudó alguien, si había algún muchacho que...?

Jane negó con la cabeza.

—Lo que le he contado es todo lo que sé. Siempre ha sido una joven muy reservada, por lo que no puedo inclinarme a pensar que el plan lo ha llevado a cabo sola ni a sospechar si hay alguien más implicado en todo esto. Me asusta y me consuela a la vez que porte un collar de tanto valor. El dinero puede facilitarle mucho las cosas, pero también es algo que se puede volver contra ella. Esperemos que nadie descubra que viaja con esa joya.

—Me temo, Jane, que el señor St. Quentin seguirá el rastro del collar. Estoy convencida de que mandará investigar en todas las casas de empeño y, si no lo hace él, lo harán el señor Stornoway o su familia en cuanto sepan lo ocurrido —le hizo ver la profesora de dibujo.

—Nell lleva, al menos, un día de ventaja —respondió Jane, esperanzada con esa idea.

—No sé si es bueno que desee que su amiga salga airosa de esta aventura —le hizo ver Louise—. No sabemos cuál es su propósito ni qué peligros hay en él. Si el señor Henthrone la encuentra, es posible que ya no la obligue a casarse contra su voluntad, puesto que supongo que ése ha sido el motivo de su huida. Y, desde luego, dudo mucho de que el señor Stornoway mantenga su petición ahora que la reputación de su prometida ha sido arruinada. Sin embargo, tampoco ningún otro querrá tomarla por esposa.

Jane hubo de aceptar que la señorita Gibbons llevaba razón, pero se resistía a pensar que Nell fuera a perder toda buena fama y añadió:

—Es posible que ya esté casada. Si ha huido a Escocia…

—Si es así, tendremos que esperar a ver cómo reacciona su familia. No soy muy optimista al respecto.

Ambas se miraron, conscientes de que no tenía ningún sentido especular hasta que supieran algo más. Jane, que se había olvidado de la carta que había recibido su amiga y que tanto la había amedrentado, le preguntó:

—¿Y usted? ¿Ha sabido algo más del señor Gibbons?

—No. Y tampoco sé si es buena esta espera. Si al final he de enfrentarme a él, cuanto antes ocurra, antes acabará este ahogo que llevo aquí dentro —dijo al tiempo que señalaba su pecho.

—¿Y no es mejor desear que ocurra cuando el señor Kirby ya no esté aquí? ¿No son demasiados pesares a la vez?

—¿Qué importa lo que una desee? Será como tenga que ser y… ¡Ay, Jane! ¿Por qué he tenido que volver a verlo? ¿Por qué Margaret Kirby ha tenido que comprometerse precisamente con alguien de este condado? ¿Quién quería ponerme a prueba?

Madame Latournelle las interrumpió para entregarle a Jane una carta de Cassandra. La joven se extrañó de la rapidez de la respuesta, dado que ella se la había enviado el día anterior, y enseguida vio que estaba fechada el pasado sábado y que era la última que su hermana le enviaba desde Ibthorpe. La leyó sin interés, a pesar de estar escrita por alguien tan querido, pero en su cabeza ahora no tenían cabida ni bailes ni chismes domésticos. En cuanto supo que todos se encontraban bien, ni siquiera fue capaz de comprender que Cassy, al igual que ella, había preferido alargar su estancia y no regresar todavía a Steventon. Al final se vería obligada a suspender sus pesquisas sobre Jack Smith y, si no era con él, tenía la sensación de que nunca conocería el amor. Se arrepintió de no haber puesto más empeño en su investigación y, sobre todo, de no haber escrito antes a Cassandra para que sonsacara a Henry la información que habría necesitado para tener éxito en su búsqueda.

Tal como había dispuesto la señora St. Quentin, cuando poco después del té llegaron los internos del doctor Valpy, les dijeron que la familia de Eleonor Henthrone se la había llevado del internado y no regresaría hasta después de Navidad, por lo que la señorita Durrant la sustituiría en el papel de Beatrice. Caroline Choudhury y Lydia Claridge protestaron al saberlo, pero, al quedar demostrado que era la única que conocía todos los diálogos del personaje, tuvieron que resignarse. Mientras Alfie Williams le decía a Adler Percy que se alegraba de que la incluyeran, éste se limitó a responder: «Parece destinada a no tener un papel propio y a ser la segundona de todos», palabras que oyó una de las antes mencionadas, que de inmediato se lo cuchicheó a la de al lado y ésta la imitó, consiguiendo que la burla se extendiera algo más. No llegó a oídos de Jane, pero sí de Victoria, quien se mantuvo inexpresiva y fingió que no le afectaba.

Para que Victoria no desentonara en la obra, tuvieron que repetir el ensayo desde el primer acto, aunque ese día estaba previsto dedicarlo al cuarto. Eso provocó cierto malestar, porque había ganas de avanzar y cada vez quedaba menos para el estreno, así que la señorita Durrant no empezó con buen pie. Sin embargo, eso cambió enseguida, y Jane pudo notar que defendía el papel aún mejor que Nell. Cuando Benedicto, encarnado por Adler Percy, era objeto de las burlas de Beatrice, Victoria lograba el tono exacto que se requería y lo hacía con tal naturalidad y desparpajo que bien habría podido jurarse que no fingía en el ensañamiento que le dedicaba a su rival a lo largo del duelo dialéctico que mantenían. Acompañaba sus diálogos con miradas de desdén, con un realismo que nunca había logrado Nell. Caroline Choudhury, en cambio, no tenía su día. Parecía descentrada y carecía de la dulzura que exigía una auténtica Hero. Claudio sonreía demasiado y, en lugar de mirar a Hero, dedicaba su atención a Beatrice, algo que no era lo apropiado. Adler Percy estuvo en su línea, representó bien el papel y, a decir verdad, en algún momento pareció admirado de cómo Victoria defendía el suyo. Interpretaron los primeros tres actos, Jane corrigió algún detalle y, cuando terminaron, el joven Percy se acercó a Victoria y la felicitó:

—No podría marcharme sin decirle que la obra mejora con usted.

Ella, tras haber sido objeto de burla, se sorprendió ante esta alabanza. Estuvo a punto de sentirse halagada, pero como era rápida de pensamiento, respondió de inmediato en otro tono:

—Sobre todo han mejorado las risas, señor Percy.

La ambigüedad de este comentario llevó al destinatario a preguntarse si habría escuchado su burla, pero ella lo ignoró enseguida para dedicarse a otra conversación. Él se marchó con la duda de si había pretendido ofenderlo de algún modo.

Por la noche, el paréntesis que había aportado cierta diversión cesó: Esther tenía la fiebre muy alta. Había empeorado más rápidamente que su hermana y, lejos de suponer que eso se traduciría también en una acelerada recuperación, madame Latournelle había ido a buscar al boticario. Cuando éste supo que las dos primeras enfermas se habían curado con meros cuidados y mucho reposo, no se atrevió a recetar ningún remedio para la señorita Pomerance y se limitó a decir que repitieran lo que habían hecho por las otras dos. Sophie regresó al dormitorio con Jane y Victoria y también las acompañó Mary Butts durante esa noche.

—Me ha pedido que duerma con ella —se justificó ante la señora St. Quentin esta última, y tanto a la directora como a las jóvenes les pareció bien.

—Por la noche la fiebre siempre sube más —comentó madame Latournelle a la pequeña Pomerance para tratar de consolarla, pues en esta ocasión era la hermana menor la que sufría por la otra—, pero seguro que mañana por la mañana estará mejor. Necesita dormir, igual que lo necesitaba usted. Llegó a preocuparnos mucho y ahora se encuentra bien, ¿no es así?

Sophie y sus ojos húmedos respondieron que sí con un gesto de cabeza y luego dejó que Mary la arropara en sus brazos. Al día siguiente la fiebre seguía siendo demasiado alta y la señora St. Quentin dijo que, en cuanto regresara su marido, a quien se lo esperaba para ese mismo miércoles, él se encargaría de traer a un doctor.

A media mañana recibieron una nota inesperada llegada de Basildon Park. Iba dirigida a la señorita Gibbons, que se apresuró a apartarse para abrirla y leerla con cierta privacidad. A pesar de que resultaba claro que no quería comentar el contenido, en cuanto lo hubo leído, madame Latournelle la emplazó a ello:

—Un lacayo está esperando la respuesta. Supongo que se trata de una invitación. ¿O van a venir a tomar el té? Se lo pregunto para enviar a una criada al mercado si...

—No, puede estar tranquila, no vendrá nadie al internado —respondió—. Ni tampoco me escribe ningún Sykes ni ningún Kirby. La carta es de la señorita Rickman.

—¿Y qué renta tiene su familia? —preguntó la señora St. Quentin.

—Aunque es pariente de los Sykes, su situación es mucho más humilde, no creo que sea buena idea pedirle una donación.

—Bueno, bueno, sigue siendo una excelente noticia. A través de ella puede llegar a los Sykes. ¿Y cuándo la invita?

—Dice que mañana vendrá a Reading de compras y me pide que la acompañe. Pero, como comprenderá —añadió, y dio por cerrada la conversación—, tendré que declinar la invitación, puesto que tengo clase de dibujo. Ahora mismo le escribiré, no hagamos esperar al lacayo.

—No, no, no —comentó la directora—. Cambiaremos la clase —determinó, sin permitir que la señorita Gibbons protestara—. Mañana tendrán nuevamente baile, que es lo que más disfrutan, y así las tendremos contentas. Usted acompañará a la señorita Rickman y sería deseable que, a su regreso, hubiera conseguido una nueva invitación a Basildon Park.

—Lo que usted me pide no va con mi carácter…

—Pero sí con su sueldo. Si nos vemos obligados a cerrar el internado, usted se quedará sin trabajo —le recordó.

La señorita Gibbons nunca había deseado tanto que cayera una lluvia torrencial como en aquel momento para que, de ese modo, se estropeara el día de compras.

30

Durante el ensayo de aquella tarde, Victoria volvió a sorprenderse de la actitud de Adler Percy hacia ella. Caroline Choudhury, en un momento en el que Victoria pasaba a su lado, hizo la zancadilla, disimuladamente, a su amiga Lydia y enseguida se giró fingiendo que arreglaba el lazo que lucía en el cabello de otra alumna. Quedó de tal modo la artimaña que parecía que la culpable del tropiezo de Lydia había sido Victoria, a quien la propia víctima miraba desde el suelo con tanta sorpresa como rencor.

—¿Qué te he hecho? —le reclamó—. ¿Por qué me atacas?

Victoria la contempló sin comprender y, aunque se disponía a ayudarla, Caroline se adelantó.

—Señorita Austen —reclamó Caroline, en busca de autoridad—, mire lo que ha hecho la señorita Durrant. No contenta con tomar el protagonismo de la obra sin haber ensayado, se dedica a perjudicar a las demás.

Jane contempló a Victoria, extrañada de su actitud y a la espera de una explicación sobre lo que había pasado, pero sólo encontró una expresión de incomprensión en su amiga. Incapaz de ser condescendiente por el mero hecho de su amistad, comentó:

—Espero que haya sido involuntario, señorita Durrant, de modo contrario, y por mucho que me pese, tendré que sacarla de la obra.

—Ni siquiera me he dado cuenta hasta que estaba en el suelo —se defendió ella—. Lo siento, siento mucho haber sido tan torpe. Confío en que no se haya lastimado, señorita Claridge.

—Señorita Austen —intervino Adler Percy—, las cosas no son como usted cree y, al parecer, cree también la propia señorita Durrant, incapaz de encontrar otra explicación a pesar de ignorar lo que ha ocurrido.

Con estas palabras, no sólo captó la atención de Jane y Victoria, sino, sobre todo, la de Caroline, cuyos ojos se llenaron de alarma.

—La autora de la zancadilla ha sido otra persona, que, espero, confiese su autoría. No es justo que se acuse a una inocente ni que una culpable quede impune.

Jane observó al resto de actores y, en especial, a Caroline Choudhury, que era a quien también había mirado Adler Percy de soslayo. Su rostro la delataba, aunque interpretó el papel de ofendida en cuanto notó que era la sospechosa de todos.

—¿Y por qué ha de creer al señor Percy y no a mí? Lydia es mi amiga, ¿por qué querría yo hacerle daño? —protestó.

Incluso Lydia, mientras se arreglaba el recogido que se le había deshecho al caer, la contemplaba dudando de su palabra.

—Bien, pues se lo preguntaré a ambas —decidió Jane—. Señorita Durrant, ¿es usted la causante de la caída de la señorita Claridge?

—De forma consciente, no he hecho nada. Pero es posible que sin darme cuenta… No lo sé, espero no haber sido yo —respondió Victoria, dudando en cada palabra.

—Y usted, señorita Choudhury, ¿es la causante de lo que le ha ocurrido a la señorita Claridge?

—Por supuesto que no. —Su respuesta fue acompañada de un gesto de dignidad no exento de un alto grado de desafío.

—Señor Percy, ¿tiene usted algo más que decir?

—Sí, señorita Austen: Una de las dos miente —afirmó, molesto con la actitud de la culpable.

—Y, por lo que ha dicho antes, debo deducir que se trata de la señorita Choudhury, ¿no es así? —lo apremió Jane.

—Sólo puedo decir que la señorita Durrant no ha mentido.

—¡Eso es falso! —protestó Caroline.

Jane observó al resto de alumnos, y los emplazó con la mirada a participar.

—¿Algún otro testigo? —preguntó.

Una muchacha que tenía un papel menor levantó la mano.

—La semana pasada vi a Caroline meter un... un moco en la sopa de su vecina.

—¡Mentirosa! ¡Yo no tengo mocos! —se encaró con ella la acusada.

A partir de este momento se hizo necesario que Jane fuera a buscar a la señorita St. Quentin, quien, una vez escuchado todo lo relatado, determinó que la señorita Choudhury pasaría tres días sin cenar, pero no la echó de la obra.

—Su padre vendrá a ver la función y tengo la esperanza de que sea generoso con el internado —le confesó después a Jane sin necesidad de que ella le preguntara por su indulgencia.

El ensayo terminó sin más incidentes, aunque el ambiente se había enrarecido. Antes de que los muchachos del otro internado se marcharan, Victoria se acercó a Adler Percy y le dijo:

—Le agradezco su intervención.

—No tiene nada que agradecerme. Mi sentido de la justicia me habría impedido actuar de otro modo. —Empleó el tono solemne de siempre, sin embargo, cuando Victoria ya se retiraba, se volvió para añadir—: He de decir que celebro que su carácter sea muy distinto al de la señorita Choudhury.

Victoria no supo qué responder a este último apunte y, haciendo una leve reverencia con la cabeza, se marchó. Todavía aturdida con la defensa recibida por parte de quien pensaba que no la veía con buenos ojos, notó que Jane se dirigía al dormitorio en el que permanecía Esther y se apresuró a acompañarla.

—Te juro que yo no le he hecho nada a Lydia —le prometió nada más colocarse a su lado.

—Lo sé, Victoria, pero está claro que Caroline quería culparte. Ten cuidado con ella. Es envidiosa, rencorosa y capaz hasta de dañar a su amiga para perjudicarte a ti. Y, desde hoy, su animadversión se habrá multiplicado. Ya sabes que le gusta Adler Percy, no creo que se haya regocijado con su defensa.

La preocupación por Esther, a quien madame Latournelle les permitió ver desde la puerta del dormitorio, hizo que enseguida olvidaran el incidente.

—Sigue igual —les contó el ama de llaves—. No sabemos hacia qué punto se decantará. Duerme y se desvela, suda y tirita… Convendría que comiera algo, pero ni ha probado la sopa. Sólo podemos rezar por ella y desear que se recupere como hicieron las dos pequeñas.

La convalecencia de Esther entristecía al internado y, por la noche, cuando regresó el señor St. Quentin, Jane le aconsejó que mandara llamar a un médico.

—Si el boticario ha dicho que siga los consejos que el doctor Valpy decretó para las dos pequeñas, no veo qué ha de aportar un nuevo médico —respondió el director, preocupado por otros asuntos.

Cuando después se lo contó a su compañera de dormitorio, Victoria protestó y se quejó de que no se tomaran en serio algo que era tan grave.

Jane cogió un libro y se sentó cerca de la señora St. Quentin y madame Latournelle. Ellas ignoraban que las escuchaba, puesto que la joven tenía el volumen delante y ellas hablaban en voz baja. De este modo fue cómo la joven Austen se enteró de que el francés que había pasado una noche en el internado ya no seguía con vida. Por lo que oyó, averiguó que, cuando estuvo en el internado, tenía el sarampión, y pensó que ya no había ninguna duda de dónde se habían contagiado las niñas. Sin embargo, no había muerto de la enfermedad, sino de cuatro puñaladas, dos de las cuales se las clavaron en pleno corazón, algo que no iba a pasarle a Esther. Como decía madame Latournelle, Esther era más fuerte que su hermana y, según la lógica, ella también se recuperaría. La señora St. Quentin hablaba de infiltrados, de ingleses simpatizantes con las ideas francesas y de la inseguridad general que se vivía en Londres, parafraseando, según ella, al doctor Valpy. Jane, que temía por Eliza, se planteó si no sería buena idea invitarla a Steventon, aunque luego recordó que ella, conocedora de esas circunstancias, había decidido regresar a la capital.

—Seguro que lo hace por ahorrar. Todos sabemos que el doctor Valpy no le cobra. ¡A saber en qué asuntos andarán ambos metidos! —protestó Victoria cuando Jane la informó de que la directora continuaba pensando que no había necesidad de buscar a un médico.

La joven Austen, para no alarmarla, no quiso decirle que, además de la bebida y el juego, tenían en común la defensa de los huidos de Francia y la joven Durrant se sumó a la lectura que Mary Butts hacía en voz alta para las dos pequeñas. La tranquila velada se vio interrumpida por una visita que sorprendió a todos a esas horas de la noche. Se trataba del señor Stornoway, y la señora St. Quentin, al ver que no traía un gesto amistoso, pidió a una criada que pusiera a calentar agua y que le añadiera luego más tila que té. Lo hizo pasar al despacho de su esposo y pidió a madame Latournelle que los acompañara. Jane ya se imaginaba que esa escena tendría que darse de un momento a otro, pero no esperaba que el ama de llaves regresara poco después para requerirlas a ella y a Victoria.

—El señor Stornoway quiere hablar con ustedes —les dijo.

Lo encontraron caminando de un lado a otro frente a la señora St. Quentin, olvidadas la silla y la infusión que le habían ofrecido y, en cuanto entraron, madame Latournelle volvió a sugerirle que se sentara.

—¿Sentarme? ¿Eso es lo que han hecho ustedes, sentarse mientras la señorita Henthrone corre peligro? —respondió enojado y procuró sobreponerse a su tartamudez—. ¿Y pretenden que no me exaspere?

—Ya le he dicho que mi esposo está en Londres, entre otras cosas, para buscar a la señorita Henthrone —mintió, pues no quería decirle que se había marchado antes de su desaparición.

—¿Y por qué piensan que la señorita Henthrone está en Londres? ¿Qué me están ocultando? —preguntó, con mirada más amenazadora que interrogante.

—No sabemos dónde está, pero el doctor Valpy avisó de inmediato a las autoridades y estoy convencida de que la están buscando, al igual que mi marido.

—Espero que su esposo regrese con la señorita Henthrone intacta; de lo contrario, me veré obligado a denunciar al internado como cómplice de su desaparición.

—¡Pero si nosotras no hemos sido cómplices de nada! —protestó madame Latournelle, que entraba en ese momento con Jane y Victoria.

—No tienen vigilantes ni ningún tipo de seguridad, ¿no es ésa complicidad suficiente?

—Siempre nos aseguramos de que las puertas quedan cerradas y guardo las llaves en un cajón de mi dormitorio —protestó la señora St. Quentin, pero se calló que hacía medio año que habían despedido a un par de guardas que se turnaban en la entrada—. No entiendo cómo pudieron abrir la ventana del corredor desde fuera.

—Aunque esté viva…, aunque no haya sido ultrajada… ¿saben lo que significa esto? —volvió a hablar el señor Stornoway con voz ronca y el entrecejo fruncido—. Y no sólo para ella, sino también para mí. Me he desvelado por la señorita Henthrone desde hace años para que sea la esposa perfecta y… ¡no me puedo creer que todo sucediera entre la noche del domingo y la mañana del lunes y no se les ocurriera comunicármelo hasta ayer!

El señor Stornoway ignoraba a las jóvenes recién llegadas y Jane y Victoria contemplaban la escena con temor a que de un momento a otro les reclamara algo también a ellas.

—Ayer era martes, señor Stornoway, no queríamos levantar la alarma sin antes intentar encontrarla —se defendió la señora St. Quentin—. Mi marido no está aquí, pero el doctor Valpy ordenó registrar todos los alojamientos de Reading y alrededores y preguntó en todos los coches de línea si alguien la había visto. Además…

—¿Es que acaso piensan que se marchó voluntariamente? —preguntó, más ofendido aún—. No voy a permitir ese tipo de insinuaciones, señora St. Quentin. Como usted ha dicho antes, todas las prendas y objetos de la señorita Henthrone continuaban en su dormitorio. ¡Eso no puede significar otra cosa que el hecho de que se la han llevado contra su voluntad! ¡Y el collar! ¡No olvide el collar! ¡Es una joya que ha pertenecido a mi familia desde siempre y ustedes son los culpables de que haya desaparecido! ¡Voy a pedirles una indemnización!

—¿Qué más podemos hacer? ¿Se cree que no nos hemos sentido afectadas, que no tenemos en gran estima a la señorita Henthrone?

—En lugar de acusarnos —añadió madame Latournelle—, debería preguntarse cuántos testigos hubo durante el baile que vieron cómo le regalaba un collar tan valioso a su prometida. Todo apunta a que se la llevaron para robárselo. ¿Verdad, mademoiselle Austen —preguntó en cuanto la vio—, que mademoiselle Henthrone quiso dormir con él?

Jane se sorprendió de que la incluyera en la conversación en ese momento y procuró no decir todo lo que sabía, así que respondió:

—Es cierto que ella insistió en quedárselo esa noche, pero no podría afirmar que durmiera con él en su cuello.

—La señorita Austen y la señorita Durrant compartían dormitorio con la señorita Henthrone —informó la señora St. Quentin— y en todo momento han mantenido que no oyeron nada.

—Yo me quedé dormida antes que ella —corroboró Jane.

—Y yo también… seguramente —añadió Victoria.

El señor Stornoway dedicó una exhaustiva mirada a las dos jóvenes antes de responder:

—¡Nadie oyó nada, nadie vio nada y nadie hace nada! ¿Eso es todo lo que tengo que esperar de ustedes?

Jane calló cuanto sabía sobre la desaparición de la ropa en el ajuar del teatro y ocultó el descubrimiento del libro de ideas extravagantes sobre los derechos de las mujeres. El señor Stornoway, tras quedar desconcertado durante unos segundos, exclamó con ademán amenazante:

—¡Tomaré represalias contra ustedes! ¡Esto no va a quedar así!

31

El señor Stornoway quiso también interrogar al personal de servicio y a la señorita Gibbons, pues sabía que a veces salía con ella por los alrededores de Reading a pintar y, en ese punto de la conversación, dejaron marchar a las dos jóvenes. Jane y Victoria se miraron cómplices y salieron con la seguridad de que la profesora de dibujo no diría más, aunque entendieron que tampoco se encontraría en una situación cómoda. Lamentaron que hubiera tenido que ser el señor Stornoway quien se preocupara por Nell y entendieron el poco apego que debía sentir la joven por su familia. Aquella noche las internas se acostaron un poco más tarde y no fue porque hubiera música o baile, sino porque, hasta que el señor Stornoway no se marchó, nadie las obligó a subir a sus dormitorios. El encuentro dejó muy nerviosa a la señora St. Quentin, que hubiera deseado que su marido estuviera presente y hubiese sido él quien diera la cara en esas circunstancias.

El director no llegó hasta la madrugada siguiente. Regresaba cansado, de mal humor y con ganas de dormir, pero fue apremiado por su esposa a dirigirse al lugar en el que se hospedaba el señor Stornoway tras contarle los últimos sucesos en la Abadía. El señor St. Quentin así lo hizo, pero de lo que se dijo en esa conversación no llegó nada al internado. Madame Latournelle, que seguía las instrucciones de la señora

St. Quentin, procuraba que todas olvidaran el asunto y repartió el correo antes de la hora del té para que tuvieran otros temas de los que hablar. Una de las misivas iba destinada a Jane, se trataba de la carta deseada y, en cuanto la abrió, su contenido la decepcionó.

Steventon, 20 de noviembre

Mi más querida hermana:

Debería decirte, para tu tranquilidad, que en casa todos estamos bien, pero como no seguiste el protocolo de preguntarlo, me reservaré esta información. Aun así, lamento anunciarte que hay un miembro de la familia de cuya salud no puedo informarte, dado que no se encuentra en Steventon en estos momentos...

Enseguida decía que se trataba de Henry. Y, por ese motivo, añadía, era por el que no podía sonsacar a su hermano ninguna información sobre su Jack Smith. A Henry lo había invitado un amigo de Oxford a una cacería que se celebraba en las cercanías de Leicester y que se alargaría, al menos, durante una semana. Había escrito para decir que no regresaría a casa hasta Navidad. Cassandra no podía darle más datos, pues desconocía el nombre de la casa y de la rectoría más cercana. Sin embargo, prometía que, si Henry cambiaba de planes y al final los visitaba, no dudaría en someterlo al más exhaustivo interrogatorio. Y, como quien escribía tenía más deferencia hacia la receptora de su carta que cuando había sido al revés, le llenaba la cuartilla contándole otras nimiedades, como que sus padres iban a alquilar un carruaje para la boda de Jenny o que Tom Fowle, el primo de las Lloyd, vendría expresamente a Steventon para oficiar la ceremonia.

Jane dobló la carta decepcionada. Si no podía averiguar más datos sobre Jack Smith, no le quedaba otro remedio que agotar todas las posibilidades para conocer al Smith de Basildon, por lo que, una vez guardada la misiva con las otras que tenía de su hermana, se dispuso a buscar a la señorita Gibbons.

—¿Quiere que la acompañe cuando se encuentre con la señorita Rickman?

Louise, agradecida por la propuesta, suspiró.

—No me atrevía a pedírselo, son demasiadas ya las ocasiones en las que he buscado su auxilio, pero no sabe lo que me reconforta no tener que enfrentarme a esa situación yo sola. Hay algo que no le confesé a la señora St. Quentin y que me pone más nerviosa aún que la señorita Rickman: la acompaña Margaret Kirby.

—¿Y por qué permite que eso la ponga nerviosa? Ya se han visto en dos ocasiones, la tercera no puede ser tan terrible.

—Antes sospechaba de su rencor. Ahora, lo tengo por cierto.

—Sin embargo, ella la busca. No me imagino que la idea de que las acompañe haya salido de la señorita Rickman, ¿qué cree que es lo que pretende?

La señorita Gibbons demostró con un alzamiento de manos que para ella también resultaba un misterio.

—Sólo puedo imaginar que disfruta al mostrarme las bondades de la señorita Rickman y de la futura felicidad de su hermano.

—O quizá continúe a la espera de una explicación de lo que ocurrió. Es posible que piense que, si fomenta los lazos con usted, acabe por entenderla.

—No haré nada para que así sea. Ha pasado mucho tiempo, Edmund ya ha elegido a otra y yo no tengo ningún crédito, bien lo sabe usted.

—De todo lo que dice, dudo de algunas cosas.

—Porque me aprecia y desea dudar, lo cual le agradezco a la vez que le pido que no repita. No quiero que estimule mis fantasías, no estoy preparada para una nueva decepción.

Jane asintió, entendía a su amiga, y, como vio que ya era casi la hora, subió a por un abrigo.

—Si tras las compras la invitan a un té, yo regresaré a la Abadía —le dijo cuando volvió a encontrarse con ella en el vestíbulo—. No puedo faltar al ensayo y mucho menos después de lo que ocurrió ayer.

Al ver que no sabía de qué hablaba, Jane le explicó lo sucedido con Caroline Choudhury, algo que no extrañó a Louise, pues, según comentó, ya había notado que era una muchacha envidiosa. La educaron en los buenos modales, pero sin cuidar el fondo. Como a pesar de los deseos de la profesora de dibujo no llovía, salieron para dirigirse a la zona comercial, buscando la iglesia en la que habían quedado con las dos damas de Basildon Park.

El primer saludo fue cordial y la señorita Rickman disculpó la ausencia de la señora Pettigrew, que continuaba resentida de su tobillo. Los atuendos que presentaban unas y otras distaban mucho entre sí. La elegancia y las telas hablaban de la posición de cada una y las dos más modestas procuraron conducirse de acuerdo a la suya. Aunque Jane había prometido no separarse de Louise, Margaret Kirby se las ingenió para acercarse a la señorita Gibbons y quedar algo apartadas de las otras dos.

—Se preguntará por qué le propuse que nos acompañara —le comentó a la profesora, sin hacer caso a que ésta no hubiera manifestado la curiosidad que sí sentía—. Le aseguro que no ha sido cosa mía, pero mi hermano insistió tanto que no pude decirle que no en la cuarta ocasión que me lo pidió. Sin embargo, no quiero que piense que su gesto tiene otra raíz que la compasión, para nada me gustaría engañarla creándole unas expectativas totalmente falsas.

—Está muy equivocada si piensa que tengo expectativas —respondió Louise, manteniendo la dignidad, a pesar de la animadversión explícita.

Desde un primer momento, había dado por hecho que la intención de Margaret al invitarla a ir de compras no era otra que repetirle una vez más lo feliz que le hacía ver que su hermano sentía una especial inclinación por la señorita Rickman, pero en ningún momento había imaginado que pudiera sospechar que ella albergara esperanzas.

—No estoy muy segura de si Edmund ha podido perdonarla, pero dé por cierto de que no es mi caso —insistió, mientras la miraba y hablaba con una severidad que no quería dar lugar a malentendidos. No había ningún pudor en Margaret a la hora de expresar su hostilidad hacia Louise Gibbons.

Sin embargo, ella no se sintió ofendida de inmediato, puesto que su atención quedó fijada en un único punto de aquellas palabras. ¿Margaret Kirby pensaba que existía la posibilidad de que Edmund la hubiera perdonado? Si con su discurso tenía intención de desalentarla, acababa de producirle su primer instante de felicidad. Pero ¿tendría derecho a ello o sólo se agarraba a esa idea porque la consolaba?

—Nunca quise dañar a su hermano... —comentó, aún aturdida por lo que acababa de escuchar.

—No piense que le reprocho haber roto el compromiso —se apresuró a explicar Margaret Kirby—. Si no estaba enamorada, creo que ése fue su único acierto. Lo que en todo momento desaprobé, y desaprobaré siempre, fue que se hubiera comprometido con él sin amarlo y que mantuviera su engaño durante tanto tiempo. Logró mentirnos a todos, permítame que la felicite por lo buena actriz que resultó.

—Yo no... —La negativa se ahogó en su propia garganta. La estaba acusando de algo de lo que era inocente, pero no tenía sentido desmentir lo que ella afirmó en su día. Por mucho que la ahogara el amor que llevaba dentro, no podía manifestarlo de ningún modo, por lo que lo único que pudo decir fue—: Entiendo sus sentimientos y los alabo más que censurarlos. Yo tampoco perdonaría a quien hubiera causado dolor a mi hermano y, aunque mis palabras no sirvan de nada, le repito que nunca tuve intención de hacerlo.

Louise deseaba que Jane y la señorita Rickman se detuvieran a esperarlas, pero esta última mantenía bien agarrada a la joven Austen y, pese a que no distinguiera qué le decía, era obvio que no tenía intención de soltarla.

—No importa cuál fuera su finalidad —objetó Margaret Kirby, ajena a las otras dos—. Se lo hizo, y mucho. Usted no sabe cuánto sufrió. No sólo por la ruptura, sino, sobre todo, por el modo en que se produjo. ¡Tan de repente…!, ¡tan inexplicable entonces para él…!

Louise recibía estas exclamaciones como dardos demorados que llegaban ahora para herirla, pero la dejaba hablar. Sabía que Margaret lo necesitaba y, quizá, también pensó que se las merecía y que, al fin y al cabo, la hermana dolida sólo estaba poniendo voz a unas palabras que ya había escuchado en su propia imaginación.

—Tardó en ver que usted era una criatura caprichosa —prosiguió Margaret—, como enseguida comprendí yo. Él no quería escucharme y no daba crédito a mis palabras, la defendía diciendo que mi dibujo de usted no correspondía a la imagen que él guardaba. ¿Sabe? Durante mucho tiempo pensó que usted callaba otra explicación, que algo había tenido que ocurrir para empujarla a ese proceder… Pero supongo que no le sorprende tanta inocencia en un hombre inteligente: mi hermano siempre ha sido tan generoso que piensa que todo el mundo es igual. Por suerte, con el tiempo terminó cambiando de opinión y acabó reconociendo el verdadero carácter de usted. Por eso, ahora que sus circunstancias han cambiado y a lo mejor ya no ve con malos ojos un matrimonio que repudió en un pasado y que en estos momentos le resultaría sin duda ventajoso, le insisto en que no tenga esperanzas de ese tipo. No estábamos enterados de su situación y Edmund siente lástima al ver el modo en que su posición se ha visto disminuida. Ése es el único motivo por el que me ha pedido que fuerce este encuentro.

—Espero que no piense que albergo ese tipo de pensamientos —protestó Louise, admirada de sus palabras—. Ni se me ha ocurrido pensar que Edmund sienta algún afecto por mí. Le aseguro que no fue necesario que mencionara su inclinación hacia la señorita Rickman, porque ya antes no tenía ninguna predisposición a que sus sentimientos se renovaran de ningún modo. Y lo cierto es que no necesito su lástima, me encuentro muy a gusto en la Abadía.

—En ese caso, ¿qué hacía en Basildon Park la noche del baile? —insistió Margaret—. Pude notar, por la señora St. Quentin, que usted sabía que yo era la protagonista de esa fiesta y, por ello, bien podría haber deducido que Edmund también estaría allí. ¿Quiere que me crea que usted no les pidió a los señores St. Quentin que le permitieran acompañarlos?

Louise bajó el rostro, pero lo levantó unos segundos después para enfrentar su mirada.

—Es cierto que lo sabía y puedo prometerle que no tenía ninguna intención de ir. Fue la señora St. Quentin la que me obligó a ello...

Margaret Kirby fingió una risotada, pero enseguida recuperó el rictus de una extrema seriedad.

—¿Y qué interés podría tener la señora St. Quentin? ¿Acaso se atrevió usted a contarle a ella su pasado con Edmund? ¿Acaso pretendía esa mujer hacer de alcahueta entre usted y mi hermano? —preguntó, y así demostraba que no la había creído.

—Yo...

Louise se sentía tan injuriada que le habría gustado decir que no era su hermano el objetivo de la señora St. Quentin, sino sir Francis Sykes, pero, si confesaba la verdad, pensaría que era cómplice y no le cabría ninguna duda de que se había acercado a ella y a su hermano para sacarles dinero. De nada le serviría aducir que en ningún momento pretendió formar parte de esa conspiración y que sólo se limitó a obedecer para que no peligrara su sustento. Debía callar, Margaret no creería en su inocencia y mucho menos después de haber confesado hacía unos años que ya los había engañado. La mala opinión en que ya la tenía se vería agravada. Por tanto, no fue la lealtad hacia la señora St. Quentin, sino el propio interés lo que hizo que Louise callara —. La señora St. Quentin ignora mi pasado con el señor Kirby. Simplemente, ella y su marido pensaron que a la señorita Austen y a mí nos vendría bien salir una vez.

Pasaron frente a varios comercios y no se interesaron en ninguno de ellos, pues la conversación las mantenía abstraídas. Jane tenía unas sensaciones muy distintas a las de su amiga, dado que, tras un inicio de conversación trivial, la señorita Rickman le había dicho que la señora Pettigrew le enviaba un recado.

—Me ha pedido que le informe de que la familia Smith al completo visitará Basildon Park la semana que viene.

Jane enrojeció y procuró disimular la agitación que esa noticia le produjo. Lástima, pensó, que ella no tuviera ocasión de estar presente.

32

—No me pregunte cuántos Smith son, porque mi tía no averiguó tanto, pero le aseguro que no paró de preguntar por esa familia hasta obtener una respuesta satisfactoria. Es muy insistente cuando quiere y me ha dicho que usted tenía tanto interés en uno de sus miembros que no podría haber actuado de otro modo. Entre ellos, se encuentra un John Smith.

—El interés no es tan grande —negó Jane, avergonzada de su falta de prudencia—, ni tampoco es mío, sino de mi hermano. El joven Smith causó una gran impresión en él y, antes de abandonar Steventon, me hizo prometer que le mandaría un afectuoso saludo.

Jack era un diminutivo de John, bien podría tratarse de su Smith. Jane estaba más feliz de lo que procuraba mostrar. Sólo un rato antes, cuando había recibido la carta de Cassandra, toda esperanza se había desvanecido y ahora sentía que se multiplicaba y revoloteaba sin freno en su estómago. El brillo de sus ojos no podría haber tenido un origen más distinto del que anidaba, unos pasos atrás, en los de la profesora de dibujo.

—Señorita Rickman —las interrumpió la señorita Kirby, que se había adelantado y acercado a su amiga—, ¿qué le parece si entramos aquí? Opino que tienen unas telas bastante bonitas.

Tanto la aludida como Jane se dieron la vuelta y fue cuando la joven Austen vio los ojos humedecidos de Louise. La señorita Rickman, que por suerte sólo miraba a su amiga, estuvo de acuerdo en visitar el comercio señalado. Entraron primero las dos visitantes y Jane, mientras todavía se hallaba fuera con la profesora de dibujo, le preguntó:

—¿Le ocurre algo?

La señorita Gibbons se pasó un pañuelo por los ojos y, con una señal, le indicó que ya se lo contaría en otro momento. Pero no encontraron esa intimidad durante el resto de las compras. Visitaron dos comercios más y toquetearon varias telas, un lote de gasas e incluso algunas prendas de ropa interior, aunque sólo se llevaron unos mitones que la señorita Rickman quería ponerse de inmediato. Casi dos horas después, dieron por finalizada la jornada y agradecieron a las dos de condición más modesta la compañía prestada. Si la señorita Rickman fue amable en su despedida y manifestó deseos de volver a encontrarse, Margaret Kirby se limitó a una leve inclinación de cabeza y, tras agarrarse del brazo de su amiga, dio la espalda a las otras dos.

—No parece que le falte energía —comentó Jane, mientras observaba cómo se marchaban a paso rápido—. ¿Qué ha ocurrido?

—¡Oh, Jane, ahora es peor que antes! —exclamó Louise.

La conversación mantenida poco antes por la señorita Gibbons y la señorita Kirby fue recreada mientras emprendían el camino de regreso al internado y, a medida que hablaba, Jane podía observar el sufrimiento de su amiga.

—No pensé que se atreviera a tanto —admitió la joven Austen.

—Yo no sabría decirle si lo esperaba o no. Lo cierto es que me había imaginado que lo haría, y lo temía a la vez, pero también lo es que me ha sorprendido que lo hiciera. Como ve, estoy tan confusa que mis propios pensamientos se contradicen entre sí.

—Si lo esperaba y lo temía, la parte buena es que ya no volverá a decírselo. Aunque, permítame que le dé mi opinión, creo que usted debería haberse defendido.

—Sabe bien que no podía hacerlo —respondió, sintiendo una gran impotencia.

Jane la entendió, pero no podía callarse.

—Y, si continúa concediéndome la posibilidad de opinar, creo que la propia señorita Kirby duda de los sentimientos de su hermano, lo cual corrobora lo que yo pude observar el otro día cuando no estaba usted: el señor Kirby no siente ninguna inclinación hacia la señorita Rickman.

—Yo vi todo lo contrario —comentó la señorita Gibbons—, y espero que no insista en ese punto porque ya no poseo fuerzas para nuevas desilusiones.

Se hallaban ya en el parque Forbury, en el que solían pasear los jóvenes del internado del doctor Valpy, y el cielo se había encapotado. Cada vez hacía más frío, y Jane temió que eso empeorara el estado de Esther. Al ver unas flores silvestres, se detuvo a recoger un manojo para su amiga.

—Está tan limitada en su convalecencia que al menos tendrá algo agradable que mirar —comentó mientras se inclinaba sobre unas amapolas.

Lo primero que hicieron cuando ambas regresaron fue preguntar por la señorita Pomerance. Madame Latournelle permitió que pusieran el ramo en un jarrón y se lo llevaran al dormitorio. Antes de dejarlas pasar, les advirtió:

—Si duerme, no la despierten. Creo que esta noche no ha tenido un sueño tranquilo y la fiebre continúa, a pesar de que no dejo de ponerle paños fríos en la frente.

En efecto, Esther dormía, pero no descansaba. En sus delirios, se le escapaba el nombre de su hermana, como si estuviera reviviendo el sufrimiento de una enfermedad ya curada en lugar de luchar contra la que la debilitaba. Jane mojó un trapo y le limpió el sudor de la frente, conmoviéndose por un rostro depauperado y macilento, muy alejado del alegre y adornado siempre de sonrisas y buen color que le había conocido. Cuando salieron de allí, la señora St. Quentin, que pasaba por el pasillo, las vio y se dirigió rápidamente hacia ellas.

—¿Y bien? ¿Ha vuelto a citarse con la señorita Rickman? —preguntó, mirando a la señorita Gibbons con cierto temor.

—No —respondió, pensando que la decepcionaría, pero para su sorpresa resultó lo contrario.

—¡Qué alivio! —resopló, y dejó extrañadas a ambas—. A partir de ahora, si alguien de esa familia vuelve a proponerle un encuentro o la invitan a Basildon, debe decir que está indispuesta.

—No entiendo...

—Nos ha escrito el padre de una interna, que no sé cómo se ha enterado de que nos hemos relacionado con los Kirby. En la misiva nos advierte de que, si volvemos a hacerlo, sacará a su hija del internado. Si sumamos esto a lo ocurrido con la señorita Henthrone, no sé qué será de nuestra fama. No podemos permitirnos que las alumnas empiecen a marcharse, por lo que ya me ha oído: si antes le sugerí que procurara su amistad, ahora le pido que rompa toda relación. Hay algo vergonzoso en la historia del señor Kirby que no puedo contar.

Los pocos minutos en que dispusieron de intimidad antes de que fuera servido el té, Jane escuchaba las dudas que atacaban a Louise:

—No puede ser otra cosa. Estoy convencida de que nuevamente Edmund se ve calumniado por culpa de ese familiar que se llama igual. ¡Y no es justo, Jane, no lo es! —decía, procurando hablar en voz baja, algo que no conseguía en todo momento.

—Estoy de acuerdo, pero, a menos que esté dispuesta a contarle a la señora St. Quentin toda su historia, no puede hacer nada para evitar esa calumnia —le hacía ver Jane.

—¿Durante cuánto tiempo tendrá que sufrir las consecuencias de lo que hizo otro? ¿Acaso no lo sabe? ¿Puede que sea eso, que Edmund no tenga conocimiento de lo que hizo su primo?

—Eso sería muy extraño.

Louise admitió que su amiga llevaba razón, aunque no acababa de entender por qué la familia no hacía un anuncio público para desvincularse de un familiar indeseable y que tanto los perjudicaba.

—Como en mi caso, es posible que Edmund no sepa hasta qué punto le afecta…

—Sea como sea, usted ya no tendrá que volver a verlos ni sufrir como lo hace tras cada encuentro.

Pese a que había manifestado en varias ocasiones que ése era su deseo, Jane habría asegurado que tal perspectiva la entristecía más que aliviarla. Y no podía más que entenderla, el hecho de que la señorita Kirby hubiera insistido en que su hermano no sentía ningún cariño por ella a Jane le parecía que significaba todo lo contrario y era posible que Louise, sin ser consciente de ello, también estuviera esperanzada. Fuera como fuera, ella también se veía afectada por la decisión de la señora St. Quentin, puesto que ya no le quedaba ningún modo de llegar a conocer al Jack Smith que le interesaba.

Desalentada por su propia causa, entristecida por la de Louise y preocupada por Nell y Esther, acudió a coordinar un nuevo ensayo. Para evitar problemas, prestó especial atención a Caroline Choudhury, a la que Esther, de encontrarse bien, ya habría apodado «la chica sin mocos». Comenzaron a trabajar el cuarto acto, aquél en el que Benedicto confesaba a Beatrice: «Nada quiero en este mundo sino a vos, ¿no es cosa extraña?», y, poco después, Beatrice respondía: «Os amo tan de corazón, que no me queda parte alguna para protestar». Jane pudo observar que Caroline, a pesar de sus intentos de control, rabiaba al escuchar esas palabras y, si hubiera podido poner atención a más cosas a la vez, habría notado también que, mientras Adler Percy interpretaba su papel con una vehemencia sincera, Victoria se sonrojaba en el suyo. Unos instantes después, cuando cambiaban las tornas del diálogo, la suave petición que hizo Beatrice a Benedicto de que matara a Claudio consiguió que Jane los interrumpiera e indicó a Victoria que debía poner más énfasis al dar esa orden.

—La calumnia de Claudio contra Hero hace que Beatrice, por el parentesco y el cariño, también se sienta ofendida —le indicó—. Debe notarse que está rabiosa y en absoluto sugerirlo como quien propone un paseo. Es una orden y ha de sonar como tal, sin que Beatrice dude. Sin embargo, usted ha pronunciado la frase como si hubiera en el personaje cierta vacilación. Será mejor que la repitamos.

—Lo lamento —se disculpó Victoria.

—El señor Percy la pone nerviosa —exclamó Lydia Claridge, con lo que consiguió arrancar algunas risas a varias jóvenes.

—El señor Percy no tiene sobre mí el poder que parece ejercer en otras —replicó Victoria e, inmediatamente arrepentida por tal respuesta, miró a Jane para comentar—: Supongo que estoy nerviosa por Esther.

—Todas estamos preocupadas por la señorita Pomerance —respondió Jane, que se veía obligada a hablar de un modo formal delante del resto de alumnas.

Alfie Williams preguntó a otra interna a qué se estaban refiriendo y la muchacha le contó que la joven de la que hablaban había enfermado después de desvelarse en cuidados por su hermana pequeña.

—Comparte dormitorio con la señorita Durrant —añadió—, y no mejora. Ya lleva varios días con la fiebre muy alta.

Tras un breve cuchicheo, Jane les llamó la atención y emplazó a los actores a que empezaran de nuevo la escena. En esta ocasión, Victoria fue capaz de fingir lo que el papel exigía y terminó su intervención sin que volvieran a corregirla. Jane hubo de hacer algún comentario más durante el desarrollo del cuarto acto, a pesar de que sólo contaba con dos escenas. La segunda de ellas hubo de repetirse varias veces, sobre todo por las intervenciones del joven que interpretaba a Dogberry, que no se había aprendido bien el personaje y se equivocaba en las palabras o dudaba mucho mientras las pronunciaba. El joven Sebastian Percy, en su papel de apuntador, se veía obligado a salvarle la papeleta en algún momento y Jane, que podía perdonar la torpeza, pero no la falta de esfuerzo, fue severa al advertirle:

—No tiene tantos diálogos, señor Talbot, por tanto, haga el favor de estudiárselos o me veré obligada a darle su papel al apuntador.

Eso originó un estallido de risas y un nuevo desorden y volvieron a perder unos minutos. Finalmente pudieron terminar el ensayo y, a excepción de los momentos en que intervenía el joven Talbot, la obra estaba saliendo bastante bien. Jane, aunque cansada, comenzaba a sentirse orgullosa y esperaba que madame Latournelle valorara su labor.

Antes de marcharse, Adler Percy se acercó a Victoria y le preguntó:

—¿Es cierto?

—¿El qué, que me pone nerviosa? —respondió ella, con cierto aire de desdén—. En absoluto, señor Percy, no hay nadie que me resulte más indiferente que usted.

El joven, sorprendido ante esta respuesta, no permitió que sus palabras lo alterasen y de inmediato aclaró:

—¿Es cierto que se teme por la vida de la señorita Pomerance?

Victoria se avergonzó de su malentendido y relajó el rostro al tiempo que medio bajaba los ojos. Ahora, con humildad y pesar, contestó:

—Está muy mal y me preocupa que no hayan ido a buscar a ningún médico… No creo que lo hagan hasta que regrese el doctor Valpy.

Adler Percy se limitó a hacer un gesto de comprensión y no añadió nada más.

33

Aquélla fue una noche de frío acuciante y en algún momento de la madrugada comenzó a nevar. Victoria pidió permiso a Jane para dormir con ella, pero antes llevó su manta y la de la cama de Nell al dormitorio en el que se hallaba Esther. Abrigarla era lo único que podían hacer por ella. Por la mañana, el patio amaneció blanco, al igual que toda la ciudad y, sin embargo, no sería ése el motivo que dejara helada a Louise Gibbons.

Sin que mediara una nueva carta ni ningún otro tipo de aviso, el señor Gibbons se presentó en el internado. La señora St. Quentin, a pesar de estar informada sobre cómo había dado la espalda a su prima, quedó admirada de su figura y elegancia y, como en una inercia inconsciente, intentó agasajarlo mientras lo trataba con gran formalidad. Por su parte, él observaba con ciertos escrúpulos y mucho desdén cada detalle de la estancia a la que lo hicieron pasar.

—La señorita Gibbons está en clase de dibujo en este momento, pero puedo ofrecerle un té mientras la espera. Ocupe ese sillón —le indicó la directora, añadiendo de inmediato—: Es el más cómodo.

Él pareció indignarse cuando vio que aquella mujer no lo había entendido. Ignoró sus esfuerzos en ser prudente y juzgó que no le ofrecía la consideración que el trato desigual requería.

—He venido desde Crawley sólo para hablar con ella, no me parece apropiado que me haga esperar —manifestó, con una mirada exigente que intimidó a la señora St. Quentin y, por supuesto, se negó a sentarse.

—Voy a ver si es posible interrumpirla —accedió la directora, lamentando, como siempre, que su marido no estuviera presente para desenvolverse en situaciones como ésa—, pero no le prometo nada.

—Seguro que sí podrá —consideró el visitante, con el mismo tono que habría empleado al dar una orden.

Aunque desconfiaba de él, la señora St. Quentin lo dejó solo y salió en busca de la señorita Gibbons. En el pasillo se encontró a madame Latournelle, que se dirigía a por un balde y unos trapos porque Esther había vomitado la poca comida que la habían obligado a ingerir.

—Está peor —le dijo cuando se cruzaron—. Esperemos que la familia llegue a tiempo.

Esas palabras agravaron los nervios de la señora St. Quentin, que continuó en dirección al aula mientras se preguntaba qué otras catástrofes podrían ocurrir. El rostro de Louise Gibbons habló por ella cuando la informó de que tenía visita y, más aún, cuando supo que debería enfrentarla sola, ya que la propia señora St. Quentin se ofreció para quedarse en el aula y mantener el orden mientras ella la atendía.

—Lo he hecho pasar al despacho de mi marido. Puede que el señor Gibbons haya cambiado de idea respecto a usted…

Louise no participaba de ese optimismo y, en un primer momento, fue incapaz de reaccionar. Notó que toda ella temblaba, pero se sobrepuso con voluntad y, en lugar de amilanarse y tratar de demorar ese encuentro, accedió a la solicitud de la directora. Si a duras penas sobrellevaba la presencia de Edmund, la de su primo no podría afectarla más. Así que, con aire de dignidad, se dirigió al despacho. Dejó la puerta abierta al entrar y el señor Gibbons, que permanecía de pie, se apresuró a cerrarla. Toda la seguridad que ella se había infundido desapareció con ese gesto, pero mantuvo la apariencia de temple y una postura recta.

—Supongo que no estás al corriente de las últimas noticias, dado que no quise ser más explícito por carta: mi esposa murió hace dos meses —fue lo primero que dijo él, sin saludo previo y hablando deprisa para no ser interrumpido.

Louise, sorprendida ante esa noticia, que en absoluto sospechaba, respondió con la consideración debida y escasa voz:

—Lo lamento. Acepta mi más sincero pésame.

El señor Gibbons se limitó a agradecérselo con un lento parpadeo.

—Eso cambia las cosas, ¿no crees? —preguntó él, que dio por acabado el preámbulo.

—No veo en qué —respondió ella, que todavía trataba de asimilar lo que había escuchado.

—Ya no puede ofenderte mi cariño —manifestó él, pendiente de cada una de sus reacciones—. Mis intenciones ahora son distintas y estoy en disposición de ofrecerte mi mano. ¿También eso te parece denigrante?

«Denigrante» era la palabra que ella había empleado tiempo atrás para rechazar su propuesta.

—El cuerpo de tu esposa está aún caliente, no deberías hablar en esos términos —le recordó.

—¡Al diablo tú y tu corrección! —exclamó él, acercándose a ella, como si se le hubiera acabado la paciencia—. Te amo. Te amaba y aún te amo, ¿cómo puedes censurar el más noble de los sentimientos?

Louise se asustó de la vehemencia tanto en el tono como en su mirada y, después de apartarse de su primo, hizo acopio de fuerzas para aparentar tranquilidad cuando habló.

—Precisamente por respeto a ese sentimiento, no puedo aceptar tu mano, si es que me la estás ofreciendo, porque yo no te amo.

Él detuvo su discurso, se sintió abofeteado con tal respuesta, y cerró los ojos unos instantes para abrirlos después y observarla de arriba abajo. Detuvo su mirada en varios puntos de su cuerpo mientras ella se sentía violenta al saberse estudiada.

—Te veo bien —comentó él, con cierto sarcasmo cuando acabó de recorrerla con los ojos—. De acorde a este lugar, un lugar que fue solemne en su momento y ahora no puede ocultar su declive. Tus pupilas ya no tienen la viveza de entonces, ni tampoco tu color es el que solía.

—¿Has venido para hacerme de espejo? —le preguntó ella, con mirada desafiante.

—No estás en disposición de rechazar una oferta como la mía, aunque no te guste que te diga en qué te has convertido.

Estuvo a punto de responder que no le gustaba él, pero se calló para no provocarlo más. Conocía su carácter.

—¡Tú no puedes forzar mi voluntad!

—Así que tus nuevas circunstancias no te han hecho cambiar… —observó.

—Las personas no cambian, Archibald, sólo fingen hacerlo —respondió ella con convicción.

Él, que no había perdido la seguridad a pesar del rechazo, sonrió. Pero en su gesto no había ninguna afabilidad.

—La opinión de las personas, sí —determinó—. Y, por lo que he podido saber, este lugar tiene los días contados, lo que supone que en breve te quedarás en la calle. Eso es algo que debería hacerte reflexionar.

—No sé a qué te refieres, estoy muy bien aquí —contestó ella, tratando también de fingir una sonrisa, aunque en su caso se borró de inmediato.

Archibald Gibbons se dejó de protocolos y una vez más avanzó unos pasos hacia su prima. Louise trató de retroceder, pero en esta ocasión su espalda tocó con una estantería, por lo que su cuerpo quedó demasiado cerca del hombre al que pretendía evitar.

—Déjate de orgullos, pues sé que no eres tonta, y entiende de una vez qué es lo que más te conviene —le dijo tan pegado a su rostro que a Louise le resultaba inevitable oler todo su aliento.

Ladeó la cabeza para evitarlo y, por fortuna, él se retiró lo justo para permitir que pudiera salir de la encerrona y se volviera a apartar unos pasos.

—Quizá no lo sepa, pero sí sé muy bien que tú no me convienes —le dijo, sin disimular la aversión que sentía.

—¡Olvida el pasado de una vez! —le pidió él, sin achantarse ante la respuesta de ella—. La desesperación me llevó a hacerte una propuesta que, al verlo hoy, acepto que fue ofensiva, pero tienes que entender los motivos que me llevaron a ello. —A medida que hablaba lo hacía con mayor ímpetu y una vena en su cuello se hinchaba y palpitaba al mismo tiempo—. Siempre te he tenido por una persona comprensiva… —dijo, procurando calmarse—. ¿No crees que esta unión puede beneficiarnos a los dos?

Louise continuaba sorprendida por tanta insistencia y no sabía cómo reaccionar a ella. Archibald Gibbons, al comprender que iba a ser nuevamente rechazado, se anticipó:

—No, no quiero que me des una respuesta ahora, puesto que me ha quedado muy clara tu opinión en estos momentos. Pero quiero que sepas que estoy investigando a Dominique St. Quentin y las noticias que me llegan no son muy favorables para él —dijo, como si con eso pudiera convencerla—. Es aficionado al juego y al alcohol, y se endeuda sin prudencia, aunque creo que eso es de dominio público. Y puede que también sepas que es un emigrado francés, él mismo ha presumido en ciertos círculos de haber sido diplomático con Luis XVI, pero no sé si estás al tanto de que gasta dinero en campañas para ayudar a otros paisanos que se hallan en una situación semejante. Si no hay un cambio de dirección, este internado se verá obligado a cerrar y tú acabarás en la calle.

—La señora St. Quentin está buscando benefactores —respondió ella—. Además, ¿crees que, en el peor de los casos, no sería capaz de encontrar otro empleo? ¡Aceptaría cualquier cosa antes de unirme a ti!

—¡No seas insensata! —exclamó.

Y ése fue el punto en el que los encontró Jane cuando abrió la puerta. Nada más enterarse de que el señor Gibbons estaba allí y de que la señora St. Quentin había enviado a su amiga a una encerrona, corrió a rescatarla.

—Lamento interrumpirlos, pero la necesitan en el aula, señorita Gibbons —dijo con manifiesta intención de que dieran por terminado ese encuentro.

—Voy de inmediato —respondió la profesora de dibujo, agradecida por tan oportuna interrupción, y luego se dirigió a su primo y añadió—: Si no tienes nada más que decirme, Archibald, soy sincera al desearte lo mejor. Pero no tiene sentido que permanezcas aquí. Espero que te recuperes pronto de tu triste pérdida. Ya sabes dónde está la salida.

—Volveré, Louise —anunció él, antes de marcharse y darse por vencido del todo—, volveré con pruebas de lo que te he contado.

Como él se fue primero, ambas observaron cómo se marchaba y, cuando estuvieron a salvo de que las escucharan, no hizo falta que Jane preguntara a su amiga cómo se encontraba, puesto que ella misma se encargó de tranquilizarla.

—Estoy bien —le dijo—, y creo que durante la entrevista me he encontrado mejor de lo que esperaba. No sé dónde he sacado las fuerzas, es posible que me esté acostumbrando a las situaciones incómodas —llegó a bromear, aunque enseguida recobró la seriedad.

—¿La ha insultado? —quiso saber la joven Austen.

—No, no ha vuelto a pedirme que sea su amante; esta vez me ofrecía su mano —respondió. Jane la miraba fijamente y, como sabía que faltaba una aclaración a tal noticia, añadió—: Su esposa falleció hace poco.

—Entonces ¿la ama de verdad? ¿No se trataba de una mera frivolidad?

—Eso afirma, pero en nada cambia mi opinión.

—¿Y por qué ha de volver? He oído que lo decía antes de marcharse —quiso saber la joven—. ¿No ha sido usted clara?

—Muy clara. Espero que sólo haya sido un momento de arrogancia, no quisiera verlo más. No he olvidado las penurias que pasó mi tía sus últimos años de vida y que él podría haber evitado.

La señora St. Quentin, al ver que el señor Gibbons se iba, fue de inmediato a buscar a la profesora de dibujo, y dudaba entre sentirse culpable o temer que la marcha de la señorita Gibbons estuviera próxima.

—Lamento haber interrumpido su clase, pero la forma de pedirme que fuera a buscarla que usó el señor Gibbons fue tan imperativa...

—Conozco los modales de mi primo, señora St. Quentin, no tiene que disculparse.

—¿Ha cambiado de opinión respecto a usted?

La pregunta de la directora, que ignoraba la ignominiosa propuesta que le había hecho años atrás, se limitaba a saber si por fin estaba dispuesto a ocuparse de ella.

—No, señora —respondió de forma cortante.

—¡Oh! Lo siento por usted, pero debo decir que me alegro por mí. No me habría gustado perderla.

La campanilla de la puerta volvió a sonar y Louise, que consideraba que se había desenvuelto de un modo valiente, se sintió cobarde al instante. Temió que su primo regresara con cualquier amenaza para tratar de alterar su decisión y notó que sus manos temblaban. Las tres quedaron expectantes de lo que sucedía en el vestíbulo y, al cabo de un momento, vieron llegar a una criada acompañada de un hombre con un maletín.

—¿La señora St. Quentin? —preguntó con acento inglés, por lo que de inmediato supo que no se trataba de otro francés amigo de su marido.

—Soy yo —respondió, interrogándolo con la mirada—. ¿Y usted es...?

—El doctor Forrester —dijo mientras dejaba el maletín en el suelo y se quitaba el sombrero—. He venido a ver a la señorita Pomerance.

—¡Oh, gracias a Dios! —exclamó, agradecida de que por fin hubiera una buena noticia—. No conseguimos que se despierte y respira de un modo muy débil. Haga el favor de seguirme.

Jane, que habría deseado acompañarlas, buscó a madame Latournelle para agradecerle que por fin hubieran llamado a un médico, pero el ama de llaves dijo que ella no sabía nada.

—Ayer, por fin, madame St. Quentin escribió a los Pomerance para informarlos del estado de su hija. Es posible que lo envíen ellos... ¿No es extraño que no lo hayan acompañado? No pueden estar tan ocupados como para no preocuparse por su mademoiselle Pomerance.

Media hora después, el doctor Forrester salió del pequeño cuarto en el que estaba la joven, le recetó un medicamento que debían suministrarle cada ocho horas y les recomendó cambiarla de dormitorio y llevarla a uno en el que hubiera chimenea. Lamentablemente, según dijo la señora St. Quentin, no había ninguno para las internas con tal lujo.

—Comparten cama —añadió, para dar a entender que no era que ella se desentendiera de las alumnas, sino que de este modo también combatían el frío.

El doctor Forrester la observó como si la directora no fuera consciente de la situación y, para aclarárselo, añadió:

—La señorita Pomerance no está en condiciones de compartir cama con nadie. Si no disponen de ningún cuarto decente, me la llevaré a mi propia casa.

La propuesta asustó a la directora, que no esperaba que un nuevo gasto se sumara a los que ya tenía.

—Supongo que es por deseo de los Pomerance, nosotros no podemos asumir esos costes —le hizo ver, por si tenía intención de pasarles la factura.

—No se preocupe por eso —adujo el médico—. El señor Percy me aseguró que se haría cargo de todo.

34

—¿El señor Percy? —se sorprendió Victoria cuando lo supo—. ¿El padre de Adler y Sebastian Percy? ¿Qué interés tiene él en este asunto?

—No lo sé, pero, sea cual sea, lo bendigo.

—¿Estás segura de que no lo han enviado los Pomerance?

—No, el doctor Forrester ha sido muy claro al decir que lo enviaba el señor Percy.

—Estoy tan perpleja como tú... Aunque es cierto que, ayer, al terminar los ensayos, Adler Percy me preguntó por Esther y yo... —A medida que recordaba, se admiraba más de que las cosas hubieran sido por el motivo que exponía—. Yo me quejé de que no la hubiera visto ningún médico.

—¡Ay, Victoria, pues cuánto me alegro de tu queja! Parece que Adler Percy se ha tomado más interés que la señora St. Quentin. ¿No será que ahora sí se fija en unos bonitos ojos azules?

Victoria no quiso responder a eso y se limitó a decir:

—Esperemos que no sea tarde para Esther. ¿Qué ha dicho el médico?

—Ha mandado trasladarla a su propia casa. Según su opinión, es muy importante que duerma en un cuarto con chimenea. Su esposa y sus hijas están acostumbradas a este tipo de situaciones y actuarán de forma prudente para no contagiarse, pero es importante que esté constantemente cuidada y que el doctor pueda atenderla, si es necesario, a cualquier hora de la noche.

—¿Y podremos visitarla? —preguntó Victoria.

—No sé si nos lo permitirá a nosotras, pero, al menos, espero que Sophie sí pueda hacerlo. Ya ni siquiera busca a Mary para que le lea, se siente culpable de que su hermana esté así.

—Yo no tengo hermanas, y Nell y Esther han sido lo más parecido a ese vínculo. Ya he perdido a una, no me gustaría perder a ambas —comentó, con los ojos humedecidos, la joven Durrant.

—Seguro que Nell, de haber sabido cómo evolucionaría Esther, habría empeñado el collar para pagar ella el médico en lugar de marcharse —opinó Jane.

—Nell era todo generosidad... Siempre estaba dispuesta a ayudar y animar a quien lo necesitara. Espero que haya conseguido su objetivo.

—También es valiente, da por cierto que estará mejor de lo que nosotras pensamos —dijo, procurando transmitirle algo de confianza.

—Me pregunto por qué los Pomerance no han llegado aún. Son unos padres que no se desentienden de sus hijas...

—Esperemos que no lo sean... —respondió Jane, con el deseo de que así fuera, puesto que le extrañaba mucho que no hubieran acudido con urgencia—. Sin embargo, Adler Percy apenas conocía a Esther y, sin dudarlo, ha avisado a su padre para que buscara un médico. Creo que, en este caso, su generosidad ha sido hacia ti.

—Tal vez sea un filántropo —respondió Victoria y, aunque tratara de aparentar indiferencia, hubo de reconocer que su corazón se había enternecido hacia el inesperado benefactor.

Poco después, nada más verlo, la joven Durrant lo buscó para agradecerle su gesto y él manifestó que no se lo agradeciera aún, sino cuando la señorita Pomerance se encontrara a salvo.

—Mi padre dice que ha visto al doctor Forrester hacer milagros, así que sea optimista, señorita Durrant —añadió.

Jane estuvo muy atenta a cómo se desenvolvía el mayor de los Percy durante el ensayo y, después de tan exhaustivo seguimiento, dio por hecho que el joven sentía admiración por su amiga. El cambio de sentimientos que se producía en Benedicto había contagiado a su actor y la joven se preguntó si el corazón de Beatrice también acabaría entrando en el de Victoria. La muchacha se mostraba amistosa, de eso no había duda, y no era de extrañar dada la gratitud que anidaba en ella, pero no pudo adivinar si algún otro tipo de afecto se había despertado en su interior. No fue Jane la única en notar la inclinación del joven Percy hacia la señorita Durrant, puesto que Caroline Choudhury, también siempre atenta a todo lo que hiciera aquel joven, había podido constatar la peor de sus pesadillas. Visiblemente molesta, se acercó a Victoria cuando terminó el ensayo y, con una sonrisa maliciosa, aprovechó un momento en el que Adler Percy pasaba cerca y comentó:

—¡Qué irónico resulta el papel de Beatrice para usted, señorita Durrant! Beatrice consigue enamorar a un hombre que al principio la detesta y usted ha conseguido que la deteste un hombre que en un principio la amó —dijo, en clara referencia a lo ocurrido con sir Phillip—. Espero que no sufra mucho por la ruptura de su compromiso, una nunca puede confiar en los hombres.

Victoria enrojeció y no se atrevió a mirar al mayor de los Percy para averiguar qué reacción causaba en él esa noticia. Avergonzada, abandonó el aula y subió corriendo a su habitación. Jane, que en aquel momento no estaba pendiente de ella, no se percató de lo sucedido y, en lugar de seguirla, se dirigió a preguntar si habían llegado noticias de Esther.

—Demasiado pronto para saber cosas, sólo hace unas horas que se la han llevado —le respondió madame Latournelle—. El doctor ha prometido que mañana enviará noticias y, si todo va bien, en cuanto considere que puede recibir visitas, la *petite* mademoiselle Pomerance podrá ver a su hermana. —Como entendió que con eso no alentaba a la señorita Austen, cambió de tema, a fin de que no se fuera entristecida—. Hace tanto tiempo que las cosas suceden tan deprisa que no le he preguntado por la obra. ¿Cómo van los ensayos? ¿Ha logrado mademoiselle Durrant aprenderse el papel? ¡Ya sólo quedan ocho días para la representación!

Y, en consecuencia, quedaban también nada más que ocho días para conocer a Jack Smith, algo que no llevaba camino de lograr, pensó Jane. ¿Qué sucedería con su porvenir literario si no conocía el amor?

—La señorita Durrant ayudaba a la señorita Henthrone a memorizar el papel y se lo había aprendido ella también —respondió—. Su incorporación a la obra no ha detenido el ritmo. La semana que viene comenzamos los ensayos generales y ya con vestuario.

—Estupendo, madame St. Quentin ya ha enviado las invitaciones a los familiares y a otras personas que ella considera importantes. Confiamos en usted, mademoiselle Austen: por el bien del internado, la obra debe ser un éxito.

—Procuraré que así sea. Por cierto, ¿ha visto a la señorita Durrant?

—Hace unos minutos subía hacia la planta de los dormitorios.

Jane se dirigió hacia el lugar indicado y, cuando entró en la habitación, se encontró a Sophie llorando en brazos de Victoria.

—¡Oh! —exclamó, conmovida—. No llores, todo va a salir bien, pequeña —le dijo procurando sonar convincente y se agachó frente a ella para consolarla también.

—Si todo va a salir bien, ¿por qué llora Victoria? —preguntó entre sollozos la niña, desconfiando del buen augurio.

Fue entonces cuando Jane levantó la cabeza y vio que Victoria también tenía los ojos mojados. Tratando de calmarlas a ambas, comentó:

—No sólo el doctor Forrester la está cuidando en un dormitorio mucho más caliente que éste; también su esposa y sus hijas, así que imaginad cuántas atenciones. Y seguro que la sopa está mejor que la que preparan aquí. En cuanto te permitan visitarla, podrás apreciar lo mucho que ha mejorado. Tú también mejoraste de un día para otro, Sophie, y nosotras teníamos el mismo miedo que tienes tú ahora.

—Eso dijisteis ayer… —objetó la niña.

—Tienes que tener fe. Si tienes fe, esta vez será verdad. Las condiciones ahora son otras.

—¿Por qué no han venido mis padres? ¿No dijo la señora St. Quentin que les había escrito?

Jane señaló a la ventana. La ventisca removía los pequeños copos de nieve y creaba un baile de bolas blancas y niebla brillante.

—¿Has visto la nieve que cae? Lo más probable es que estén de camino, pero algún incidente provocado por el mal tiempo los haya obligado a demorarse.

La pequeña Pomerance se soltó de los brazos que la abrigaban y pasó a fundirse en los de Jane, que la arropó con ternura. Victoria aprovechó su libertad para secar sus ojos.

—Creo que hay pastel de calabaza —volvió a decir Jane, pues sabía que a Sophie le gustaba—. Así que yo de ti bajaría a cenar y pediría que me pusieran un trozo bien grande.

La pequeña obedeció y, cuando quedaron a solas, Jane le comentó a Victoria:

—Creo que deberíamos esforzarnos por no llorar delante de Sophie. Si nota que desconfiamos de un buen desenlace, sufrirá todavía más.

—Lo siento, Jane, me ha conmovido su tristeza.

Después de colocarse el delantal que las internas utilizaban para las comidas y cuando Jane ya se disponía a salir, Victoria volvió a hablar:

—No es cierto.

La joven Austen se giró y, extrañada, preguntó:

—¿Qué no es cierto? ¿Crees que Esther...?

—No, no tiene que ver con Esther, sino conmigo. Y prometo que no permitiré que algo así me vuelva a lastimar.

—No te entiendo, ¿quieres decir que llorabas por otro motivo?

—No he llegado a llorar, sólo han sido un par de lágrimas —se justificó Victoria—. Y no sé muy bien por qué han surgido, puesto que considero que la maldad de Caroline Choudhury no puede dañarme y tampoco otorgo ese poder a sir Phillip.

—¿Qué ha ocurrido con Caroline? —preguntó ella.

A continuación, le contó lo sucedido una vez finalizado el ensayo.

—Supongo que me he visto afectada porque pensaba que la noticia no había trascendido. De todas formas —añadió, tratando de mantenerse digna—, en algún momento había de saberse, así que debo dar gracias de que lo que ha sucedido no volverá a suceder. Ya todos saben que he sido despreciada, traicionada no sólo por mi prometido, sino también por mi propia madre, ¿qué cosa peor puede sucederme?

—¿Y no será que te ha afectado de este modo porque lo ha escuchado Adler Percy? —preguntó, arqueando una ceja.

—Aunque haya demostrado ser noble de sentimientos, no ha de importarme más su opinión que la de otros. No volveré a confiar en un hombre —respondió y cerró la puerta a su espalda tras salir ambas del dormitorio.

Jane no quiso ahondar en sus sentimientos. Desde el mismo momento en que había recibido la carta de sir Phillip con el anuncio de su cambio de planes, ya había imaginado que su amiga tendría que enfrentarse en algún momento a los chismes y rumores que corrieran sobre ella. Los prejuicios podían llevar a pensar que a Victoria Durrant la rechazaban por alguna tacha, por alguna mala conducta, pero quien la conociera de verdad jamás podría pensar mal de ella. Los rumores dañinos no vendrían de alguien cercano, a no ser que se tratara de un carácter envidioso y egoísta como el de Caroline Choudhury. Si había alguna ironía en la obra, no afectaba a Victoria, sino a Caroline, porque era la persona más alejada del carácter de su personaje, la encantadora, inocente y dulce Hero.

Cuando llegó al comedor de los profesores, la señora St. Quentin le pedía a madame Latournelle que fuera a comprobar que ya se estuviera sirviendo la cena de las internas.

—Y avise a las que comparten mesa con nosotras de que pueden venir —añadió.

—¿No cenaba aquí hoy monsieur St. Quentin? —preguntó el ama de llaves—. ¿No deberíamos esperarlo?

—Nunca está cuando vienen los disgustos, así que no pasaremos hambre por esperarlo. Si llega y la sopa está fría, será cosa suya —respondió.

La forma de hablar de su marido sorprendió a todas y Jane pensó que hasta la mayor de las paciencias se agota. Louise Gibbons se sentó a su lado y, cuando madame Latournelle regresó, la señora St. Quentin dijo:

—Esta tarde he escrito una nota a sir Francis Sykes. He pensado que era mi deber. Me habría gustado consultarlo con mi marido, pero ha pasado todo el día fuera y yo no podía esperar más.

—Pensé que habíamos roto relaciones con Basildon Park —comentó madame Latournelle—. ¿No era ésa su intención?

—Sí, si el segundo hijo de sir Francis se casa con la señorita Kirby, puesto que la mala fama de su hermano afectaría directamente a su nueva familia. Sin embargo, si logro impedir que se celebre esa boda, podremos mantener nuestra relación con los Sykes.

—¿Qué quiere decir? —preguntó de inmediato, alarmada, Louise Gibbons.

—Quiero decir que he trasladado a sir Francis Sykes las objeciones de las que me informaron sobre el señor Kirby. Mi moral no me permitía actuar de otro modo. No podía guardar para mí lo que sé, tenía que prevenirlo. Ahora que ya está informado, dejo para él que actúe en consecuencia.

35

Sir Francis Sykes se presentó en la Abadía el sábado por la mañana acompañado de Edmund Kirby. Al verlos juntos y, al parecer, bien avenidos, la señora St. Quentin sintió un estremecimiento fruto del estupor y de la sospecha de que tal vez no hubiera actuado como debía. Las alumnas estaban en clase, madame Latournelle había acompañado a la criada al mercado y el señor St. Quentin, con la excusa de interesarse por la salud de Esther Pomerance, a saber dónde estaría. Sólo Jane se hallaba presente cuando entraron en el salón del profesorado y la joven de inmediato cerró el libro y se levantó para hacer una reverencia al barón. La señora St. Quentin, que también se inclinaba como indica el protocolo, no pudo evitar que se notara su asombro mientras su mirada pasaba constantemente de uno a otro. Después de saludar, aunque de un modo más frío, sir Francis comentó:

—Supongo que no es necesario que manifieste el motivo de mi visita. Después de enviarme una nota con el contenido de la que recibí, no debe sorprenderse de la urgencia de aclarar ciertas cosas.

La señora St. Quentin, con visible inseguridad, les ofreció asiento.

—Querrán un té, ¿verdad? ¿Desean té verde?

—Preferiría un buen brandy —respondió sir Francis, aunque dudaba de que lo tuvieran en un internado.

Por supuesto que tenían. No es que fuese ésa la bebida favorita del señor St. Quentin, pero madame Latournelle siempre procuraba que no faltara una botella.

—No sé si será lo bastante bueno para alguien como usted... Ahora mismo le servirán su brandy y podrá comprobarlo —respondió la directora, entrecortando las palabras y dotándolas de un tono ceremonioso a la vez.

Jane pensó que nunca la había visto tan ridícula. Edmund Kirby dijo que no quería nada y la señora St. Quentin salió un momento para avisar al servicio. No nevaba y el viento golpeaba las ventanas de tal modo que la directora lo sentía en su corazón. Durante el medio minuto en que se ausentó, Jane hizo un comentario trivial sobre el tiempo, pero ninguno de los dos hombres respondió con palabras, prefiriendo guardar silencio. Aun así, el señor Kirby hizo un gesto en el que le daba la razón. También ella comenzaba a ser víctima de una cierta tensión y, expectante de lo que pudiera suceder, agradeció el rápido regreso de la señora St. Quentin.

—Celebro su visita, sir Francis, es una lástima que mi esposo no esté aquí para recibirlo. El trabajo lo obliga a...

—Señora St. Quentin —la interrumpió el barón—, he venido con urgencia porque deseo que al señor Kirby no se lo calumnie más. La nota que recibí ayer me produjo gran alarma y, aunque quiero pensar que la envió con buena intención, creo que le debe una disculpa al hermano de mi futura nuera.

La señora St. Quentin observó al señor Kirby y, tras unos instantes de duda, respondió:

—Le pediré cuantas disculpas sean necesarias, y espero que entienda que efectivamente la escribí con la mejor de las intenciones. Claro que estas buenas intenciones eran hacia sir Francis y puede que lo hayan perjudicado a usted. Y...

—Señora St. Quentin —volvió a interrumpirla el barón—, es cierto que existe un Edmund Kirby reprobable y que, por desgracia, está emparentado con la señorita Kirby y el señor Kirby aquí presente. Se trata de un familiar lejano con el que no tienen ningún vínculo y del que se avergüenzan. Ya antes de que su mala fama se extendiera habían roto relaciones con él. —Sir Francis miró a Edmund Kirby, como si en ese cruce de miradas aportara una prueba irrefutable de la verdad de sus palabras.

—¿Otro señor Kirby... señor Ed... mund Kir... by? —preguntó la señora St. Quentin, pronunciando cada sílaba despacio a medida que comprendía su error y, por lo tanto, el error de quien le había dado aviso—. ¡Lo lamento muchísimo! —repitió y, en esta ocasión, la disculpa sonó sincera—. ¡Oh, señor Kirby, qué equívoco más tonto, y qué terrible! ¡No sabe cuánto lo siento! ¡Oh! ¿Podrá perdonarme? ¡Oh, oh, oh, no tengo perdón! ¡Qué sombra más injusta ha oscurecido su nombre! Bueno, el nombre de usted, no el de su familiar... ¡Oh! Debería haberme asegurado antes de advertir a sir Francis, ¡qué imprudente he sido!

—No lo lamente, señora St. Quentin —intervino por primera vez Edmund Kirby, que aprovechó la entrada de una criada con el brandy para sir Francis y que éste se recreaba en saborearlo—. Si usted no hubiera alertado a los habitantes de Basildon Park, yo no podría haberme defendido. Es ingenuo pensar que nunca les habría llegado tal rumor y, como usted ha hecho, él me habría atribuido a mí la infamia que pertenece a un familiar. En este punto, debo agradecer que sir Francis me permitiera explicar mi versión antes de tomar una decisión que afectara también a mi hermana...

—Lo que dice no es del todo cierto —lo interrumpió sir Francis—, sabe usted que yo también lo acusé precipitadamente —admitió el barón.

—Y es probable que yo hubiera actuado igual si tuviera un hijo próximo a emparentar con un hombre de la calaña de mi primo segundo. Pero lo importante es que me escuchó, y también a mi hermana, y ahora ha tomado la iniciativa de limpiar mi nombre, por lo que no puedo menos que estarle agradecido. Como ve, señora St. Quentin, sin pretenderlo, me ha hecho un favor. No sabe usted lo importante que es, en casos así, que contemplen la posibilidad de que exista otra versión. No sólo he podido limpiar mi nombre en Basildon, sino que también, espero, dejarán de juzgarme en la Abadía por algo que no hice.

—Por supuesto, señor Kirby. Y si estuviera aquí madame Latournelle, le confirmaría que yo dije mil veces que eso era imposible, que usted resultaba la persona más afable y noble del mundo —respondió la señora St. Quentin, sorprendida del cambio que se había producido y de que, en menos de cinco minutos, hubiera pasado de ser una villana a una heroína.

—Ahora me enaltece usted también de forma injusta —comentó Edmund Kirby.

Jane, que no había abierto la boca entre otras cosas porque nadie la había invitado a hacerlo, habría jurado que este último la miraba de soslayo. De hecho, reparó en ese momento que él no se alegraba sólo de poder defenderse ante los habitantes de Basildon, sino que también mencionó la Abadía y, sin duda, lo había hecho pensando en Louise Gibbons. No podía ser de otra manera. Fue esa convicción la que la resolvió a decir:

—Tiene usted razón, señor Kirby, al mencionar el gran mérito de sir Francis Sykes al haber permitido que se defendiera de tan cruel acusación. Imagínese lo que habría podido ocurrir si no lo hubiese hecho, lo más probable es que el hijo de sir Francis hubiera roto el compromiso con su hermana y ustedes nunca habrían comprendido el motivo. Esa duda los habría corroído siempre.

Más tarde todavía se preguntaría si se arrepentía o no de haber pronunciado aquellas palabras, pero en ese instante sintió la necesidad de decirlas. Tampoco pudo saber si habían producido algún efecto, ya que sir Francis comentó a continuación que, en agradecimiento a la intervención de la señora St. Quentin, mandaría al internado un par de botellas de un brandy de los que *verdaderamente se disfrutan* y, a partir de ese momento, ignoraron a Jane de nuevo. Por supuesto, no se le ocurrió mencionárselo a la profesora de dibujo a la hora del té, mientras la señora St. Quentin contaba su hazaña y se atribuía un protagonismo más honorable del que merecía.

—¡Oh, madame Latournelle! —presumía la directora—. Y pensar que usted no era partidaria de que escribiera esa carta... No debe desconfiar tanto de mi criterio, ya ve que, gracias a él, hemos logrado un gran acercamiento a sir Francis Sykes. Estoy convencida de que, a partir de ahora, tendremos mayor relación. Incluso es posible que nos inviten a la boda a mi esposo y a mí. Puede preguntarle a la señorita Austen lo agradecido que el barón ha quedado conmigo.

Jane no respondió, esbozó un inicio de sonrisa y madame Latournelle se apresuró a decir:

—No sea tan optimista, las invitaciones ya están enviadas. Me lo ha dicho la hermana de la cocinera de Basildon.

—¡Qué importa la boda! Vendrán a la función y seguro que en Navidad colaborarán con una generosa donación —sonrió, sintiéndose cada vez más satisfecha consigo misma.

—Eso sería extraordinario —convino madame Latournelle.

—Cuando llegue el brandy que ha prometido enviar, procure que mi esposo no lo sepa y ocúltelo en un lugar del que él no pueda sospechar. Lo guardaremos para visitas muy especiales.

—Eso haré.

—¡Oh, señorita Gibbons! —exclamó la directora de nuevo, mirando ahora a la aludida, que acaba de llegar—. ¡Cuánto lamento haberle prohibido volver a encontrarse con la señorita Rickman y los Kirby! Por supuesto, retiro todo lo que dije y puede usted verlos cuando quiera… Sería estupendo que fuera pronto y a menudo. ¿Por qué no les escribe una nota y los convoca para mañana?

—El tiempo no invita a salir —respondió Louise—. Y, en el caso de que nos encontráramos en la mejor de las primaveras, con los invitados que hay ahora mismo en Basildon, dé por seguro de que no tendrán ni un momento libre.

—Usted siempre tan preocupada por resultar inoportuna…

Por suerte, en esta ocasión la señora St. Quentin no insistió y Louise no sufrió el asedio que temía. Se encontraba nerviosa por lo ocurrido y, una y otra vez, recordaba el pasado y el propio equívoco que tanto la torturaba. Lamentaba y se alegraba al mismo tiempo de no haberse encontrado de nuevo con Edmund, según el momento en que se lo planteara, y sentía que, hasta que él no abandonara Reading definitivamente, ella no encontraría ninguna paz. Y, aunque se marchara, el hecho de que su hermana permaneciera allí, sobre todo ahora que sir Francis parecía tener en alta estima a la señora St. Quentin, haría que las noticias sobre él regresaran cada dos por tres de tal modo que su vida estaría condenada al recuerdo constante.

Jane, por su parte, pensaba ahora de forma egoísta en sí misma y en la esperanza de que sir Francis los invitara de nuevo a Basildon Park, y se preguntaba si, de ser así, el azar colaboraría para hacerla coincidir con Jack Smith.

El ensayo comenzó con retraso, puesto que una nueva noticia vino a interrumpir la rutina del internado y, en este caso, fue muy celebrada por todas. El doctor Forrester envió una nota en la que informaba de una mejoría de la señorita Pomerance. Le había bajado la fiebre y tenía los ojos abiertos. Se sentía turbada al haber retomado el contacto con el mundo, pero incluso pudo comer algo, por mucho que lo hubiera hecho desganada. La palabra «mejoría» sirvió para que la pequeña Sophie cambiara la expresión y también Jane y Victoria sintieron renovadas sus esperanzas. Louise fue más moderada en su optimismo. Como había sucedido en el caso de su tía, sabía que, por una extraña ironía, muchas veces los enfermos mejoraban el día antes de cerrar los ojos para siempre, pero se abstuvo de comentárselo a las jóvenes.

A pesar de que su marido continuaba en otras cosas, la señora St. Quentin, tras un tiempo en el que se habían sucedido pequeñas o grandes desgracias, por fin se sentía feliz. A la alta estima en la que pensaba que la tendría por siempre sir Francis Sykes, se sumaba la mejoría de Esther Pomerance antes de que llegara su familia, pues también había sufrido desvelos imaginando que los padres de la joven venían a reclamarle que su hija hubiera muerto entre sus muros. De poco le habría servido alegar que la más pequeña se había salvado. Y, por suerte, no tuvieron ninguna otra interna con síntomas que la alertaran de un nuevo contagio. Aunque continuaba preocupada por la desaparición de la señorita Henthrone y las repercusiones que ello pudiera tener, esperaba que la mala racha hubiera terminado y comenzaran nuevos y mejores tiempos.

Victoria Durrant, por el contrario, sentía que aún le quedaban pruebas que superar y se encontraba alterada a la hora de retomar los ensayos. Ahora que ya todos sabían que sir Phillip la había traicionado, temía ser nuevamente objeto de burlas. Sin embargo, Caroline Choudhury debía de sentirse satisfecha con la ofensa del día anterior, puesto que no volvió a incidir sobre el tema cuando la vio y eso permitió que Victoria se relajara. Sobre todo, cuando notó que Adler Percy se comportaba con ella como siempre. Por tanto, el ambiente fue distendido, incluso por momentos, animado, y Jane pensó que, con excepción de los errores del joven Talbot, que aún no se había aprendido todos sus diálogos, la obra avanzaba a buen ritmo. Victoria, que se mostró tensa al principio, se había ido soltando a medida que ensayaban e incluso pudo dotar a su papel de la picardía que reclamaba. Adler Percy la miraba embelesado cuando a Benedicto le correspondía hacerlo y en algún que otro momento también. Si Caroline se había propuesto molestar otra vez a Victoria, no encontró ocasión para ello y el ensayo terminó sin incidentes.

Sin embargo, sí habían ocurrido cosas en el internado mientras ella estaba ocupada, pues el señor Stornoway regresó junto a unos agentes de la autoridad que registraron el edificio en busca del collar desaparecido. Allí permanecieron hasta altas horas de la noche, sin que madame Latournelle les ofreciera algo de beber y bajo la mirada ofendida de la señora St. Quentin. Como no encontraron nada, el señor Stornoway se marchó murmurando que haría correr la voz sobre la inseguridad de aquel lugar.

36

La noticia de que Esther Pomerance continuaba sin fiebre, aunque débil todavía, llegó a la Abadía el domingo por la mañana, poco después de que se celebrara el oficio religioso, y lo hizo acompañada de la invitación a que su hermana pequeña pudiera visitarla. La señora St. Quentin dispuso que madame Latournelle la acompañara, pero Jane se atrevió a manifestar que, ya que el estreno de la obra estaba cercano, le vendría bien consultar con alguien tan experto como ella algunos puntos en los que dudaba.

—Ahora que empiezan los ensayos generales, no sé si colocar a los criados a la izquierda o a la derecha del escenario, y también tengo dudas con respecto al personaje del príncipe Juan —comentó y, por mucho que esas dudas hubieran sido reales en algún momento anterior, ahora se veía en la necesidad de esta pequeña mentira para satisfacer a Victoria—. ¿Por qué no permite que sea la señorita Durrant la que acompañe a Sophie? A mí me vendría muy bien poder discutir estas cosas con madame Latournelle, que posee mucha más experiencia que yo.

La señora St. Quentin sopesó la sugerencia y de inmediato contestó:

—¿Dos internas solas? No, no lo puedo permitir. En todo caso, que las acompañe también la señorita Gibbons. Yo me basto para el paseo dominical con el resto de internas.

La respuesta satisfizo por completo a Jane. Por supuesto, le habría encantado visitar también a Esther, pero sabía que el vínculo que ella tenía con Victoria era mayor y que Louise Gibbons resultaba siempre una buena compañía.

Victoria se sintió agradecida cuando supo que iba a ver a Esther, y también a Sophie se la veía feliz de volver a encontrarse con su hermana y cerciorarse de que las buenas noticias eran reales.

—Jane, te hice caso y tuve fe —le dijo la pequeña Pomerance antes de partir.

—Entonces, ya sabemos cuál es el secreto de que tu hermana se esté recuperando —respondió, haciendo que Sophie se sintiera importante—. Ya verás que muy pronto podremos tenerla otra vez aquí. A ella y a sus risas.

Sophie sonreía, y los ojos de Victoria también tenían un destello que no era del todo motivado por la recuperación de Esther, pues Jane lo había detectado ya la noche anterior. La notaba distraída y con tendencia a fantasear.

Como todos los domingos, al resto de internas les tocaba paseo por el campo y, por suerte, ni la lluvia ni la nieve amenazaban con sabotearlo. El día era frío, los prados permanecían nevados en algunos puntos y, la mayoría, encharcados, pero había sol. Un sol débil, y a veces huidizo cuando pasaba alguna nube insignificante para velarlo, no era suficiente como para derramarse sobre la tierra empapada.

—¡Qué lástima que no nos acompañes, Jane!

Jane le había asegurado a la señora St. Quentin que necesitaba ayuda del ama de llaves, así que vio a las demás marcharse sin que le quedase otra opción.

—No te preocupes por mí, Victoria, siempre encuentro algo con lo que entretenerme —sonrió.

Como así era, decidió leer una vez más la historia que no había concluido sobre Kitty. Cuando hubo terminado, se preguntó si, de no conocer el amor, sería capaz de continuarla algún día.

—Ignoro cómo reaccionaría una persona enamorada en la situación de mi personaje —dijo en voz alta, a pesar de encontrarse sola—. Temo no poder terminar nunca el relato si no conozco nunca a Jack. No, eso no puede ocurrir, estoy segura de que Jack es John Smith de Basildon. ¿Qué pretexto inventaría Eliza en mi lugar para visitar a sir Francis y coincidir con él en su mansión?

En estos pensamientos se hallaba cuando llamaron a la puerta. En cuanto abrió, una criada le comentó que una visita la esperaba en la planta principal.

—¿Yo tengo una visita? ¿Alguien viene a verme a mí? —se extrañó. Y lo único que se le ocurrió pensar fue que se le había pasado la fecha de devolución del libro y el bibliotecario venía a reclamárselo, aunque estaba convencida de que aún le quedaba algo de plazo.

Su sorpresa fue mayor al ver que no se trataba del bibliotecario, sino de Edmund Kirby.

—Señorita Austen —la saludó nada más verla—, espero que se encuentre bien.

—Así es, gracias. Espero que usted y su hermana, también, al igual que la señorita Rickman, la señora Pettigrew y todos los Sykes —respondió, turbada y preguntándose si el caballero no se habría equivocado y en realidad quería hablar con Louise Gibbons. Sin embargo, allí estaba, frente a ella, y la había llamado por su nombre.

—¿Hay algún lugar en el que podamos hablar con algo de privacidad? —le preguntó él, que también parecía nervioso—. Por supuesto, sin comprometerla, no quisiera que nadie pudiera llevarse una impresión distinta de la que es.

Jane dudó.

—No soy quién para utilizar el despacho del señor St. Quentin y en el salón es posible que nos interrumpan —comentó, todavía desconcertada.

—En ese caso, ¿puede salir conmigo? Hace frío y no he traído el carruaje, pero puedo prestarle mi abrigo.

—No es necesario, subiré a por la capa y unos guantes —respondió Jane, preguntándose una y otra vez qué podría querer ese hombre de ella.

A pesar de que tenía algunas reticencias, y no sabía muy bien a qué eran debidas, subió de inmediato a por su capa, se colocó su gorro y se enfundó los guantes. Las nuevas prendas le sirvieron de bien poco: nada más salir del internado junto al señor Kirby un frío cortante la recibió.

—Le extrañará todo esto —comentó él, que comenzó a caminar a buen paso, aunque no podía saberse si era para entrar en calor o porque estaba deseoso de dar una explicación.

Jane se veía dominada por la curiosidad y también se sentía ansiosa por que se explicara. Pensó que era una lástima que, por su causa, Louise Gibbons no se hallara en ese momento en el internado, claro que, de no haber acompañado a Victoria y Sophie a ver a Esther, se hallaría de paseo con el resto de alumnas. Pero enseguida comprendió que el señor Kirby no tenía ninguna intención de hablar con Louise, sino que su interés se centraba totalmente en ella.

—No he dejado de pensar en la última frase que dijo usted ayer —comentó, dando por hecho que ella también hubiera de recordarla.

Pero, pese a que no sabía con exactitud cuál había sido su última frase, sí tenía presente qué había querido decir durante su breve intervención.

—¿Puede ser más explícito? —le preguntó, necesitada de que fuera él quien condujera la conversación.

—Usted dijo, si no recuerdo mal, que, en el caso de que sir Francis no me hubiera comentado el contenido de la carta que le envió la señora St. Quentin y se hubiese limitado a obligar a su hijo a romper el compromiso con mi hermana, Margaret, después de que su prometido la dejara, se habría visto condenada a vivir sin una explicación. Y que eso sería algo que la carcomería durante toda su vida —comentó, mirándola fijamente a los ojos como si así pudiera trasmitirle la imagen que guardaba él del momento al que acababa de aludir—. ¿Puedo saber por qué lo dijo? —añadió.

Jane sintió un leve estremecimiento. Por un momento, estuvo tentada de contarle la verdad, una verdad que iba más allá de la pregunta que él acababa de hacer, pero sabía que no tenía autorización para hablar de lo que no era asunto suyo, por lo que sólo respondió:

—Es fácil deducir que eso es lo que habría ocurrido… —A pesar de hablar con la vista fija en otro punto que no era él, temió que por los ojos se manifestara lo que callaba.

—Sí, es fácil… O tal vez no —rectificó—. A mí nunca se me ocurrió hacer esa deducción… Porque, señorita Austen —en esta ocasión dijo su nombre con obvia desesperación y Jane supo que se hallaba ante un hombre enamorado—, doy por hecho que usted está al corriente de lo que ocurrió en el pasado. Louise…, quiero decir, la señorita Gibbons y usted son amigas, ¿no es cierto?

—Siento un gran aprecio por la señorita Gibbons, pero, como comprenderá, no puedo contarle de qué temas hemos hablado ella y yo —comentó y sintió que la lealtad la obligara a ello.

Él insistió, aunque procuró hacerlo de una manera que no la convirtiera en responsable de una falta de lealtad.

—No quiero comprometer su confidencialidad, pero necesito saber si, cuando el otro día dijo esas palabras, era porque usted conocía algún caso en el que las cosas hubieran sucedido del modo en que me sugirió.

Jane, que se debatía entre no traicionar la reserva que sobre el asunto había mantenido Louise y el sufrimiento que detectaba en ambos por tal motivo, pues ahora no le quedaba ninguna duda de que él también se atormentaba por lo mismo, respondió:

—No puedo confirmarlo ni desmentirlo. Su pregunta, sin duda, esconde otra. Usted quiere saber si la señorita Gibbons me ha contado algo que le afecta tanto a usted como a ella, y creo que lo conveniente sería que se lo preguntara a ella misma. Yo no puedo responder a algo que no me corresponde.

Él, lejos de sentirse decepcionado, fue presa de una nueva energía y, además de en la luz que cobró su mirada, se lo expresó a Jane también con palabras:

—Su negativa a decírmelo me da esperanzas, señorita Austen.

—El mundo sería desolador sin esperanzas, señor Kirby —sonrió ella e hizo un gesto para regresar. Tenía los pies helados.

Él se percató de que temblaba y ambos emprendieron el camino de vuelta, caminado aún con mayor firmeza que hasta aquel momento. El señor Kirby tenía el caballo amarrado a un potro de herrar, pero la acompañó hasta la entrada de la Abadía. Antes de despedirse, le preguntó:

—Cuando la señorita Gibbons tiene libre, ¿sabe adónde suele ir?

—Sé que le gusta pasear, pero no siempre lo hace por el mismo lugar —respondió Jane, convencida ahora de que la felicidad se acercaba a buen paso hacia una persona a la que tenía en gran estima.

Cuando después se encontró con la profesora de dibujo, se abstuvo de comentar nada a la interesada, puesto que, si todo seguía su cauce, ya lo averiguaría ella de un modo más placentero y, si no iba a ser así, era mucho mejor no crearle unas ilusiones que quedaran en nada. Se enteró más tarde de que, antes de preguntar por ella, Edmund Kirby había entregado las dos botellas de brandy que había prometido sir Francis, y fue porque la señora St. Quentin se quejaba de no haber podido darle las gracias directamente.

Fue entonces cuando Jane, que se había olvidado por completo durante su extraño paseo, se acordó de Jack, ya que oyó a madame Latournelle mencionar el nombre de John Smith.

—Tiene intención de confiarnos la educación de sus hermanas.

37

¡No podía ser! No podía resultar que John Smith, su Jack, se hubiera presentado en el internado justo cuando ella se encontraba fuera. ¿Qué irónico azar la había tomado como objeto de sus burlas? Jane suspiraba fuera de sí. Su buen humor se había convertido en una inquietud que la removía por dentro y que no podría calmar hasta que no encontrara una idea para enmendar tal situación.

Por suerte, el comentario de madame Latournelle no respondía a una visita recién realizada al internado, sino que lo motivó una nota que había enviado en la que anunciaba que pensaba ir al día siguiente.

Jane no sabía a qué hora llegaría John Smith, pero pasó la noche fantaseando con ello. Se durmió tarde por culpa del torbellino de emociones y en lugar de despertarse con el aviso a las internas, lo hizo casi una hora antes. Había soñado que John Smith no llegaba a la Abadía por culpa de un accidente que sufría su carruaje durante una ventisca de nieve. Se levantó alterada y, después de dar un paseo por el patio y comprobar que el tiempo era apacible, desayunó con el resto. Luego se dedicó a leer, mientras las internas asistían a clase y aguardaba a que sonara la campana del portal. Cuando por fin lo hizo, Jane se estremeció.

Esperó expectante al mismo tiempo que se atusaba el cabello y se lamentaba de no llevar aún puesto el gorro ni los guantes. Tampoco sabía si llevaba el vestido bien alisado o tenía alguna falta. La ilusión y una dosis de temor la recorrían por dentro y, cuando oyó que una criada anunciaba a la señorita Kirby, se sintió presa de un terrible desengaño. Tardó en reaccionar y en preguntarse el motivo de que aquella dama estuviera allí. La recién llegada se acercó a ellas y, después de saludar, preguntó de inmediato por la señorita Gibbons. No se molestó en quitarse la capa ni los guantes y se acercó a la chimenea sin darles la espalda. Aunque se mostró amable, parecía disgustada y, sin duda, estaba nerviosa e impaciente.

—La señorita Gibbons está preparando la clase que impartirá en breve. Puede esperarla mientras le ofrezco té y unas pastas —le indicó la señora St. Quentin—. ¿Ha venido sola? ¿No la acompaña ningún Sykes?

Margaret Kirby no respondió a las preguntas, en cambio insistió en su primera intención.

—Necesito hablar con la señorita Gibbons… urgentemente. No la entretendré más de diez minutos —añadió, dando por hecho que esperaba que la fueran a buscar de inmediato.

Sonó entre súplica y exigencia y la señora St. Quentin, que no quería contrariar a ningún familiar de los Sykes, se avino de inmediato a satisfacer su deseo.

—Señorita Austen, si no es mucho pedir, ¿puede decirle a la señorita Gibbons que venga? —preguntó.

Jane accedió, aunque la curiosidad hacía que prefiriera quedarse en esa reunión. Cuando informó a Louise Gibbons, ésta se sorprendió mucho ante tal visita y salió, tan nerviosa como intrigada, a recibirla. La joven Austen dudó un momento sobre si acompañarla, pero la profesora de dibujo ya había desaparecido cuando se decidió.

A pesar de que la señora St. Quentin había encargado té para las tres y no disimulaba su deseo de estar presente durante la conversación, se vio obligada a reprimirse, puesto que la señorita Kirby manifestó con mucha claridad que le apetecía pasear por el patio en compañía únicamente de la señorita Gibbons.

—Seguro que la aburriríamos contando cosas de Crawley —sonrió, al tiempo que agarraba a la profesora de dibujo de un brazo y la emplazaba hacia las ruinas de la antigua abadía.

Desde el final del pasillo, Jane vio que sólo la soltaba para que ella también pudiera coger el abrigo y, cuando se hallaron fuera, no hizo falta que Louise preguntara nada: Margaret Kirby comenzó a hablar al saber que por fin gozaban de privacidad.

—He venido para manifestarle mi deseo de que la señorita Rickman sea mi futura hermana —dijo, hablando despacio mientras estudiaba la reacción de sus palabras en el rostro de su acompañante, y empezó a caminar para alejarse de los ventanales por si alguien del internado se asomaba—. Creo que ya lo dejé bien claro en otra ocasión, pero, dadas las circunstancias, me veo en la necesidad de repetirlo —la advirtió, mirándola de forma severa.

Louise Gibbons, que ignoraba la conversación que Jane y Edmund Kirby habían mantenido el día anterior, no entendió el porqué de esa reincidencia, pues no encontraba en su memoria nada que hubiera hecho y por lo que mereciera ser apercibida de ese modo.

—El esfuerzo de venir hasta aquí ha resultado innecesario, señorita Kirby. Lo entendí la primera vez que me lo dijo y ya le aseguré que no tengo ninguna intención de interferir en esa relación. Yo también considero que la señorita Rickman es una muchacha que puede hacer feliz a Edmund.

Insatisfecha, aunque las palabras que había escuchado no le daban motivo para ello, Margaret le recordó:

—Hace mucho que perdió la oportunidad de llamar Edmund a mi hermano. Ninguna confianza tiene con él, por lo que espero que mantenga las formas y para usted continúe siendo el señor Kirby.

—Es el señor Kirby —admitió Louise—, lamento mi error.

—Yo no lo lamento —respondió ella, con la voz endurecida acorde con la severidad del rostro—. De hecho, su lapsus me demuestra que he hecho bien en venir, a pesar de que usted niegue su interés. ¿Qué otra cosa puede significar que lo llame por su nombre de pila que no sea el de la familiaridad a la que cree tener derecho?

La profesora de dibujo se detuvo, agotada la paciencia y cansada de una actitud que la atacaba sin que ella le diera motivos.

—Basta ya, ¿no cree? Es cierto que fui la causante de que Edmund…, de que el señor Kirby sufriera en el pasado, y he aceptado su rencor porque yo misma lo albergaría si alguien hubiera lastimado a mi hermano, aunque insisto en que nunca tuve esa intención. Pero está siendo muy injusta al presuponer que ahora quiero inmiscuirme entre él y la señorita Rickman. No sé de dónde saca mis interferencias, o si se las inventa, así que hágame el favor de decirme exactamente qué le ha molestado de mí, puesto que será el único modo en que yo pueda evitar repetirlo. ¿O acaso me culpa de la casualidad de que ambas residamos en Reading o alrededores? Porque, si es así, sepa que yo llegué primero.

Margaret Kirby la escrutó sin ninguna simpatía. Luego, sin dar a entender el veredicto de tan atenta observación, respondió:

—No conozco al detalle qué es lo ha hecho usted, pero sí sé que mi hermano ya ha tenido la desconsideración de rechazar dos invitaciones de la señorita Rickman. Ya no muestra interés en buscar su compañía y ayer le oí decir que nadie merece que se lo juzgue sin que antes se lo escuche, y eso la incluía a usted. Así que hágame el favor de decirme qué le ha hecho a Edmund para que la defienda, de qué artimañas se ha valido para conseguir que ahora vuelva a tener una buena opinión de usted.

Louise escuchó perpleja la argumentación que tanto amedrentaba a Margaret Kirby y que, sin embargo, para ella se acercaba a la felicidad. ¿Edmund tenía una buena opinión de ella? ¿Cómo había podido suceder? ¿Edmund ya no se interesaba por la señorita Rickman? ¿Podía esperar que Margaret no se equivocara y fuera realmente así?

—Yo no sé... —balbuceó, incapaz de añadir nada más.

—¡Ah, no! ¡No se haga la inocente! —exclamó—. Ya la creí en ese papel en una ocasión y no volveré a caer en el mismo error. He venido hasta aquí para que sepa que me opondré de todas las maneras posibles a una relación entre usted y mi hermano, que no consideraré, ni por un momento, que usted lo aprecia y que yo misma me encargaré de demostrarle, si él se atreve a hacerle una propuesta de matrimonio y usted a aceptarla, que todo su interés se debe al deseo de una unión ventajosa que la retire de este decrépito lugar —comentó, señalando a su alrededor—. Mi hermano no ha de pagar que su vida sea ruinosa.

—Sigo sin entender de qué me habla —protestó Louise, que se debatía entre la duda de si la persona que se encontraba frente a ella estaba perturbada o existía algún motivo real para sus esperanzas.

—Señorita Gibbons, no me marcharé de aquí hasta que le arranque la promesa de que no se casará con Edmund —dijo, clavándole unos ojos que no demostraban ningún cariño.

—Su sospecha me resulta tan irreal que me la tomaría como una burla si no notara que está obsesionada con ella. El señor Kirby no ha mostrado ningún tipo de interés en mí tal como usted manifiesta, por tanto, no existe la posibilidad de que yo acepte algo que él no me propondrá.

—Pero ¿lo haría? ¿Aceptaría una propuesta de mi hermano? —preguntó de nuevo, evidenciando que la posibilidad de que así fuera la insultaba.

—No existe ninguna propuesta, por tanto, no puede existir ninguna respuesta. Es todo cuanto voy a decir.

—¡Pretenciosa! ¡Arribista! ¡Desleal! —farfulló Margaret Kirby y se apartó de ella como si se tratara de alguien repulsivo—. Bien, pues si esto es todo cuanto va a decir, no tengo ninguna necesidad de continuar perdiendo mi tiempo. Pero quédese con la idea de que tiene en mí a una enemiga.

Margaret Kirby dio media vuelta y la dejó allí plantada. Louise no se atrevió a seguirla y la cara con la que la observó la señora St. Quentin poco después, cuando se decidió a entrar, demostraba la perplejidad de quien cree que se halla ante dos amigas y descubre la animadversión que existe, al menos, por parte de una de ellas. Louise no pudo ver qué rostro mostraba la señorita Kirby al despedirse de la directora, pero sabía que la suya oscilaba entre la palidez y el color, y que su expresión tenía tanto de sentirse ofendida como de hallarse totalmente esperanzada.

—¿Qué ha ocurrido? —preguntó la directora—. La señorita Kirby parecía estar muy molesta. ¿El señor Drood la ha asustado?

—La señorita Kirby ha recordado… que tenía que marcharse con urgencia —respondió Louise, aunque sabía que tal mentira no era creíble.

Jane tampoco pudo saber qué había ocurrido, porque ya se le había hecho la hora de empezar la clase. Aunque la siguió, ella no se detuvo. Aparentaba ser una autómata. Parecía que el alma se le hubiera quedado en otro lugar y, sin apenas mirar a su amiga, se limitó a decirle:

—Gracias por preocuparse, Jane, pero ni yo sé muy bien qué ha ocurrido.

La joven Austen no preguntó, pues continuaba pendiente de si llegaba John Smith, así que se dirigió a buen paso hacia el comedor privado. Pero a la única que encontró allí fue a la señora St. Quentin.

—Señorita Austen —le dijo en cuanto la vio—, la señorita Gibbons no ha querido contarme de qué han hablado, ¿le ha dicho algo a usted?

Jane negó con la cabeza.

—No tengo ni la menor idea —dijo, aguantándose las ganas de preguntar si John Smith ya había efectuado su anunciada visita.

38

Madame Latournelle entró en el salón privado con una sonrisa en la cara y un alivio en el alma.

—Acaba de llegar una nota del doctor Forrester —comentó, mientras la agitaba para que la vieran bien, a pesar de que no podían leer su contenido—. Dice que mademoiselle Pomerance ya se levanta y que esta noche ha dormido de un tirón y de forma plácida. Considera que mañana ya podrá regresar aquí.

—¡Estupendo, eso es estupendo! —exclamó la señora St. Quentin, contenta por su pupila.

Jane se alegró todavía más de oír aquello. Luego, la suerte la favoreció de nuevo, puesto que la señora St. Quentin añadió:

—Habría sido muy mala suerte que llegara el señor Smith y pensara que en esta escuela las niñas enferman…

Así tuvo la certeza de que su esperado caballero aún no había aparecido. Un ligero temblor se apoderó de toda ella y, al júbilo por la excelente evolución de Esther, se sumó el que sentía por sí misma. Sonrió por dentro y por fuera y subió a su dormitorio para ponerse el vestido que reservaba para el estreno de la obra de teatro. Estuvo tentada de llevar un sombrero más elegante, pero finalmente se conformó con su gorro. Luego cogió un libro de la biblioteca que versaba sobre el comportamiento que debe mantener una dama para fortalecer su moral y, tras pellizcarse las mejillas para que aparentaran más color, se sentó en un lugar distinto al habitual, pero que tenía mejores vistas al vestíbulo. El señor St. Quentin, que se acababa de levantar, pasó frente a ella, la saludó, no sin primero ofrecer un bostezo poco adecuado. Luego, con pasos lentos e inseguros, se dirigió a las cocinas. Su esposa le tenía prohibido desayunar en el comedor privado si no lo hacía a la hora que tocaba y, cuando vio en qué estado se hallaba su marido, le suplicó que no estuviera presente cuando llegara el señor Smith.

—Tengo otros intereses —respondió él, sin entender a qué venía el ruego.

Jane ya no pudo escuchar más de la conversación porque ambos desaparecieron. Impaciente, se dedicó a mirar en más ocasiones el reloj de pared que las hojas del libro que pasaba de adelante hacia atrás o al revés y, al tiempo que esperaba la inminente llegada de John Smith, se preguntaba cuál habría sido el interés de la señorita Kirby en su amiga Louise. Tuvo aún un buen tiempo para especular, aunque sin llegar a ninguna conclusión en cada una de las teorías que se le ocurrieron, hasta que, cuando ya estaba a punto de ir a preguntar si efectivamente esperaban una visita para el día de hoy, llegó el señor Smith. Jane volvió a pellizcarse las mejillas y se mojó los labios tal como le había enseñado Eliza; además de eso, procuró forzar la postura para que pareciera que de verdad estaba leyendo a pesar de tener la espalda demasiado recta. Cuando la señora St. Quentin salió a recibir al esperado visitante, ella pudo ver que se trataba de un caballero alto y espigado, tal vez demasiado alto para sus preferencias, pero habría resultado mucho peor que no la superara en estatura. La directora lo hizo pasar y Jane se levantó para dedicarle una delicada reverencia. Él respondió de forma ceremoniosa y la directora se vio emplazada a presentarlos:

—La señorita Austen es una antigua alumna. Es un ejemplo de lo que logramos aquí, así que, como puede ver, sus hermanas, las señoritas Smith, estarán en buenas manos. Si lo desea, después de hablar conmigo, ella puede mencionarle los buenos recuerdos que mantiene de los años que pasó con nosotras y de la excelente impresión que se ha llevado a su regreso.

—Mi padre es el rector de Steventon —añadió Jane, para que la vinculara de inmediato a Henry y eso le diera mayor confianza.

Pero John Smith, que le dedicó una sonrisa educada, la observó sin mayor interés. A primera vista, no destacaba por guapo ni por feo, era de esas personas cuya belleza depende del carácter y la impresión que le causó lo convirtió en un caballero agradable. La señora St. Quentin lo hizo pasar al despacho de su marido y, como dejaron la puerta abierta, Jane permaneció lo bastante cerca para poder escucharlos. Aunque prácticamente la directora llevaba la voz cantante, él respondía interrumpiéndola de tanto en tanto. El señor Smith se preocupó enseguida por la cuota del internado, sin ocultar que era tacaño y poco dado a la caridad. Jane trató de decirse que eso lo convertía en un hombre prudente, que no se trataba de un manirroto, actitud que sin ninguna duda habría censurado. Pero como a continuación dejó notar que sí era generoso respecto a su propia persona, la joven comenzó a sospechar que quizá tuviera alguna imperfección que Henry se había olvidado de mencionar y, dado que esa deducción no era de su agrado, pronto procuró buscar un pretexto para justificarlo y así postergar su juicio sobre el que podría ser el hombre que despertara sus pasiones. Mencionaba cada dos frases su amistad con el conde de Cathcart, como si eso supusiera un prestigio que era necesario mostrar, y no había ninguna chispa de humor en sus palabras, algo que desalentó a la joven. Enfrente tenía a la señora St. Quentin, tal vez con ella se comportara de un modo poco natural para tratar de impresionarla. Sin embargo, a medida que lo escuchaba, le parecía más preocupado por encontrar un lugar en el que desentenderse de sus hermanas que en el bienestar que éste pudiera proporcionarles a ellas. Procuró pensar, buscando justificarlo de nuevo, que quizá tales hermanas se merecían ese trato. Cuando notó que iban a abandonar el despacho, regresó al sitio en el que la habían encontrado y volvió a colocar el libro de tal modo que pareciera que estaba leyendo.

—Le encantará el jardín —decía la señora St. Quentin cuando salieron—. Sólo es para el disfrute de las internas y, en él, pueden apreciarse vestigios de la antigua solemnidad de la abadía. Aún a veces se hallan restos, ¿verdad que sí, señorita Austen?

Jane se alegró de que la directora volviera a incluirla en la conversación. Se levantó y cerró el libro, aunque lo mantuvo en sus manos, y dijo:

—Ya lo creo. Recuerdo cuando encontraron la mano izquierda del apóstol Santiago... Fue muy emocionante para todas.

—¿Una mano de verdad? —preguntó él, sin compartir la emoción que mencionaba Jane, más bien alarmado—. ¿Un trozo de cadáver?

—¡Una reliquia! —exclamó la señora St. Quentin, esperando que admirara el hallazgo.

Con más ganas de cerciorarse de que aquél era un lugar seguro que de ilusionarse con indicios de mutilaciones, permitió que las dos damas lo acompañaran al patio. Aún quedaban restos de nieve en las esquinas más sombreadas, pero el resto del terreno apenas estaba encharcado. A pesar del frío, lucía un sol que coloreaba de oro las ruinas de las antiguas glorias medievales.

—No todo el mundo tiene el privilegio de pasear por un jardín con tanta historia —comentó la directora.

—¿No pueden escaparse? —preguntó él, indiferente a tal honor y fijándose sobre todo en los muros y las lindes.

La señora St. Quentin deseó que no hubiera oído hablar de la desaparición de Eleonor Henthrone y, con cierta turbación, respondió:

—La seguridad de nuestras internas es lo más importante para nosotros.

—¿Qué ocurre si enferman? —se interesó.

—El doctor Valpy siempre está a nuestro servicio. Es el director del internado de muchachos y muy amigo de mi esposo. Entremos y le mostraré las zonas comunes y los dormitorios. Sus hermanas podrán compartir cama, así que las noches de invierno serán menos frías.

Regresaron al edificio y Jane, que esperaba alguna pregunta por parte del señor Smith, se mordía las ganas de intervenir. Por fin, cuando tocó enseñar el salón de baile, que también era el teatro, la señora St. Quentin comentó:

—El próximo domingo las alumnas representarán *Mucho ruido y pocas nueces*. La señorita Austen se encarga de dirigir los ensayos, ha sido muy amable al dejar a su familia para venir a pasar unos días en el internado con este fin.

—Ya sabe que es un placer, señora St. Quentin. Además, en casa también echaría de menos a mi hermano Henry, está pasando unos días en la mansión de caza de un amigo —respondió. Sin duda, la mención de Henry obligaría a John Smith a reaccionar.

Pero no fue así, el caballero se limitó a decir:

—Tampoco es necesario que mis hermanas se exhiban, creo que la discreción es una virtud deseable entre las de su sexo.

—No se trata de exhibición, señor Smith —volvió a hablar Jane—, sino de moderación. El teatro ayuda a romper la timidez, como era mi caso de niña, y a adecuar la conducta a lo que exija cualquier situación. Además, es divertido y fomenta la lectura. ¿Le gusta a usted leer, señor Smith?

—La lectura es para ociosos —comentó con desdén, inconsciente de la decepción que suponía tal opinión para su interlocutora.

—La señorita Austen es una apasionada lectora —añadió la señora St. Quentin— y también le gusta escribir. Tiene mucho talento.

—Hasta el momento, sólo he escrito parodias, lo cual habla mejor de mí como humorista que como literata —añadió la joven, con intención de parecer modesta.

—¡Oh! Bueno, yo prefiero que eduquen a mis hermanas de un modo más serio —manifestó, y aunque procuró no ofender en esta ocasión, fracasó en el intento.

—Se equivoca, señor Smith, no hay nada más serio que la risa —objetó Jane, decidida a que, por lo menos, le permitiera argumentar.

—Ni más vulgar —añadió él.

En este punto, Jane ya había decidido que John Smith no era *su* Jack ni iba a despertarle ningún sentimiento profundo, por lo que perdió todo el interés en agradarle. Se preguntaba qué habría motivado a Henry a pensar que era el hombre ideal para ella y, por primera vez, se planteó si toda su búsqueda no se habría basado en un error de su hermano. A John Smith no le gustaba leer, no le gustaba reír, su conducta no tenía nada de natural y su afecto ni siquiera lo dirigía a sus hermanas. Ante este panorama, Jane ofreció sus excusas y dejó que la señora St. Quentin le mostrara el resto del internado por sí misma.

Si al principio se retiró a su dormitorio sintiéndose muy digna, puesto que no pensaba ofenderse porque alguien opinara que reír era un acto vulgar, a medida que subía las escaleras fue notando que la desilusión se apoderaba de ella. No le importaba en absoluto John Smith, el John Smith que se hallaba ahora mismo en la Abadía, pero sentía el desaliento de que no respondiera a la idea que de él se había formado. Se detuvo antes de entrar en el dormitorio y se preguntó si se habría precipitado al juzgarlo. ¿Y si Henry le hubiera hablado de ella y John Smith estuviera representando un papel para desenmascararse después y reírse juntos? No, no tenía sentido hacerse esa pregunta. John Smith había hablado con un rictus detestable cuando creía que ella no lo escuchaba. Pero ¿y si no era con ella con quien fingía? ¿Y si aparentaba lo que no era para que la señora St. Quentin no lo juzgara como un joven exageradamente risueño y se negara a aceptar a sus hermanas? Tardó un momento en darse cuenta de que se estaba agarrando a un clavo ardiendo. Debía admitirlo de una vez: no era Jack. John Smith no era Jack Smith, por mucho que hubiera estudiado en Oxford. Henry no le habría recomendado jamás un petimetre como él y, además, el señor Smith no había reaccionado a la mención de Henry Austen.

Por fin abrió la puerta del dormitorio y entró. Se asomó a la ventana mientras sentía que había perdido un tiempo precioso por su obstinación. Imaginó que el verdadero Jack podría hallarse en esos momentos en cualquier lugar de Reading mientras ella estaba allí y lo dejaba escapar, pues sólo quedaban seis días para que abandonara la localidad. Así que, a pesar del frío, cogió el libro que había pedido prestado en la biblioteca itinerante y volvió a bajar.

—¿Dónde va tan deprisa? —le preguntó madame Latournelle cuando la vio salir.

—Voy a devolver el libro… No tardaré, le prometo que no tardaré —respondió sin detenerse. No quería hablar con nadie.

Aunque mientras caminaba se obcecaba por no rendirse a la evidencia de que así no lo encontraría, la energía y el buen humor le fallaban por momentos. Llegó al mercado y se fijó en cada uno de los caballeros a quienes podría atribuir, desde los prejuicios de la pura apariencia, las características de un Jack Smith que la esquivaba. Y poco a poco lo obvio comenzó a reclamar su presencia: no se podía buscar el amor. No era de este modo cómo se entregaba el alma.

Pasó frente a la biblioteca itinerante sin intención de detenerse más de lo necesario, esta vez no se llevaría un nuevo libro porque ya ninguno llamaba su atención. Y de repente algo la sacó de sus pensamientos.

—¿Se lo va a llevar, señor Smith? —preguntaba el bibliotecario a un caballero que tenía frente a él.

Jane se giró de inmediato para observar al portador de ese apellido. La ilusión fue breve, se trataba de un hombre de unos cuarenta años, más crecido a lo ancho que a lo alto, y con un aspecto de rudeza que no le agradó. Así que dejó que se fuera sin preguntarse siquiera si tendría algún pariente que se llamara Jack y que no hubiera cumplido los veinticinco, porque de pronto otro apellido Smith se adueñó de su atención con mayor fuerza.

Estiró el brazo para coger *Ethelinde, la prisionera del lago*, y avisó al bibliotecario de que se lo llevaba.

—Todas las damas leen a Charlotte Smith —comentó él, mientras lo apuntaba en la libreta de préstamos.

Y, de alguna manera, buscó consuelo en la idea de que había encontrado a su Smith.

39

Jane, que hubiera debido sentirse presa del desánimo, se hallaba tranquila e incluso no podría negar que también feliz. Se metió en la cama convencida de que existía otro Jack Smith esperándola en algún punto de Reading, pero se despertó con dudas sobre si ya se habría cruzado con él. ¿Quién le aseguraba que alguno de los que había conocido no era el que mencionó su hermano? Y, si había sido así, se trataba de alguien que no había llamado su atención. De algún modo extraño, después de la decepción del día anterior, que ahora ya sentía pequeña, notaba que se había quitado un peso de encima. Estaba preparada para enamorarse y no ser correspondida, para conocer las sensaciones que empujan al desmayo y a la languidez, al suspiro prolongado y a las lágrimas furtivas, pero en absoluto se le había pasado por la cabeza imaginar su propia frialdad. Y, sin embargo, ¡qué fácil le resultaba ahora enfrentarse a ella! ¡Incluso podía reírse de sí misma, con lo que le gustaba reír!

Decidió que no necesitaba pensar en el amor, observaría a Jenny en la dicha como observaba a Louise Gibbons en la desdicha y, con ayuda de su hermana, en cuya lucidez confiaba, y la supervisión de Eliza, experta en amoríos, dotaría a sus personajes de unos sentimientos basados en la realidad. No necesitaba a ningún Jack Smith y esa conclusión le llegó acompañada de una sensación de alivio.

Y, aunque ése era el propósito de su viaje a Reading, lo cierto era que no se arrepentía en absoluto de haber regresado a la Abadía. Madame Latournelle era la de siempre, pero el matrimonio había cambiado de tal manera a la señorita Pitts, que la señora St. Quentin parecía otra. Sin embargo, pudo conocer a otras personas que sabía que llevaría siempre en su corazón. Si hubiera podido pedir un deseo, no habría sido el de conocer a Jack Smith, sino que habría deseado tener la certeza de que Nell Henthrone se había marchado por su propia voluntad y en aquellos momentos se encontrara bien y sin arrepentimientos. Deseaba, también, que el amor que sabía que se profesaban Louise Gibbons y Edmund Kirby llegara a buen puerto y se alegraba al comprobar que Victoria, tras el desengaño con su madrastra y su prometido, comenzaba a ilusionarse con las atenciones de Adler Percy, aunque no lo reconociera. Se sentía feliz por la recuperación de Esther, felicidad que aumentó cuando le dijeron que a lo largo del próximo día regresaría al internado, y comprendió que echaba de menos su alegría y buen humor. Si se hubiera atrevido a hacer partícipe a Esther o al resto de sus nuevas amigas de los despropósitos de su aventura, no dudó de que se habrían reído juntas. Pero la sonrisa se le borró poco después, cuando una criada anunció que el señor Gibbons estaba allí y deseaba hablar con su prima.

—Dígale que estoy indispuesta —alegó de inmediato la profesora, que no supo disimular la incomodidad que le había suscitado la noticia. La taza de té tintineó entre sus dedos y fue incapaz de llevársela a los labios.

—¡Oh, no puede hacer eso! —protestó la señora St. Quentin—. El señor Gibbons sólo muestra interés en su persona, no puede negarse a verlo.

Louise pensó que, si la señora St. Quentin supiera que Archibald Gibbons tenía la intención de demostrar el mal estado de las cuentas del internado, no saldría en su defensa del modo en que lo hacía, pero se mantenía ignorante al respeto y se levantó para recibir ella misma al recién llegado.

—Desde luego que lo haré pasar.

Y, aunque no había amenaza en las palabras de la señora St. Quentin, Louise las sintió como tal. Las alumnas que desayunaban con ellas guardaban silencio y observaban la escena con tanto interés como madame Latournelle o la propia Jane. Louise, sin embargo, no se atrevía a levantar la mirada. La directora regresó al cabo de un minuto y le requirió que la siguiera.

—Si tan apurada se siente, yo la acompañaré. He dejado dicho que se sirva más té en el salón privado.

La oferta de la señora St. Quentin de acompañarla durante la entrevista la animó a levantarse, puesto que imaginó que, en su presencia, Archibald Gibbons no se atrevería a hablar mal del internado. Pero se equivocó. Traía consigo un portafolios y muy poca buena intención. En cuanto la directora le ofreció una taza de té, él, sin ocultar cierto sarcasmo, le contestó:

—Más vale que ahorre cuanto pueda.

La señora St. Quentin quedó tan sorprendida ante su falta de cortesía que no supo reaccionar. Louise, en cambio, mientras lo observaba abrir el portafolios y comenzar a sacar documentos de él, perdió su amedrentamiento, se llenó de coraje y dio un paso al frente ante tal afrenta.

—Archibald, sabes muy bien que no me interesa nada de lo que puedas decirme y, de no ser así, tu conducta me recomendaría dicha indiferencia. No eres bien recibido, por lo que haz el favor de marcharte. —La rabia contenida hacía que sus ojos lucieran un brillo inusual—. Olvídate de que tienes una prima, como tan bien supiste hacer durante algunos años.

—¡No seas ingrata y mira todo esto! —respondió él, al tiempo que colocaba los documentos sobre la mesa y la emplazaba a que los cogiera—. Dígaselo usted también, madame, ¿cuánto tiempo más podrá soportar el internado? —preguntó después, mirando a la directora, que lo contemplaba asustada—. ¡Están tan endeudados que no tardarán en verse obligados a cerrar! ¿Puede desmentirlo?

Louise Gibbons contempló cómo la señora St. Quentin temblaba a la vez que enrojecía. Ambas cruzaron una mirada y, con voz titubeante, la directora procuró justificarse.

—Hemos tenido una mala época, pero mi marido lo va a solucionar. Y, además, con la función que vamos a estrenar, recibiremos buenas donaciones. Usted mismo podría colaborar si...

Archibald Gibbons hizo caso omiso a las palabras de la directora y, dando un paso hacia su prima, la agarró de la muñeca y la obligó a mirarlo fijamente.

—Escúchame bien, tú te vienes conmigo. Ya hablaremos después de las condiciones, pero no puedes seguir aquí. Ella misma lo está admitiendo —dijo, señalando a la directora.

La señora St. Quentin, avergonzada, añadió:

—Tal vez debería hacerle caso a su primo.

—¿Hacerle caso? —se indignó ella, al tiempo que se removía y se liberaba del brazo que la sujetaba—. Si no puedo quedarme aquí, buscaré cualquier ocupación, pero lo último que consentiré es que alguien de la estatura moral del señor Gibbons se haga cargo de mí —añadió, desafiándolo con la mirada—. Así que repito que ya puedes marcharte.

Pero Archibald Gibbons, en lugar de amilanarse y mostrar algún indicio de rendición, sonrió y, con voz sibilina, utilizó el argumento que tenía preparado para ese momento y que sabía que tanto daño le haría a su prima.

—Ayer me crucé con Edmund Kirby y si tienes esperanzas de que renueve su propuesta de matrimonio, estás muy equivocada. Le hablé de ti en tales términos que jamás se atrevería a convertirte en su esposa.

Mientras la señora St. Quentin no comprendía nada, Louise se asustó por primera vez.

—¿Qué le has dicho?

—Lo suficiente como para que no quiera saber nada de ti —repitió, mirándola ahora con menosprecio. A continuación, se dirigió a la señora St. Quentin y le pidió—: ¿Le importaría dejarnos solos?

La directora dudó. Louise, al notarlo, se acercó a ella de inmediato, tomó su mano y le suplicó lo contrario.

—Por favor, no se vaya, no es usted quien debe irse.

Unos golpes en la puerta añadieron más tensión a la escena y, cuando ésta se abrió y apareció la criada, no venía con el té, sino con un nuevo anuncio:

—El señor Kirby acaba de llegar, ¿lo hago pasar?

Durante un momento, Louise deseó desaparecer, pero la desesperación por la opinión que de ella tuviera Edmund era superior a la incomodidad que le producía una situación ya de por sí violenta. La señora St. Quentin miró a la profesora, como si pidiera su opinión para proceder. Sin embargo, no tuvieron tiempo de intercambiarse ninguna seña. De inmediato, Archibald Gibbons aprovechó para agarrar la muñeca de su prima y la hizo avanzar de nuevo hacia él.

—Nos vamos. No tienes nada que hacer aquí y, como tu familiar más cercano, me concierne encargarme de ti.

—¡Suéltame! —exclamó ella mientras se revolvía, aunque fue de un modo infructífero por la diferencia de fuerzas.

Archibald Gibbons, ante la actitud impasible de la señora St. Quentin, la arrastró y logró sacarla del salón privado. Desde el otro lado del pasillo, Edmund Kirby lo vio y se dirigió con rapidez hasta ellos.

—¡Suéltela, Gibbons! —lo emplazó, con gesto amenazante.

Louise aprovechó para liberarse, retrocedió unos pasos tan nerviosa que no se dio cuenta de que la señora St. Quentin había salido tras ellos hasta que chocó con su cuerpo. Sintió que le fallaban las fuerzas cuando notó que Edmund la miraba fijamente y, por suerte, la directora la sujetó y evitó que se cayera.

—¿Qué diablos hace aquí, Kirby? —le espetó, rabioso, Archibald Gibbons, enfrentándose a él.

—Suerte que he venido y he visto cómo agarraba a Louise —dijo, dedicándole una mirada de preocupación a ella.

—¿No le dije qué tipo de mujer es? —volvió a preguntar Gibbons, cada vez más contrariado ante el giro de la situación.

—¿Y piensa que su palabra vale algo? —le reprochó el recién llegado—. ¿Cree, acaso, que no conozco a Louise? Sus calumnias son inofensivas conmigo.

Louise Gibbons escuchó esas palabras con sorpresa y notó que toda ella se conmovía. Junto al alivio, sintió una vez más lo injusta que había sido con Edmund al haber dudado de él y que, por el contrario, él creyera en la inocencia de ella. No sabía lo que le había dicho Archibald, aunque se lo podía imaginar, su primo no dudaba en mentir ni en saltarse la moral para lograr sus objetivos. Y, a pesar de eso, Edmund no había pensado mal de ella. No merecía esa confianza, no era digna de su aprecio y lo agradeció con cada poro de su piel.

En aquel momento, llegaron Jane y madame Latournelle, alarmadas por el jaleo y, junto a ellas, otras internas comenzaban a asomarse. Archibald Gibbons no tuvo otro remedio que desistir de sus intenciones y, olvidándose del portafolios y de su orgullo, se dirigió a la salida. Hubo tensión mientras lo veían marcharse y Jane se acercó a Louise y le sujetó la mano. Pero ella ni siquiera fue consciente, puesto que sus ojos anegados sólo podían fijarse en Edmund.

—¿Qué ha pasado aquí? —preguntó madame Latournelle, mirando a la señora St. Quentin, que también se encontraba desconcertada e incapaz de explicar qué había ocurrido.

—Creo que la señorita Gibbons y yo tenemos una conversación pendiente —dijo Edmund Kirby, sin quitar ojo a la profesora que, pese a que mantenía el brillo de la humedad en sus ojos, no había llegado a llorar.

Ella miró avergonzada a la señora St. Quentin, que la observaba perpleja, y luego asintió. Jane soltó la mano de Louise justo en el momento en el que notó que el pulso se le aceleraba.

—Pueden usar el salón privado si lo desean —concedió permiso la directora, que titubeaba y pasaba su mirada de uno a otro de los protagonistas.

—Mejor demos un paseo —propuso Edmund. No quería que tantos ojos estuvieran posados sobre una puerta cerrada y la misma cantidad de oídos tratara de escuchar lo que tenía intención de decir.

Jane los vio salir. A él, con decisión en la mirada; a ella, debatiéndose entre el alivio y la congoja. La joven Austen deseó con todas sus fuerzas que, cuando Louise Gibbons regresara, lo hiciera con una sonrisa que reflejara el estado de su alma. De inmediato, la directora y el ama de llaves comenzaron a especular sobre lo que había ocurrido, daban por hecho que ignoraban muchas cosas, pero no eran conscientes de cuáles, y Jane tuvo que callar cuando comenzó a escuchar las especulaciones y comentarios con los que ambas trataban de buscar una interpretación que se acercara a la realidad.

40

Louise Gibbons todavía no había regresado cuando empezaron los ensayos, por lo que Jane, que no podía evitar pensar en la conversación que estaría manteniendo con Edmund Kirby, se hallaba distraída y no estaba pendiente de si los actores se equivocaban en sus diálogos. De haber prestado más atención, habría notado el realismo que había en las miradas que se cruzaban Benedicto y Beatrice o que Hero, incapaz de disimular su disgusto, había perdido su halo de dulzura. Por eso, al terminar, abandonó el salón deprisa y ni siquiera acompañó a los internos a la salida. Cuando vio a la profesora de dibujo hablando tranquilamente con la señora St. Quentin y madame Latournelle, sintió un gran alivio. A Edmund Kirby no se lo veía por ningún lado y tampoco parecía que el señor Gibbons hubiera regresado.

—¡Cuánto ha callado! —comentaba la señora St. Quentin cuando Jane se unió al grupo—. ¡Y qué feliz desenlace!

La joven Austen comprendió que ya estaban enteradas del pasado de Louise Gibbons y Edmund Kirby y, aunque lamentaban perderla, se alegraban de cómo había finalizado la historia. Louise, que sabía que su amiga deseaba saber, no hizo esperar a Jane. Nada más verla, la abrazó, le dijo lo feliz que se sentía y, en cuanto pudo, se la llevó a un aparte.

—Permítanme recrearme con la señorita Austen, que ya considero mi amiga y es quien ha estado arropándome en todo momento —dijo agarrándose al brazo de Jane y llevándosela hacia un rincón en el que tendrían intimidad.

—¿Puedo pensar lo mejor? —preguntó la joven, correspondiendo a su sonrisa con otra expectante.

—Puede pensar lo mejor y adornarlo con frases sensibles y miradas apasionadas —profirió la profesora, con los ojos más brillantes que le había visto nunca—. ¡Aún me ama! ¡No ha dejado de amarme durante todo este tiempo!

—¡Oh! ¿Y eso es todo lo que va a contarme? Yo pude darme cuenta de que usted no le era indiferente en las ocasiones en que coincidimos. Ya le dije que sólo mostraba interés por la señorita Rickman para molestarla a usted.

—Se ha disculpado por eso... ¿Se lo puede creer? ¡Él se ha disculpado! Él, que ha confiado en mí después de que mi primo le haya hecho unas insinuaciones atroces sobre mi conducta...

—El señor Kirby no sólo la conocía bien a usted, también a su primo, pues ya se habían tratado.

—Y yo lo conocía a él y dejé que ensuciaran su nombre... —se lamentó una vez más—. Y, a pesar de esa injusticia, él ha comprendido que yo desconfiara de él, ha dicho que actué de forma prudente y que si me equivoqué, lo hice en el pasado y en el presente las cosas son distintas.

Jane entendía que su amiga estuviera nerviosa y narrara la conversación dando saltos de un tema a otro, pero la impaciencia la carcomía, así que la tomó de las manos y le preguntó:

—Louise, ¿hará el favor de decirme si están comprometidos?

—¡Oh, sí! —respondió, y se dio cuenta entonces de que aún no se lo había dicho—. ¡Sí, sí, estamos comprometidos!

—Bien, entonces, tiene mi permiso para contarme la parte que desee de su conversación, ocultarme la restante y hacerlo de un modo incoherente de tal manera que me entere sólo de la mitad. No la perdonaría si supiera contármelo como una gran narradora, porque eso supondría que ha podido usted ordenar sus sentimientos y que ya no bullen en su corazón.

Y, como pudo, aunque no sin esfuerzo, Louise le contó que la carta que le había enviado la señora St. Quentin a sir Francis Sykes fue lo que había hecho que Edmund sospechara que, tal vez, ésa no era la primera ocasión en que se producía tal equívoco. Así que le preguntó si ése era el motivo por el que lo había rechazado tres años atrás y a ella no le había quedado más remedio que, avergonzada, admitirlo. Y, pese a que de inmediato comenzó a culparse de su falta de confianza, él no la dejó continuar, la miró a los ojos y quiso saber si en algún momento había dejado de amarlo, no sin antes confesar que él no había sabido arrancársela de lo más profundo de su ser. Desencadenada la verdad que ambos ocultaban, toda la información restante salió a borbotones. Edmund le contó que nunca le importó la señorita Rickman, que no pensaba que le hubiera creado ilusiones, pues ya había otro familiar de sir Francis que la rondaba y hacía que la joven se sonrojara con sus miradas. Pero como no le bastaba con contar su parte, quiso saber qué había ocurrido entre Archibald Gibbons y ella para que, tras la muerte de su hermano, su primo se desentendiera con tan poca consideración de su futuro. Algo menos atrevida, ella le confesó las inmorales intenciones que había recibido de su primo y que, a pesar de su petición de matrimonio tras quedarse viudo, no había conseguido redimirse a sus ojos.

Louise Gibbons habló rato y más rato, la felicidad destellaba en cada una de sus palabras y hacía que a veces le faltaran y otras, las repitiera una y otra vez con la misma expresión. Jane agradeció que Edmund Kirby no la hubiera mencionado, y la alegría por la felicidad de su amiga se incrementó cuando Esther Pomerance regresó al internado, algo que ocurrió a mediodía del siguiente día. Aunque aún estaba débil, ya podía caminar por sí misma si no hacía esfuerzos. Recibió grandes muestras de cariño a las que correspondió con efusión, sobre todo con la pequeña Sophie, y recuperó la alegría de siempre, que tan buen revulsivo suponía para el ánimo de todas. Cuando preguntó por Nell, repararon en que su estado no le había permitido conocer la desaparición de su compañera de dormitorio, y Victoria y Jane se encargaron de que recibiera la noticia con la esperanza y el optimismo con que la veían ellas. Lejos de preocuparse, Esther se alegró, y también se convenció de que Nell Henthrone tomó la decisión de escapar por su propia voluntad. Manifestó que ahora la quería más que nunca.

—Ya no la veo como a una muchacha capaz de resignarse a un destino que no había elegido. La imagino luchando por sus sueños, sean éstos cuales sean.

Sólo un día después desde que Edmund Kirby y Louise Gibbons habían resuelto sus diferencias Margaret Kirby llegó al internado. Acompañaba a su hermano y Edmund dejó que ella y Louise tuvieran una larga charla que, lejos de resultar acalorada, comenzó desde un primer momento con disculpas por parte de ambas. A los cinco minutos, ya habían renovado las muestras de cariño que se profesaron años atrás. A pesar de que ya se sabía que la señorita Gibbons iba a dejar el internado para pasar a convertirse en la señora Kirby, ella se comprometió a no hacerlo antes de las próximas navidades para que los St. Quentin tuvieran tiempo de encontrar a alguien que la sustituyera. Por supuesto, madame Latournelle lanzaba alguna indirecta sobre todo lo que mantuvo en secreto la profesora. La señora St. Quentin, por su parte, y absteniéndose de decirlo, confiaba en que la próxima señora Kirby quisiera continuar vinculada a la Abadía haciendo alguna generosa donación.

Los Pomerance llegaron a Reading dos días después de que Esther se hubiera reincorporado al internado. El rostro de la joven tenía más energía y ya no necesitaba ayuda para ninguna de sus actividades. Se había bañado y los rizos rojos volvían a brillar. Tanto ella como Sophie se sintieron muy felices con la visita, que no se limitó a una jornada. Sus padres mostraron más agradecimientos a la señora St. Quentin que críticas, pues consideraban el hecho de que sus dos hijas hubieran sobrevivido motivo de celebración. No supieron de la gravedad hasta el día anterior, puesto que no se hallaban en Alton, sino en Portsmouth, adonde se habían traslado para atender a una hermana de la señora Pomerance, con peor resultado del que habían tenido sus hijas. Lamentaban muchísimo no haber pasado aquella angustia con ellas y sólo sabían dar gracias al doctor Forrester y al cielo por el feliz desenlace. La señora St. Quentin no desmintió que ellos hubieran pagado los costes del doctor Forrester y la familia Pomerance se mantuvo ignorante de que tal favor se lo debían al señor Percy. Victoria estuvo tentada de contárselo, pero Adler Percy le dijo que no necesitaba su gratitud, que le bastaba con ver que ella se encontraba más tranquila por la salud de su amiga y que con eso se daba por satisfecho.

El sábado regresó el señor Stornoway y lo hizo con la noticia del hallazgo del collar, algo que interesó de inmediato tanto a los St. Quentin como a Jane. Llegó rabioso, porque recuperarlo le había supuesto un buen desembolso, e impotente, porque continuaba sin aportar ninguna pista fiable de Eleonor Henthrone. Lo habían hallado en una casa de empeños de Londres y el prestamista, impresionado por la joya, recordaba muy bien que se lo había llevado un joven barbilampiño. A pesar de la juventud, el muchacho estaba bien informado sobre el valor del collar y demostró ser un buen negociante. Aunque, a raíz de esa información, las autoridades iniciaron una investigación, aún no habían dado con el joven.

—No podemos saber si se trataba del atacante de Nell, algún cómplice de la muchacha o de alguien a quien hubieran enviado sin que tuviera nada que ver —dijeron lamentándolo mucho.

Receloso, el señor Stornoway insistió en que le mostraran las cuentas de la Abadía, por si habían recibido un cuantioso ingreso en los últimos días, y mantuvo una acalorada discusión con el señor St. Quentin, a quien le parecía inaudito que alguien pensara que él pudiera haber atentado contra una de sus internas, a sabiendas de la mala publicidad que aquello le originaba. Aun así, el director accedió y, por suerte, la frustración de no encontrar nuevamente nada hizo que Stornoway se marchara esa misma tarde.

Los Pomerance se quedaron hasta el domingo para asistir a la función, en la que también estuvieron presentes los habitantes de Basildon Park, diversas personalidades de Reading y algunas familias de los actores que residían cerca de la localidad, entre ellos, el elegante matrimonio Percy.

El escenario se convirtió en Mesina y se respiraba un aroma siciliano en todo el salón. Al ver la representación, Louise Gibbons se identificó con Claudio, engañado también con mentiras para que dudara de la honestidad de su amada y, como ella, no lograba arrancarse su imagen del corazón. Por suerte, unos testigos borraron la calumnia y repararon la justicia, y Hero, como Edmund, olvidó el rencor y perdonó la duda, que consideró razonable dadas las circunstancias. Quienes más aplausos se llevaron fueron Adler Percy y Victoria Durrant, y se oyó decir a madame Latournelle que nunca había visto a un Benedicto y a una Beatrice tan reales durante su larga trayectoria en el teatro.

Gracias a las donaciones, se consiguió una suma considerable y la señora St. Quentin deseó que no volvieran a pasar necesidades y que su marido olvidara el juego, el alcohol y la ayuda a los franceses huidos, puesto que, de ser así, de nada serviría lo logrado.

Felicitaron a Jane una y otra vez y, aunque le faltó la enhorabuena de Nell, se sintió deliciosamente orgullosa de dejar bien alto el pabellón de los Austen.

—Si algún verano pasan por Steventon, han de quedarse a ver alguna de las obras que representamos en el granero de casa —les decía, convencida de que a Henry también le gustaría tener un público tan entregado.

No podía negar que se sentía, además de orgullosa, feliz, y ni siquiera cuando pensó en el Jack Smith que nunca había podido conocer, o quizá sí había conocido y no había llamado su atención, llegó a pensar que el viaje a Reading no había valido la pena. Aunque no logró su primer objetivo, es cierto que éste fue perdiendo sentido mientras lo cobraba el valor de la amistad y las relaciones que había afianzado en la Abadía. Y eso era algo que también tenía en casa. Sabía que, pese a que Martha Lloyd ya no estaba tan cerca como antes, y de que Jenny se iría para formar su propia familia, le quedaría siempre Cassandra. Y, como le había dicho Mary Butts, siempre podría observar la profundidad de los sentimientos ajenos para caracterizar a sus personajes.

Aquella noche permitieron que Victoria Durrant y Esther y Sophie Pomerance cenaran con Jane en el comedor privado, y, aunque estaban cansadas, después se improvisó un baile en el que acabaron de agotarse y de disfrutar.

—¿Cuándo vas a admitir que te gusta Adler Percy? —le preguntó Jane a Victoria en un momento en que tuvieron intimidad.

—No voy a dejarme llevar por mis sentimientos, Jane, ya no confío en los hombres.

—Como nosotras, ellos tampoco son iguales. Además, hay una gran diferencia entre Percy y sir Phillips. Este último no te conocía y Percy, sí. No sé cuánto lo conoces tú, pero ya has podido comprobar que no es un joven que se deje llevar por unos bonitos ojos azules. Si se ha fijado en ti, es por otras virtudes más profundas y me parece que eso hace que su corazón sea menos veleidoso.

Victoria no respondió y Jane no pudo insistir porque Esther y Sophie se acercaron a ellas. Todas lamentaban que la estancia de la joven de Steventon en la Abadía hubiera terminado, del mismo modo que ella tenía sensaciones encontradas. Quería volver a casa, asistir a la boda de Jenny junto a Cassandra, y también sabía que había sido afortunada al conocer a sus nuevas amigas y corresponder a su cariño. Se acostó por última vez en una cama vacía, en breve volvería a compartirla con su hermana, pero no se durmió de inmediato, pues las cuatro, porque incluso Sophie se mantuvo despierta, hablaron de sus planes hasta altas horas de la madrugada. A pesar de que todas sentían pena por la separación, fueron unas horas de risas y compenetración. La somnolencia no evitó la efusión cuando se despidió de Louise Gibbons, que le suplicó que la visitara en Crawley cuando ya fuera la señora Kirby, y le agradeció haber sido su apoyo y confidente en unos días que habían supuesto una agonía para ella.

Y, así, llegó aquel lunes de neblina y amenaza de tormenta en el que Jane subió a la diligencia que la devolvería a su casa; sabía que atrás dejaba una escuela llena de amigas y de fantasmas, y entre los últimos se incluiría siempre Jack Smith.

41

Aunque la meteorología continuaba sin ser apacible cuando llegó a Steventon, Jane sintió de inmediato el calor de la familia. Encontró a las mujeres cosiendo calcetines de estambre para la caridad y a su padre rebuscando unos papeles de la rectoría que no encontraba por ningún lado. Nada más llegar, tendió a su hermana y a su prima el ejemplar de *Lady's Magazine* que había cogido para ellas al marcharse de la Abadía y, mientras la hojeaban, no dejaban de hacerle preguntas.

—¿Cómo salió la obra? ¿Supiste defenderla?

—¿Cómo es el esposo de nuestra querida Ann?

—¿Me envía recuerdos madame Latournelle?

Casi no le permitieron subir el equipaje al dormitorio y la retuvieron allí durante una hora mientras su madre le decía que era una privilegiada por esos días de descanso.

—Una en Reading y la otra en Ibthorpe. Menos mal que yo he permanecido aquí, velando por las labores de la casa y la economía doméstica, que el señor Austen siempre anda distraído.

Jane callaba y asentía ante su madre, pero luego murmuraba con las otras dos muchachas y se reían juntas.

—Ayer llegó carta de James y ¿a que no adivinas? —preguntó Cassandra—. Pronto tendremos dos sobrinos para malcriar.

Jane se alegró de la noticia y, cuando vio su pianoforte, celebró las copias que hizo de nuevas partituras que ya no le servirían sólo para practicar, también adormecería a sus sobrinos con la música. La normalidad había regresado, o ella había regresado a la normalidad, pensó. Lástima que Henry aún continuara en Oxford. Jenny no hacía más que hablar de su próximo enlace como si fuera la única que tuviera algo que contar en el mundo, hasta que el señor Austen olvidó que había perdido unos papeles y le dedicó un cariñoso saludo.

—¿Y qué, has aprendido mucho en la vieja escuela?

—¡Oh, sí! Ya puedo afirmar que poseo todas las capacidades para ser una mujer independiente en cualquiera de los campos en los que desee desarrollarme. Puedo dedicarme a la astrología, las leyes o la medicina como cualquier varón, e incluso hacerlo en italiano y en francés.

—¿No decías que el francés de la Abadía había mejorado? —preguntó su padre, sonriendo ante su ironía.

—Sí, *un peu*, pero no exageremos, padre, a las muchachas las educan para decir *bien sûr*, *mais oui* o *excusez moi*, según hayan de hablar con su futura suegra o su futuro marido.

—*Oh là là, ma cherie!* ¿Eso quiere decir que ya podemos pedir a las casamenteras de Steventon que te busquen un esposo? —se burló él.

—No va a librarse tan fácilmente de mí, padre, yo he siempre he sabido decir *mais non*.

Cassandra escuchaba atenta la conversación mientras con la mirada le preguntaba a su hermana cómo había terminado la búsqueda de Jack Smith. En cuanto tuvo ocasión, Jane le contó su fracaso y, como lo hizo con el mismo tono con el que había conversado con su padre, ambas se echaron a reír. Lo adornó burlándose de sí misma y recordando lo ridícula que se sintió por momentos, pero también le insistió a su hermana en que había aprendido algo de todo aquello, y era que el amor no puede buscarse y que la amistad es un sentimiento que no desmerece del anterior. Jenny se incorporó a ellas cuando la joven Austen contaba sus impresiones sobre la señorita Pitts desde que se había convertido en la señora St. Quentin, algo que entristeció a ambas, que también le profesaban un gran cariño.

—¿Y has averiguado si la pierna de madame Latournelle fue guillotinada? —quiso saber Jenny.

—Continúa siendo un misterio, pero es posible que le guillotinen la otra si el señor St. Quentin sigue escondiendo franceses en la Abadía —dijo, antes de explicar todo lo que se contaba sobre ese asunto.

También les habló de la historia del amor recuperado de Louise Gibbons, de la traición que sufrió Victoria Durrant por parte de su madrastra, de la enfermedad que habían superado las hermanas Pomerance —«¿Te acuerdas? ¡Como nosotras!»— y de la extraña desaparición de Nell Henthrone.

—¿Estás segura de que esa muchacha se fue porque quiso? —le preguntó Cassandra, menos convencida de esa posibilidad que ella.

—No soy capaz de pensar otra cosa, y puedo argumentarlo. —A continuación, le explicó la desaparición de la ropa del vestuario del teatro y los botines, con la intención de que compartiera su esperanza.

—¿Y crees que alguien la ayudó? ¿Dónde sospechas que puede haber ido? ¿A Gretna Green? —quiso saber también Jenny.

—No lo sé, pero espero que se encuentre bien. Me apena mucho saber que nunca resolveré este misterio...

Cassandra pensó que tal vez por eso su hermana quería creer que Nell Henthrone se había marchado por su propia voluntad y, aunque no quedó tan convencida, no volvió a pensar en el asunto. También ella guardaba algo que aún no le había dicho y no sabía cómo afrontarlo, por lo que continuó con sus preguntas sobre el internado.

—¿Y todavía hay historias de fantasmas? —preguntó Jenny.

—¡Por supuesto, y también hay fantasmas nuevos! —rio, antes de proceder a explicarle la muerte de la señora Drood.

Fue por Jenny, y al día siguiente, que Jane se acordó de que Tom Fowle llegaría a Steventon para oficiar el enlace entre ella y su prometido, algo que, si lo pensaba bien, le resultaba muy extraño a la joven Austen.

—¿No habrías preferido que fuera mi padre quien te casara? ¿Por qué ha de ser un desconocido?

—No es un desconocido, fue alumno de nuestro padre —le recordó Cassandra—. Y primo de Martha. Tú lo estuviste tratando en Ibthorpe y te pareció muy agradable. Además, él no posee aún un destino en la iglesia y padre ha querido hacerle el favor.

—El señor Austen ha sido muy generoso, pero si a Jenny no le importa, yo tampoco pondré objeciones.

A Jenny le pareció bien, y cruzó una mirada con Cassandra en la que Jane comprendió que había algo que le ocultaban.

—¿Qué ocurre?

—¡Ay, Jane! ¿No has leído mis cartas?

—¿Qué ocurre? —repitió—. No me respondas con preguntas.

Pero Cassandra no le hizo caso.

—¿No te pareció encantador?

—¿Quién?

—Tom Fowle —se atrevió a confesar—. Al menos, yo así lo considero.

—Ahora falta un Tom para ti —bromeó Jenny.

—¿Te has enamorado de Tom Fowle? —preguntó Jane, sorprendida.

—No quiero hacerme ilusiones, nos llevamos muy bien y cada vez nuestra amistad se hace más cómplice, pero puede que de aquí a Navidad su inclinación se enfríe —suspiró, al tiempo que la miraba con ojos temblorosos.

—¡Y debe enfriarse! Tú misma lo has dicho: es un párroco sin parroquia. ¿Qué futuro te espera con él?

—¡Ay, Jane! ¿Y tú qué sabías de Jack Smith? Te habías esperanzado con un absoluto desconocido —le recordó—; yo, al menos, sé que el mundo es mejor con Tom.

—¿Hasta ese punto tus sentimientos están comprometidos, Cassy? —le preguntó y bajó la intensidad de su tono cuando comprendió que Cassandra hablaba desde lo más profundo de su corazón. La forma en que su hermana la miraba no podía dejar de conmoverla y de pronto se sintió mal por ella.

Cassandra bajó los ojos y no respondió.

—¿Estáis comprometidos? —preguntó Jane, temiéndose que había más cosas que su hermana ocultaba.

—No —respondió, desesperanzada—. No es tan irresponsable, pero me temo que yo sí —confesó—. Si me lo propusiera, aceptaría, aunque tuviera que esperar mil años a que encontrara una parroquia para poder casarnos.

—Podría preguntarte cuándo empezó esto… Supongo que yo aún estaba en Ibthorpe y sólo pensaba en mí. Obsesionada con un desconocido, no tenía ojos para mi hermana más querida. Porque, aun en el caso de que tuviera diez hermanas más, tú serías siempre mi favorita. Y me imagino que ése fue el motivo por el que alargaste en varias ocasiones tu estancia allí —recordó—. Tienes razón, en tus cartas mencionabas mucho a Tom, creo que mi cabeza estaba en otro lado. ¡Yo, que presumo de gran lectora, de saber ver entre líneas, de apreciar lo que no se dice!

—Lo siento, Jane, pero preferí participarte mis sentimientos cara a cara.

Jenny, que asistía a la conversación de sus primas, se sentía una intrusa de su intimidad y prefirió dejarlas solas para no interferir en aquel delicado momento.

—Ayer no lo hiciste cuando compartimos el calor de la cama, los suspiros de los sueños… ¿Qué has visto en mí que te ha impedido confesarte?

—Estuve a punto, pero tuve miedo. Tú tenías tantas cosas que contar... Y te reías tanto de ti misma con respecto a Jack Smith que...

—... que pensaste que me burlaría de tus sentimientos —terminó de entender Jane, lamentando que hubiera sido así—. ¿Madre sabe algo?

—Sólo se lo he contado a Jenny. ¿Para qué voy a decir algo si, como te he dicho, no hay compromiso?

Jane la observó mientras sopesaba la situación.

—Haces bien. Madre podría comportarse de un modo improcedente si conociera tu interés. ¿Cuántos días va a quedarse el señor Fowle?

—Llegará tres días antes de la boda y no sé qué planes tendrá después. El tema lo ha conducido Martha.

—¡Ah! ¡A Martha sí que no le voy a perdonar su silencio! —exclamó bromeando, consciente de la lealtad que su amiga debía a la confidencia de Cassandra.

—Jane —añadió su hermana al tiempo que tomaba su mano—, lucho contra mí misma. Sé que no debo esperanzarme, soy consciente de que, aun en el caso de que él sintiera lo mismo, un compromiso resultaría del todo inapropiado. Sólo es que no puedo dejar de soñar con que él me corresponda.

—Ya me tienes aquí para hablar todo lo que necesites. Sufriré contigo esta incertidumbre y también estaré contigo cuando el señor Fowle se marche y deje tu corazón hecho pedazos.

Aunque Jane deseaba lo mejor para su hermana, no veía futuro en su anhelo y procuró no alentarlo para que la decepción no fuera mayor. Estaba decidida a ser su apoyo y a levantarle el ánimo cada vez que éste se le cayera.

Tres semanas después de haber llegado a Steventon, también regresó Henry, que volvió para presumir de las piezas que había cazado, de lo mucho que lo habían felicitado por ser tan gran bailarín y de los amigos nuevos que había conocido durante los días que se había ausentado de Oxford. Preguntó a Jane por su experiencia como directora de la obra de teatro y consideró que ya estaba preparada para dirigir también la próxima que representaran en la rectoría. Como la conversación se dio en familia, la joven Austen se abstuvo de hacer preguntas que no quería que los otros escucharan. Tuvo que esperar un día para encontrar la ocasión y fue mientras paseaban antes del desayuno cuando buscó apartarse con él y aprovechar para mencionar a Jack Smith.

—Conocí a muchos Jack Smith en Reading, pero dudo de que ninguno fuera tu conocido de Oxford.

—¿De quién hablas? ¿Un conocido mío de Oxford que se llama Jack Smith?

—Eso me dijiste, que tenías un conocido del que, sin duda, yo me enamoraría porque cumple todos los requisitos que le exijo al otro sexo.

—Jane, «Jack Smith» es el nombre más común de Inglaterra. Bromeaba cuando dije eso, quería hacer una metáfora con una incógnita matemática.

—¿Una incógnita matemática? —preguntó, incrédula ante lo que escuchaba.

—Sí, un misterio. Lo que quise decir es que el hombre que te enamore es un misterio, alguien por aparecer...

—¡Pero dijiste que vivía en Reading! —le recordó, sin ocultar lo defraudada que se sentía.

—Porque Cassy, Jenny y tú hablabais de Reading y fue lo primero que se me ocurrió —dijo, asombrado de que lo hubiera tomado en serio—. ¡No puedo creer que me hicieras caso!

—¡Henry! ¡No puedes haber bromeado con algo así! —le reprochó ella.

—Y yo no puedo creer que dieras crédito a una broma —respondió, divertido.

Ambos se miraron desconcertados y, de pronto, la complicidad hizo que se echaran a reír. Su viaje había partido de un engaño, pero en él había conocido muchas realidades que ya formaban parte de ella misma.

42

Jane no había vuelto a escribir. Cierto que Jenny interrumpía a cada momento con alguna consulta sobre muselinas, flores o el banquete de la boda, aunque sólo se trataba de pretextos para hablar una y otra vez de Tom Williams y, en ocasiones, se añadía Cassandra para suspirar por Tom Fowle. Era obvio que ambas le mostraban cómo pensaba y sentía una mujer enamorada, pero Jane no poseía la suficiente distancia para darse cuenta, puesto que se dejaba llevar por ellas.

La joven Austen no había olvidado a sus amigas de la Abadía y escribió dos cartas. Una dirigida a la señorita Gibbons, en la que le contó cómo iban las cosas por la rectoría y le pedía que saludara a la señora St. Quentin y a madame Latournelle. Hubo otra para Victoria y Esther. En ambas preguntaba si se tenían noticias de Nell, pues, con la distancia, había descubierto que, sin importar que no hubiera llegado a intimar de la misma forma que con las otras, la recordaba más que a las demás. Tal vez porque continuaba suponiendo un misterio.

Los primeros en llegar a Steventon para la boda fueron Thomas Williams, Edward Cooper y su esposa, y, del mismo modo que a Jane le gustó el prometido de su prima y entendió que Jenny se hubiera sentido atrapada por él, su primo continuaba pareciéndole antipático. Coincidía con Cassandra en que Tom era un joven apuesto, enérgico y jovial, que se convertía en un esclavo incondicional cuando Jenny suspiraba por algo. Al día siguiente llegó Thomas Fowle, y pudo notar que el señor Austen lo tenía en gran estima y se alegraba de que su antiguo pupilo oficiara su primera boda en su propia rectoría. Jane lo miró con nuevos ojos, como si no lo conociera de antes, animada por Cassandra para que le diera una oportunidad y lo aceptara como hermano. Tras la boda, el joven se decidió a pedir su mano. El señor Austen, más que conmovido por el sentimiento de ambos y convencido con los argumentos que auguraban prudencia, dio su consentimiento. Jane recordaba cómo unos meses atrás Cassandra, Jenny y ella bromeaban sobre sus futuros compromisos, y echaba de menos la complicidad entre las tres.

La noticia de la ejecución de Luis XVI llegó junto a la del nacimiento de la pequeña Fanny Knight, la primera sobrina de Jane, y la joven encontró la excusa perfecta para regresar a la parodia. Como había dedicado las anteriores a amigos o a familiares, la recién nacida no merecía menos.

—Querida hija, esta carta es para ti —le dijo un día su padre y Jane se apresuró a abrirla.

La firmaba la señorita Gibbons y en ella, aparte de contarle que se había casado y que nuevamente residía en Crawley, decía que le habían llegado noticias de la Abadía nada halagüeñas y que finalmente el internado se había visto obligado a cerrar. Poco después de aquella noticia, recibió cartas de Victoria y Esther y, aunque la segunda y su hermana le contaban que estaban felices por haber regresado a casa, no era así en el caso de la joven Durrant. Le sorprendió saber que al final sir Phillip no se había casado con la madrastra de su amiga, puesto que, conforme la conocía mejor, descubrió que sus virtudes no eran tantas y que también poseía algún defecto de carácter imperdonable. Arrepentido, volvió a ofrecer su mano a Victoria, pero la joven lo rechazó, y era tan firme su decisión que aceptó la propuesta del señor Percy de vivir bajo su protección. «Siento que ya nunca podré separarme de Adler, mi corazón le pertenece —comentaba—, hace una semana me pidió que, en un futuro, sea su esposa. Dije que sí porque mi desconfianza se ha desvanecido gracias a su trato. No puede haber joven más amable y atento que él». Jane sonrió, aquello confirmaba lo que hacía tiempo intuía.

Hubieron de pasar varios meses hasta que recibiera una nueva carta. Esta vez fechada en Florencia. Intrigada ante tal extraordinario lugar de remite, Jane desplegó la cuartilla rápidamente y buscó un sitio tranquilo para leerla.

Florencia, 18 de mayo de 1793

Queridísima Jane:

Sé que te sorprenderá recibir noticias mías a estas alturas, pero siento la necesidad de escribirte porque sé que te fallé. Espero que te encuentres bien y que la representación de la obra fuera un éxito. Lamento mucho haberme marchado, sé que debió de suponer toda una contrariedad que te quedaras sin la actriz de uno de los papeles principales y te prometo que no he dejado de sentir remordimientos por ello. En absoluto quise crearte un problema cuando decidí marcharme. No sé qué pensaste de mí, no sé qué pensaron las otras... Tenéis derecho a condenar mi falta de confianza, el hecho de desaparecer sin que supierais qué fue de mí y la agonía que eso os tuvo que suponer. Antes que a ti, he escrito a Victoria y a la señorita Gibbons, pero no me he atrevido a dirigirme a la señora St. Quentin, a quien tanto dolor y confusión debo de haber ocasionado con mi extraña conducta. Si no lo he hecho es porque temo que ella traicione mi confianza, pues sé que es lo que ha de hacer como directora, y avise a mis padres o al señor Stornoway de mi paradero. Debes saber que no tenía nada previsto, sino que la ocasión apareció inesperadamente y no quise despreciarla. A pesar de que el señor Stornoway aparentara apoyar mi vocación por la pintura, yo desconfiaba de él. Lo conozco lo suficiente como para saber que el trato que iba a dispensarme tras nuestro matrimonio sería muy distinto al que fingía mientras no tenía poder sobre mí.

Jane no podía dejar de leer. Las palabras escritas del puño y letra de Nell Henthrone comenzaron a hechizarla como si estuviera leyendo una novela de aventuras. Ya intuyó en su momento que se había disfrazado de muchacho para escaparse de Reading y que en Londres debió de empeñar el collar que le había regalado el señor Stornoway, pero en absoluto sospechaba el resto de la narración y mucho menos habría imaginado que la joven se hallara en Florencia en esos instantes si no hubiera leído antes dónde estaba sellada la epístola. Nell contaba que embarcó en Southampton rumbo a Lisboa y que, desde allí, se había atrevido a pasar a España, un país que era enemigo declarado de Inglaterra. Al menos, tuvo la prudencia de evitar Francia, con toda la agitación y los peligros que existían en tierra gala. Tenía intención de llegar a Gibraltar, pero en Cádiz, un español, al pensar que ella era un muchacho, la había ayudado a embarcar rumbo al Gran Ducado de Toscana. Y allí estaba, con Boticelli, Tiziano, Da Vinci… ¡Cómo no maravillarse ante tanta belleza! ¡Cuánta sensibilidad! ¡Qué dominio de la perspectiva y qué realismo en la luz y los colores! ¡Qué goce para los sentidos y para el alma, pues a través de los primeros conectaba con lo más profundo del ser! ¡La felicidad se parecía tanto a aquello…! Nell se expresaba como si aún sintiera el asombro y el enamoramiento de las pinturas que había visto, aunque se encontrara escribiendo en la intimidad de una posada. Luego se disculpaba por no hablarle de sus intenciones, no podía aventurarse a que nadie más las conociera, pero le aseguraba que nunca se había sentido tan cerca de alcanzar su sueño. No pedía ser comprendida, no todo el mundo se sentía tan realizado al pintar tal como le ocurría a ella. Sin duda, su vocación también suponía un empuje, un entusiasmo y un sentido de la vida. «¡La pasión es esto!», escribía aquélla a quien en algún momento, durante su coincidencia en el internado, Jane había considerado distante y fría. Finalizaba la carta pidiendo perdón de nuevo y repitiendo sus mejores deseos para ella y toda su familia. No había una dirección a la que responder, por lo que la joven Austen supo que ésa sería la única carta que recibiría de Nell; nunca más volvería a tener noticias suyas, algo que lamentó profundamente. ¿Trataría de vender sus cuadros como si fuera un varón o revelaría su verdadera identidad? A pesar de que nunca lo sabría, se alegró de que hubiera tenido ese gesto con ella y, sobre todo, de saber que estaba feliz y en el lugar en el que quería encontrarse.

Recordó la lectura clandestina que la joven había hecho de Olympe de Gouges y algunas cosas que ella también había leído de Mary Wollstonecraft en las que reivindicaba los derechos de la mujer y, pese a que no estaba de acuerdo en algunas partes, sabía que el mundo no estaba construido para ellas y detestaba que toda la educación que recibían las destinara a lucir como floreros sin conocimientos reales de historia, política o moral. De este modo, junto con la limitación de derechos, a poco podían aspirar, a no ser que se disfrazaran de varón o tuvieran la suerte de haber podido acceder a una biblioteca como la de la rectoría.

Esa carta supuso algo más que la historia de Nell. La joven Austen no fue consciente en un primer momento de cuánto se escondía en ella. Pensaba muy a menudo en las palabras con las que expresaba los sentimientos que le producía su vocación y, de alguna manera, más que decirle, le removían algo en su interior. Tal vez lo supo antes el cuerpo que la propia conciencia, y en los días siguientes Jane se dedicó a recoger todas las obras que había escrito hasta ese momento y decidió guardarlas en una carpeta. En ella escribió *Juvenilia* a modo de título y luego la depositó en un baúl que se quedó mirando largamente una vez lo hubo cerrado. Allí permaneció, con los ojos abiertos pero ciegos a todo cuanto no fuera más que su propio interior, como si escuchara con ellos una voz apenas murmurada, quizá silenciosa, que le salía de dentro y reclamaba un lugar. O tal vez fuera un hacer.

Sin embargo, no escribió. Sustituyó su afán creador con su mejora al pianoforte a cargo del profesor William Charde, que ocupaba el puesto de segundo organista de Winchester y ganaba un sobresueldo con clases particulares. No sólo la ayudaba con el pianoforte, también la aconsejaba sobre cómo mejorar algunas partituras, añadiendo variaciones que adornaban sin desentonar. Del mismo modo, bordaba prestando atención a los más mínimos detalles, comprobaba el hecho de que unas puntadas aquí o allá afectaban a toda la labor y buscaba siempre la armonía en sus dibujos de hilo. Y, por supuesto, leía. Leía con otros ojos, se fijaba en lo que funcionaba o no en las narraciones, lo que ella habría borrado o aquello que consideraba un logro y por lo que felicitaba al autor y, sobre todo, prestaba atención a lo que hacía que los personajes estuvieran vivos.

Fue Cassandra la que llamó su atención sobre los meses que hacía que no escribía.

—Desde la «Oda a Pitt», ¿dónde ha quedado tu afán literario?

—No han nacido nuevas sobrinas —respondió Jane bromeando—, pero no te preocupes, cuando Tom y tú os caséis y traigáis a esta casa nueva descendencia, cada uno de tus hijos tendrá una obra mía dedicada.

—Vamos, Jane, no uses el humor para escaparte, escribías desde mucho antes de que nacieran Fanny y Anna. ¿Ya no te divierte?

—Leo.

—De acuerdo, no contestes, sólo quería saber si te ocurría algo.

—¡Oh, la enamorada Cassy tiene ojos para su hermana!

—¡Por supuesto que los tengo! ¿Qué te has pensado, que porque amo a Tom no te amo a ti? —preguntó, con más afán de tranquilizarla que de regañarla—. ¿No ves que tú siempre serás mi hermana?

—Lo sé —dijo, rindiéndose a la ternura con que Cassandra la miraba—. Lo sé, y no tengo envidia de tu felicidad, si es lo que crees.

—¿Felicidad? No sé con exactitud si es ése el estado de mis sentimientos. Por supuesto, hay felicidad en mí, eso es seguro, pero también hay miedos y desesperanzas. Tom no encuentra una rectoría y, tal como están las cosas, no hay visos de que vaya a hacerlo pronto.

—Disculpa mi falta de sensibilidad, sabes que tienes la hermana más egoísta del mundo.

—Exageras tanto tus virtudes como tus defectos... ¡No sé qué haría sin ti! Pero, dime, ¿existe algún motivo por el que hayas dejado de escribir?

—No creo que la parodia sea lo adecuado... No me entiendas mal, reír es mi afición favorita, de eso no puedes tener dudas, pero me refiero a que siento que debo avanzar en mi escritura, ser más profunda. Lo intenté una vez y fracasé, esa historia quedará para siempre incompleta. Tal vez mi capacidad literaria sea una de esas virtudes que siempre he exagerado —sonrió y levantó levemente los hombros.

—En absoluto, sólo que no confías en ti.

—No puedo hablar del amor sin conocerlo —respondió ahora, más seria.

—Jane, ¿no te das cuenta? ¡Tú ya estás enamorada!

—¿De mí misma? —volvió a bromear.

—¡De la escritura! Yo siempre he envidiado la pasión con la que te enfrentabas a tus textos... Me gusta pintar, me entretiene, pero carezco de ese entusiasmo que te conduce a ti escribir. Ya estás enamorada, apasionadamente... —repitió—.

¿No lo ves? Sientes lo mismo que yo por Tom: ansias y miedos, esperanzas y temores... Y, como yo, guardas silencio y eres capaz de renunciar durante un tiempo, pero estoy segura de que algo se te está removiendo dentro, porque es lo que me ocurre a mí. Y cuando estoy con Tom o cuando recibo carta suya, el estado de gracia revive de un modo exultante, que es lo que te sucede a ti cuando escribes. ¿No recuerdas lo que me contabas de tu amiga Eleonor Henthrone y su pasión por la pintura? ¿No hablaba en los mismos términos que lo haría una persona enamorada? Sí, Jane, la literatura está en tu corazón.

Jane sonrió, su hermana llevaba razón. La miró esperanzada y no respondió, sino que repitió esas palabras en su interior hasta que comprendió que era cierto.

—En el amor es importante conocer al otro antes de dar un paso que pueda ser en falso, supongo que eso es lo que estoy haciendo con la escritura —le dijo a Cassandra.

Pensó en sus amigas del internado, en lo diferentes que eran y en el juego que le daban para convertirlas en personajes. Pero los personajes no bastaban, hacía falta una historia. Y, aunque le entraron ganas de repente, decidió no escribir hasta que supiera por qué derroteros avanzar. Sus heroínas serían reales, seguro que todos conocían a personas como ellas, y no se desmayarían ni pasarían por excéntricos sucesos. Por supuesto, habría un toque de humor, pues de lo contrario no sería ella, y, lo más importante de todo, cada una de sus protagonistas, como había ocurrido en la enfermedad de las Pomerance, tendría un final feliz.

Y así estuvo hasta que llegó el invierno, macerando su futura historia y planificando cómo estructurarla. Francis regresó a casa y sus primos John y Elizabeth Butler-Harrison la invitaron a Southampton, donde asistió a su primer baile en el Dolphin Inn y por fin pudo volver a bailar el minueto. Ése fue su estreno de los dieciocho años que acababa de cumplir, ya era una mujer, toda una dama. Cuando regresó a Steventon se sentía una persona nueva, y no pasaron muchos días hasta que volvió a llenar la pluma con tinta resuelta. Abrió una carpeta que acababa de comprar, escribió en ella *By a Lady*, pues había dejado la literatura juvenil atrás, y empezó a escribir:

Querida Elinor:

Debes regresar inmediatamente a Norland. El señor Dashwood ha exhalado su último suspiro esta pasada noche. Estoy sumida en el dolor profundo de una hija que ha perdido a su padre, pero también en la preocupación de una madre que teme por el futuro de sus hijas. Marianne está moderadamente afectada, aunque no ha parado de llorar y de lamentarse de tal desdicha, y Margaret, apenada por la muerte de su abuelo, aún no es consciente de lo que significa tal pérdida para ella. No obstante, debo decirte que tengo esperanzas, John Dashwood prometió a su padre, en el lecho de muerte, cuidar de nosotras…

Tenía en mente la historia de dos hermanas de caracteres desiguales, en la que una era impulsiva y se dejaba arrastrar por los designios del corazón, mientras que la otra razonaba, se mostraba prudente y se cuidaba de manifestar sus sentimientos. Ambas serían desgraciadas en un principio, forjarían su carácter y, finalmente, tras aventuras y desventuras, encontrarían el amor que cada una merecía. Estructuraría la narración en cinco actos, no en vano era una gran conocedora del teatro y, así, dejaría de tenerle miedo a la extensión.

Y, a medida que las palabras iban apareciendo, Jane sentía la plenitud y sabía que, si la felicidad existía, se parecía mucho a aquello.

Nota de la autora

Soy consciente de que he corrido un riesgo al aventurarme en esta historia, pues Jane Austen es intocable para muchos de nosotros. Pero no concibo la vida sin riesgo, y es el entusiasmo el que me empuja a correrlo en muchas ocasiones. Y como considero que el entusiasmo es un don, es decir, no se elige entusiasmarse, sucede o no sucede, es un regalo al que no estoy dispuesta a traicionar. El proceso de documentación y el de escritura han sido tan ilusionantes, tan enriquecedores, que ya sólo por ello siento que ha valido la pena atreverse. Sin embargo, estas aventuras siempre se acometen con cierto temor, son parte del precio que uno paga en el riesgo.

Aunque pueda parecer ficción, los escritos «Amonestaciones de matrimonio entre Henry Frederick Howard Fitzwilliam de Londres y Jane Austen de Steventon», «Un matrimonio con Edmund Arthur William Mortimer Esquire de Liverpool» y «Un matrimonio entre Jack Smith y Jane Smith, Austen de soltera» aparecieron realmente en el Registro de la Rectoría de Steventon. Hoy en día, se conserva en el Consejo del condado de Hampshire. El misterio no ha sido resuelto, aunque es de sobra conocido el carácter juguetón de Jane.

Habrá sorprendido a algunos que me refiera a «Catharine o el cenador» como «Kitty o el cenador», pero es así como

Jane Austen tituló el texto en un primer momento. Fue muchos años después que cambió el título a como lo conocemos ahora. Otra cosa que puede llamar la atención es que el final de esta novela termine con el comienzo de la escritura de *Sentido y sensibilidad*. Es bien sabido que la primera obra con pretensiones serias que terminó Jane fue *Lady Susan*, pero afirma Lucy Worsley, una de sus biógrafas, en *Jane en la intimidad*, que la primera que empezó fue *Elinor y Marianne*, que todos sabemos que no se publicó hasta 1811 bajo el título *Sentido y sensibilidad*. Aunque no nos ha llegado como una novela epistolar, fue así cómo Jane la empezó a escribir.

Aclarado esto, quiero añadir que esta novela es ficción. Hay muchas lagunas sobre la biografía de Jane Austen durante su adolescencia y he querido aprovecharlas para ficcionar esta historia. Es cierto que de niña estudió en los internados que se mencionan, pero no hay nada que haga indicar que regresó a la Abadía y no nos ha llegado correspondencia con amistades que allí pudiera haber hecho, tampoco con la señora St. Quentin. Sin embargo, todos los profesores que se mencionan, excepto el profesor Weaver y Louise Gibbons, fueron reales, del mismo modo que lo fueron todos los personajes que aparecen en Steventon y en Ibthorpe. En cambio las historias que afectan a Louise Gibbons y a las internas son totalmente inventadas, así como los personajes que intervienen en ellas. He procurado que Jane mantenga un carácter fiel a lo que cuentan de ella sus biógrafos.

Por cierto, he escogido la mansión de Basildon Park entre todas las que hay cercanas a Reading porque fue la elegida como Netherfield en la película *Orgullo y prejuicio* de 2005 (aunque mi versión favorita siempre será la serie de la BBC de 1995).

Espero haber satisfecho a los lectores austenitas que han leído esta novela por la curiosidad que pueda haberles suscitado ver convertida a su autora en personaje, así como a los que se han acercado a esta lectura sin conocer demasiados datos de la vida de Jane Austen. Si no ha sido así, lo lamento profundamente.

A unos y a otros, gracias por vuestro tiempo.

Agradecimientos

Raquel. Raquel siempre debe ser el primer nombre que aparezca cuando he de expresar mi gratitud, puesto que la mirada clásica y el rigor de su análisis, además del calor de la amistad, forman parte de toda mi escritura. Raquel siempre es exhaustivamente profunda y, al mismo tiempo, aporta frescura a mis páginas, *rara avis* que no ceso de apreciar. Junto a ella, Elena Bargues, su hija Isabel, Toñi, Amparo, Vicky y Nayra me han aportado críticas y sugerencias que no han dejado de enriquecer el texto y me han hecho verlo de otra manera cuando yo no tenía distancia. Gracias por los ojos, por el análisis, por la dedicación y por el cariño con el que me habéis acompañado.

Todo esto no habría sido posible sin el gran apoyo de Alberto Marcos y Gonzalo Albert, mis editores, que han apostado por mí desde el primer momento. Tal apuesta, que ha supuesto una enorme insuflación de confianza, ha venido acompañada del peso de la responsabilidad. Una responsabilidad que he vivido con cierto temor y muchísimo entusiasmo, pues sin la pasión no hay nada que valga la pena. También debo agradecer lo enriquecedora que ha sido la ayuda de Pilar y María, un privilegio de respaldo. Espero que estén tan contentos como yo. Junto a ellos, quiero extender mi gratitud a todo el equipazo de Plaza & Janés, en especial a Cristina y David, que ya siempre formarán parte de mí.

Gracias por el apoyo a Elisa Sebbel, Gemma Marchena y Bárbara Gil, mis nuevas acompañantes en el mundo de la escritura, y a las de siempre, Marisa Sicilia, Violeta Lago, Ana Iturgaiz, María Montesinos, Paula Rosselló e Isabel Keats. Y también a Sergio y Johannes por la lluvia de ideas, aunque finalmente éstas emprendieran otro camino. Al mundo hopper de Mallorca, quiero hacerle saber que valoro el gran respaldo que me ha brindado desde el primer instante en que todo esto salió a la luz, al igual que atesoro los buenos momentos y las risas compartidas a ritmo de swing. Y gracias a Gabi por las fotos y la paciencia ante tan mala modelo.

Quiero agradecer también el apoyo inesperado que ha supuesto para mí Anabel Pantoja en estos primeros pasos en el mundo literario, y espero que nunca pierda el entusiasmo y la alegría que la caracterizan. También debo decir que, en este proyecto, hay personas que me han ayudado mucho y no lo saben. Sería muy ingrato por mi parte no mencionarlas, pues han estado a mi lado en la sombra. Pero en primer lugar quiero dar las gracias a Mari Carmen Romero, mi malagueña favorita, que cuando publicó *Historia de los Austenitas en español*, tuvo a bien citar a Jane Kelder (mi antiguo pseudónimo) como continuadora de Jane Austen. Aparecer en un libro con tanto trabajo de investigación como entusiasmo dedicado a las repercusiones de la autora inglesa en España supuso para mí un empuje anímico que aún le debo, al igual que Mari Carmen y yo todavía tenemos un abrazo pendiente. A Mila Cahué, a la que sigo hace años, no puedo dejar de admirarla por su tenaz investigación sobre Jane y su generosidad al divulgar su profundo conocimiento de la autora. Imprescindible Mila y su *Hablando de Jane Austen*, que desconoce la compañía que me ha brindado. Al igual que lo desconocen Elena Truan, Miguel Ángel Jordán y Rafael Truan, fundadores de la Jane Austen Society y grandes impulsores de la difusión de la obra, investigaciones y eventos sobre Jane en España. Pero hay más. No puedo cerrar esta nota sin mencionar a las asturianas Ana Alonso González y Rebeca Martínez-Cardeñoso Viña, a las que conocí en el club de lectura Pickwick que organizaron en Facebook y que tantas lecturas y series de época me han procurado, o a esos rincones de internet, como *El sitio de Jane Austen* y *El salón de té de Jane Austen*, de las hermanas Romero, o tantos otros que visito de vez en cuando.

Por supuesto, no puedo terminar estas líneas sin mencionar *Tras los pasos de Jane Austen*, el delicioso libro de Espido Freire que no he dejado de consultar, al igual que las biografías de Claire Tomalin, Lucy Worsley y James Edward Austen-Leigh.

Y a mis padres, por no preguntar demasiado si ya había puesto el punto final.

Gracias a todos, muchísimas gracias de corazón.

«Para viajar lejos no hay mejor nave que un libro».

EMILY DICKINSON

Gracias por tu lectura de este libro.

En **penguinlibros.club** encontrarás las mejores
recomendaciones de lectura.

Únete a nuestra comunidad y viaja con nosotros.

penguinlibros.club

 penguinlibros

Este libro
se terminó de imprimir
en el mes
de abril de 2023